트롯 킹 국민가수

국제PEN한국본부 창립70주년기념 산문선집 20

International PEN—Korea Center **pen**

이은집 소설집

교음사

국제PEN헌장

국제PEN은 국제PEN대회 결의에 따라 다음과 같이 헌장을 선포한다.

1. 문학은 각 민족과 국가 단위로 이루어지나, 그 자체는 국경을 초월하여 그 어떤 상황 변화 속에서도 국가 간의 상호 교류를 유지해야 한다.
2. 예술 작품은 인간의 보편성에 바탕을 두고 길이 전승되는 재산이므로 국가적 또는 정치적 권력으로부터 간섭을 받아서는 안 된다.
3. 국제PEN은 인류 공영을 위해 최대한의 영향력을 발휘해야 하며 종족, 계급 그리고 민족 간의 갈등을 타파하는 동시에 전 세계 인류가 평화롭게 살아갈 수 있다는 이상을 실현하기 위하여 최선을 다해야 한다.
4. 국제PEN은 한 국가 안에서나 또는 세계 여러 나라에서 사상의 교류가 상호 방해 받지 않는다는 원칙을 준수하며, PEN 회원들은 각자 국가나 지역사회에서 어떤 형태로든 표현의 자유를 억압하는 데 반대할 것을 선언한다. 또한, PEN은 출판 및 언론의 자유를 주창하며 평화시의 부당한 검열을 거부한다. 아울러 PEN은 정치와 경제의 올바른 질서를 지향하기 위해 정부, 행정기관, 제도권에 대한 자유로운 비판이 필수적이고 긴요하다는 사실을 확신한다. 이와 함께 PEN 회원들은 출판 및 언론 자유의 오용을 배격하며, 특정 정치 세력이나 개인의 부당한 목적을 위해 사실을 왜곡하는 언론 자유의 해악을 경계한다.

이러한 목적에 동의하는 모든 자격 있는 작가들, 편집자들, 번역가들은 그들의 국적, 언어, 종족, 피부 색깔 또는 종교에 관계없이 어느 누구라도 PEN 회원이 될 수 있다.

국제PEN한국본부 연혁

국제PEN본부는 1921년에 창립되어 2022년 3월 현재 145개국 154개 센터가 회원으로 가입돼 있는 세계적인 문학단체이다. 국제PEN본부는 영국 런던에 본부를 두고 있으며 특히 UN 인권위원회와 유네스코 자문기구로 현재 전 세계 문인, 번역가, 편집인, 언론인들의 표현의 자유를 옹호하고 인권 문제를 다루고 있는 단체이다.

한국PEN은 1954년 9월 15일 변영로·주요섭·모윤숙·이헌구·김광섭·이무영·백철 선생 등이 발기하여 같은 해 10월 23일 당시 서울 소공동 소재 서울대학교 치과대학 강당에서 창립총회를 열고 국제펜클럽한국본부로 공식 출범하였다. 국제펜클럽한국본부는 그 이듬해인 1955년 6월 비엔나에서 열린 제27차 세계대회에서 정식회원국으로 가입하고 그해 7월에 인준을 받아 오늘에 이르렀으며 2022년 3월 현재 회원 수는 4,000여 명이다.

사)국제PEN한국본부(International PEN Korea Center)는 역사와 권위를 자랑하는 국제적 문학단체로서 회원들의 양심과 소신에 따른 저항권과 표현의 자유를 옹호하고 구속 작가들의 인권문제를 다루며 한국의 우수 문학작품을 번역, 세계 각국에 널리 알리고 우리 민족의 고유문화와 전통문화 등을 해외에 소개하는 한편 세계 각국과 문화 교류 및 친선을 도모하는 데 주도적 역할을 담당하고 있다

1954. 10. 23.	국제펜클럽한국본부 창립
1955.	제27차 국제PEN비엔나대회에서 회원국 가입 『The Korean PEN』 영문판 및 불어판 창간
1958.	국내 최초 번역문학상 제정
1964.	PEN 아시아 작가기금 지급(1970년 제6차까지)
1970.	제37차 국제PEN서울대회 개최(60개국 참가)
1975.	『PEN뉴스』 창간. 이후 『PEN문학』으로 제호 변경
1978.	한국PEN문학상 제정
1988.	제52차 국제PEN서울대회 개최
1994.	제1회 국제문학심포지엄 개최
1996.	영문계간지 『KOREAN LITERATURE TODAY』 창간
2001.	전국 각 시도 및 미주 등에 지역위원회 설치
2012. 9.	제78차 국제PEN경주대회 개최
2015. 9.	제1회 세계한글작가대회 개최
2016. 9.	제2회 세계한글작가대회 개최
2017. 9.	제3회 세계한글작가대회 개최
2018. 11. 6~9.	제4회 세계한글작가대회 개최
2018. 8. 22.	정관개정에 의해 국제PEN한국본부로 개명
2019. 2.	PEN번역원 창립
2019. 11. 12~15.	제5회 세계한글작가대회 개최
2020. 10. 20~22.	제6회 세계한글작가대회 개최
2021. 11. 2~4.	제7회 세계한글작가대회 개최
2022. 11. 1~4.	제8회 세계한글작가대회 개최

국제PEN한국본부 창립 70주년
기념 선집을 발간하며

    국제PEN한국본부는 1954년에 창립되고 이듬해인 1955년 6월 오스트리아의 빈에서 열린 제27차 국제PEN세계대회에서 회원국으로 가입되었다. 초대 이사장은 변영로 선생이 맡고 창립을 주선했던 모윤숙 시인이 부이사장을 맡았다. 이하윤, 김광섭, 피천득, 이한구 등과 함께 창립의 중심 역할을 했던 주요섭이 사무국장을 맡았다.
    6·25한국전쟁이 휴전된 지 겨우 1년이 되는 시점에 이루어 낸 국제PEN한국본부의 창립은 매우 깊은 의미를 담은 거사였다. 그동안 국제PEN한국본부는 세 차례의 국제PEN대회와 8회의 세계한글작가대회를 개최하며 수많은 국내외 행사를 주최해 왔다. 이에 내년 2024년에는 창립 70주년을 맞이하게 되어 그 기념사업의 일환으로 PEN 회원들의 작품 선집을 발간하기로 하였다.
    여러 가지 기념사업을 진행하지만 회원들의 주옥같은 작품집을 선집으로 집대성하여 남기는 일은 가장 중요하고 의미 있는 일이라 생각한다.

　시와 산문으로 구성되는 선집은 우리 한국 문학사의 중요한 족적을 남기는 귀중한 역사 자료로서의 가치를 갖게 되리라고 믿으며 겸허한 마음으로 70주년을 자축하는 주요 사업으로 진행하게 된다.
　참여해 주신 회원들께 감사하며 어려운 여건 속에서도 기꺼이 출판을 맡아 준 기획출판 오름의 김태웅 대표와 도서출판 교음사 강병욱 대표에게 심심한 감사를 드린다.

2023년 3월
국제PEN한국본부 이사장 김용재

책을 내며

세계를 휩쓰는 K-Pop!
이제 K-Novel을 위하여!

이 소설집을 편집하여 출판사로 넘기려는 때에 한강 작가가 2024년 노벨문학상에 선정됐다는 놀라운 뉴스가 터졌습니다. 이에 같은 작가로서 한국문학의 꿈이었던 노벨상 수상에 놀람과 축하와 감격을 함께하면서 출판사로 달려갔습니다.

2024년은 일제 36년의 암흑에서 벗어나 해방을 맞은 지 80년이 되는 해입니다. 그러나 아직도 남북 분단으로 한맺힌 7천만 민족의 고통과 아픔의 역사는 계속되고 있습니다.

바로 이 소설집 〈트롯 킹 국민가수〉는 이러한 역사적 상황에서도 세계 10위권의 경제적 성장을 이루었고, 또한 우리나라의 K-드라마나 K-Pop은 전 세계에 한류 열풍을 일으키고, BTS는 빌보드 차트 1위를 휩쓴 바, 이처럼 지구촌에 불어닥친 한류 바람에 K-Novel도 함께 하고 싶습니다.

그리하여 저는 K-Nove(한류소설)을 좀 더 독자와 가까이 다가가기 위해 요즘 방송가의 대세인 K-트롯과 K-Pop으로 작품의 주제와 소재는 물론 구성과 묘사를 독자의 눈높이와 언어감각으로 UCC처럼 리얼하게 파헤쳐, 얼핏 종래의 소설문법과는 아주 낯설지만 새로운 K-Novel(한류소설)을 쓰고자 노력했습니다.

    그래서 현재 지구촌을 휩쓰는 우리의 K-드라마나 K-Pop처럼 세계의 독자들에게도 어필하는 K-Novel(한류소설)을 지향하는 바, 그 평가는 독자 여러분의 몫으로 돌리고 싶습니다.

    끝으로 광복 80년과 국제펜한국본부 창립 70주년을 기념하여 출판해 주신 국제펜한국본부와 교음사의 직원 여러분에게 감사를 드립니다.

2024년 저자 이은집

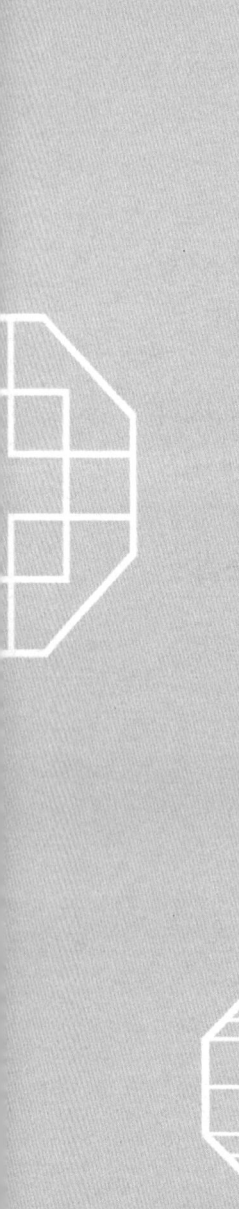

차 례

· 작가의 말

1. 스타 탄생 … 17
2. 뮤지컬 배우 … 43
3. 비 오는 밤의 연가 … 63
4. 트롯 프린스 … 87
5. 스타 괴담 … 109
6. 가면의 세상 … 131
7. 너는 가수다 … 157
8. K-Pop star 아이돌 … 183
9. 트롯 킹 국민가수 … 207

작품 해설 - 성 암 … 231
부록 - 이은집 그는 누구인가 … 241

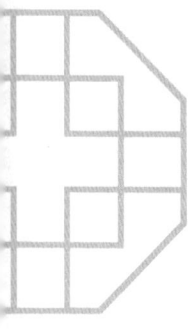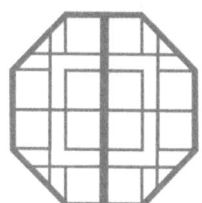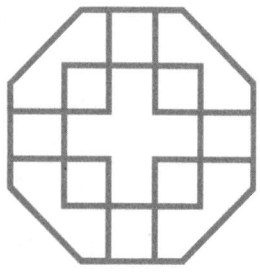

1

스타 탄생

스토리 라인 - 인기작곡가 유승우와 연인 관계인 작사가 혜미 사이에 LA에서 날아 온 완소남 가수 지망생 민록후가 뛰어든다. 그리고 스타 탄생을 위한 야망으로 밀고 당기는 우여곡절 끝에 승우와 록후는 치명적인 사랑에 빠지는데…!

창작 메모 - 한때 K-Pop 신인가수를 발굴하는 방송국의 오디션 프로가 우후죽순 격으로 나타나 청소년들의 인기를 끌었던 적이 있었다. 이를 보면서 가수로 스타를 꿈꾸는 주인공들의 열정과 실상을 상상하면서 이 작품을 써 보았다.

석양의 햇살을 받자 바다는 반 고흐의 그림처럼 강렬한 색채로 출렁였다.
　해수욕장의 모래밭에 모인 젊은이들의 알몸에 가까운 피부도 남태평양 섬의 원주민처럼 붉게 물들었다. 바로 그곳에서 음악전문 케이블 〈뮤직TV〉가 주최한 가요제 〈썸머! 스타 탄생!〉의 공개녹화가 펼쳐졌다.
　"앗! 드디어 나타났군!"
　심사위원장인 작곡가 승우는 하마터면 큰소리로 외칠 뻔했다. 벌써 두 시간 넘게 진행되었으나 대학축제 가요제만도 못한 오합지졸의 경연장이었는데, 마지막 출연자가 승우를 충격과 전율에 빠뜨렸다. 걸레처럼 너덜너덜 해어진 청바지와 몸에 착 달라붙는 순백의 쫄면티를 입었는데, 어처구니없게도 방금 바닷물에 빠졌다가 달려온 듯 흠뻑 젖은 모습이라니…! 녀석은 그렇게 섹시한 모습으로 이승철의 〈소리쳐〉를 그야말로 소리쳐 불렀던 것이다.

　　많이 생각날텐데! 많이 그리울텐데!
　　많이 힘겨울텐데! 많이 아파올텐데!
　　눈을 감아 보아도 너만 떠오를텐데!
　　정말 보고 싶어서 그냥 혼자 소리쳐…!
　　널 가슴에 품고 난 살아가겠지!
　　서로 모른 척하며 서로 잊은 척하며
　　가지 말라고 소리쳐! 가지 말라고 말했어!
　　사랑한다고! 사랑한다고! 사랑한다고! 너만을!
　　돌아오라고 소리쳐! 돌아오라고 말했어!

사랑한다고! 사랑한다고! 사랑한다고! 너만을 소리쳐…!

처음에 녀석의 해괴한 의상과 색기 넘치는 몸매에 끌렸던 관중들의 시선은 어느덧 그가 부르는 열창에 빠져들기 시작했다. 해풍처럼 끈적이는 목소리로 소화해내는 가창력이 우선 귀를 붙잡고, 탤런트가 연기하듯 처절한 표정과 몸짓이 문득 승우를 소름끼치게 했다. 그런 경험은 아주 가끔이지만 승우가 작곡한 노래를 오디오형의 기성 가수가 아주 완벽하게 불러줄 때도 지금처럼 등골이 오싹하면서 소름이 돋았던 것이다.

"승우 씨! 어때요? 대상감이죠?"

이때 심사위원인 옆자리의 작사가 혜미가 속삭이듯 건네 왔다. 하지만 승우는 이런 엉뚱한 대꾸를 했다.

"대상? 천만에! …난 인기상도 안 되겠는데…!"

"보세요! 저 가창력에 음정! 박자! 매너! 청중의 반응까지…! 그런데 승우 씨 심사기준은 뭐죠?"

"그건 심사위원장인 내게 맡겨 주고, 혜미 씨는 나만 따라서 점수를 비슷하게 맞춰줘요!"

"알았어요! 제가 유명 인기 작곡가인 승우 씨와 콤비를 이어 가려면 무조건 양보해야 되겠죠? 하지만 혹시 심사에 불공정이라고 난동이 벌어지면, 그땐 책임을 지셔야 해요!"

"물론! 그래야 저 녀석을 살릴 수 있으니까…!"

승우가 미소를 지으며 그녀에게 대꾸하자 혜미가 놀란 눈으로 쳐다봤다.

"…대상 먹어서 케이블 몇 번 타 봐요! 저 녀석을 노리는 기획사들이 벌떼처럼 달려들거구! 허파에 뼁 바람이 든 녀석은 결국 반짝스타로 사라지겠지?"

"그래서요? 인기상도 안 주어 쟤가 절망에 빠지기라도 하면 그땐 어떡하려구요?"

하지만 승우가 이에 대답을 하기 전에 녀석의 〈소리쳐〉가 끝나서 곧 점수를 매겨야 했다. 녀석은 가요제의 출연자답지 않게 박수와 아우성이 범벅인 관객을 향해 손을 흔들면서 무대 뒤로 사라졌다.

"으음! 바로 저게 감점 요인이야!"

승우는 회심의 미소를 지으면서 8자에다가 0을 보태서 80점을 만들어 녀석의 채점을 마쳤다. 그리고 데뷔한 지 몇 개월만에 얼마나 돈맥질을 쳤는지 갑자기 인기가수로 떠오른 아이돌 그룹의 축하공연이 이어졌다.

"오늘 태양처럼 빛나는 젊음의 샛별을 찾기 위해, 음악전문 케이블 〈뮤직TV〉가 주최한 〈썸머! 스타 탄생!〉 그럼 인기 작곡가이신 유승우 심사위원장님의 심사평을 듣겠습니다. 큰 박수로 맞아주시기 바랍니다."

MC의 소개가 끝나자 너무도 유명한 작곡가 승우이기에 마치 인기가수처럼 큰 박수를 받으면서 무대로 나갔다.

"출연자 모두 노래 참 잘 하셨습니다. 생각 같아서는 다 상을 드리고 싶습니다. 그러나 여기는 단순히 노래자랑을 하는 곳이 아닙니다! 〈썸머! 스타 탄생!〉 즉 가수가 될 신인을 발굴하는 가요제입니다! 따라서 노래를 잘 하는 사람보다는 가수가 될 사람! 다시 말해서 첫째 남의 흉내가 아닌 자기만의 '개성'이 있어야 하고, 둘째 단순히 꽃미남 꽃미녀보다는 역시 자신만의 '매력'이 있어야 하며, 셋째 가장 중요한 조건은 가수가 되려면 '혼'이 담긴 노래를 불러야 합니다. 그런 뜻에서 다른 가수의 기막힌 모창으로 환호를 받거나, 벌써 가수가 된 듯이 관객에게 손을 흔드는 겸손치 못한 매너는 감점의 요인임을 참고로 말씀드리면서 심사평을 마치겠습니다!"

그때 승우의 이론과 말솜씨가 워낙 유창해서 관중들은 아낌없는 박수를 쏟아냈다. 이어서 시상식이 진행되었다.

"자! 우린 이만 자리를 뜹시다!"

이윽고 승우가 먼저 의자에서 일어서자 혜미가 웃으면서 대꾸했다.

"호호! 역시 마지막 녀석 땜에 겁이 나시는 거죠?"

"천만에! 주최 측에 알아볼 게 있어서 그래!"

"뭔데요? 심사료요? 케이블인데 얼마나 주겠어요? 피서여행 한 번 잘 온 셈 치자구요! 호텔까지 잡아 줬잖아요! 호호호!"

혜미는 무엇을 기대하는지 활기차게 말했다. 하지만 승우는 그녀의 말을 들은 체 만 체 바삐 무대 옆의 행사 담당자 앞으로 다가갔다.

× × ×

"이건 완존히 사기야! 쓉새들!"

"맞아! 록후가 얼마나 잘 했는데? 관중들이 숨을 멈추고, 파도까지 침묵했는데…!"

"근데 심사위원장이란 새끼 말야! 지가 인기 작곡가면 다야? 록후를 아주 묵사발 만들었잖아?"

"그래! 짜식이 어느 출연자한테 돈 처먹었다구! 그래서 그놈을 입상시키려구 그 따위 악평을 늘어놓은 거야! 안 그래?"

애꿎은 맥주잔으로 탁자를 탕탕 치면서 친구들이 중구난방 떠들어댔다. 그 순간 록후는 술병과 안주가 놓인 탁자를 더욱 세게 치면서 소리쳤다!

"다들 시끄러! 내가 노랠 잘 못했다구! 모창에 겉멋만 잔뜩 들어 건방지게 까불었다구!"

"깜짝이야! 짜슥이…? 〈소리쳐〉 부르더니, 정말 되게 소리치네!"

"그래? 그럼 아예 저기 바닷물에 뛰어들어라! 그래야 네 직성이 풀리겠다면…!"

"정말 록후 이 짜슥은 항상 잘 나가다가 요렇게 개념이 없어지는 게 탈이야! 네 노래가 어떤데…? 우릴 미치게 하잖아?"

"맞아! 게다가 죽여주는 몸매! 그냥 남자끼린데도 먹고 싶게 만드는 매력적인 몸매는 어떻구?"

하지만 친구들은 더욱 록후를 향해 지껄여댔다. 한심한 놈들! 이런 결과를 예측 못하고 트로피를 술잔 삼아 해변의 호프집에서 밤새워 축하주를 마실 계획을 세웠다니…! 록후는 생각할수록 울화가 치밀어서 새로 가져온 2,000CC짜리 피처를 번쩍 들어 가득 담긴 호프를 입 안에 들이부었다.

"으응? 바다에 빠져 죽기는 싫고, 술독에 빠져 죽고 싶다 이거구나? 그래! 마셔라! 엉터리 심사위원장놈 만나 억울하게 떨어졌으니까, 오죽 원통하겠니?"

한 친구가 위로랍시고 건네 온 말에 록후의 분통은 기어이 폭발하고야 말았다. 그래서 탁자를 뒤집어엎으며 악쓰듯 소리쳤다.

"모두들 꺼져! 누굴 놀리는 거야? 약을 올리는 거야? 실력 없어 떨어졌으면 부끄러운 줄 알고 조용해야 하는 거 아냐? 이 짜슥들아!"

"허참! 록후 저 자슥! 정말 취했나보다! 술주정이 장난 아니네!"

"그래! 취했다! 아니! 죽도록 취하고 싶다! … 으흐흑!!"

다음 순간 록후는 울음을 터뜨리며 벌떡 일어서서 어두운 바닷가를 향해 비틀비틀 걸어갔다. 그러자 친구들이 어이없다는 듯 한마디씩 했다.

"저 자슥 저러다가 일내는 것 아냐?"

"걱정마! 쟤가 노래 때문에 절대 무슨 짓 할 놈이 아냐!"

"그래! 지금 저 자슥 기분 이해해! 내버려두자구…!"

'맞다! 친구들아! 걱정 마! 난 가수가 되려고 부모님과 외국 생활도 버렸어! 그러니까 지금 이대로 쓰러질 순 없어! 이제부터 시작인거야!'

록후는 밤바다의 파도가 가쁜 숨을 내뿜는 곳까지 걸어가며 눈물을 닦았다. 이때 핸드폰의 벨이 자지러지듯 울렸다. 친구들의 소재 파악인 것 같아 신경질적으로 받았다.

"먼저들 자라구! 난 좀 더 있을 거니까!"

"아! …아까 가요제에서 〈소리쳐〉 부른 민록후 학생 맞아요?"

하아! 이건 누구야? 바로 그 사람이잖아! 나의 꿈을 한 마디로 묵사발 만든 심사위원장 유승우란 인기 작곡가…! 록후는 취한 중에도 사냥개 같은 청력을 발휘했다. 담박에 그가 승우임을 감지해 낸 것이다.
"네! 그런데요? 근데 내 핸드폰을 어떻게 알고 전화하셨죠?"
순간 록후는 마음과는 달리 퉁명스럽게 대답했다.
"그건 주최 측 행사 담당자한테…! 미안해요! 지금 어디 있어요?"
"왜요? 제가 죽을까봐서요? …맞아요! 지금 자살하려구 바닷가에 나왔어요! 바로 유명 인기 작곡가 유승우 선생님! 당신 때문에요!"

그런데 이상한 일이었다. 록후는 아까 사무쳤던 자책과 반성의 마음은 사라지고, 이런 엉뚱한 폭언이 쏟아져 나왔던 것이다. 바로 그 순간 저만큼에서 핸드폰의 뚜껑을 닫으며 승우가 뛰어왔다.

"민록후! 정말 내가 한 심사평 때문에! 아니 가요제에서 입상하지 못했다고 죽으려는 거야?"
"그래요! 지금까지 저에게 음악은…! 아니 노래는 목숨과도 같았다구요! 그런데 당신이 판정을 내렸잖아요? 저의 노래는 모창에 불과하구…! 겸손치 못해 자세부터 틀려 먹었다구요! …으흐흑!"

그런데 말은 이처럼 악랄하게 퍼부으면서도 울음은 왜 또 터져 나올까? 그랬다. 록후는 지금 너무 힘들고 괴로워서 누군가의 위로가 받고 싶어졌다. 바로 우리나라 최고의 유명 인기 작곡가인 유승우 선생님이 이제라도 〈아냐! 넌 노래할 수 있어!〉라고 한 마디만 해준다면, 그냥 그의 가슴에 안겨버릴 수 있을텐데…! 하지만 승우의 입에선 전혀 상상을 초월한 명령이 내려졌다.

"민록후! 네게 노래가 목숨이었다구? 그런데 나 땜에 떨어져서 죽으려 했다구? 그럼 어서 죽어! 내 앞에서 죽어보란 말야!"

"네에? 그 말씀 정말이세요? 정말 날더러 죽으라구요?"

'아아! 잘 됐다. 그냥 혼자 남몰래 죽기엔 너무 억울했는데, 나를 죽게 한 장본인 앞에서라면 잘 됐지 뭘! 저 바다에 빠져 죽자!'

순간 록후는 두 주먹을 불끈 쥐고 바다를 향해 달려갔다. 그러나 승우는 이를 멀건히 바라볼 뿐이었다. 좀 더 파도가 거세어진 밤바다는 갑자기 찾아온 불청객이지만 반갑다는 듯 얼른 품어버렸다. 짭조름한 바다의 물거품이 록후의 목을 넘어 입가에 튕겨질 때 갑자기 노래가 튀어나왔다.

많이 생각날텐데! 많이 그리울텐데!
많이 힘겨울텐데! 많이 아파올텐데!
눈을 감아 보아도 너만 떠오를텐데!
정말 보고 싶어서 그냥 혼자 소리쳐…!

그런데 아까 가요제에서는 가사 내용이 연인을 대상으로 했는데, 지금은 바로 록후 자신이라는 깨달음에 갑자기 눈물이 났다. 노래에 대한 생각! 노래에 대한 그리움! 노래를 못하는 힘겨움! 노래를 버려야 하는 아픔! 차라리 그렇다면 영원히 눈을 감아버리자! 그래도 떠오르는 노래에 대한 열망! 지금 난 목숨을 던져 소리쳐 노래를 부른다. 짧은 순간이지만 행복했다! 록후는 바닷물을 쿨럭쿨럭 삼키며 죽음을 찾아 허우적댔다.

"임마! 민록후! 바보같이 진짜 죽으려 했어?"

그때 멀리에서! 아니 귓가에서 누군가 소리쳐왔다. 그리고 축 늘어진 록후의 몸뚱이는 승우에 의해 바닷가 모래밭에 건져졌다.

"아! 이 일을 어쩐담?"

이건 정말 내가 꿈많은 한 젊은이를 죽인게 아닌가? 승우는 헐떡이는 심장을 가까스로 가라앉히며, 록후에게 인공호흡을 시키기 위해 천천히 무릎을 꿇었다. 너덜너덜 해어진 청바지와 몸에 착 달라붙는 쫄면티가 아까 가요제에서처럼 흠뻑 젖어 마치 알몸처럼 보인다. 저만큼 수은등 조명에 비친 그의 얼굴! 먹물로 획 그은 듯한 검은 눈썹! 정갈한 이마 위로 갈색 톤의 무성한 머리칼이 바닷물에 젖어 반짝인다. 조금 높은 듯한 콧날 양끝의 야무진 콧방울! 바로 아래에 여자처럼 도톰한 입술이 하트로 그려졌고, 타원형 턱선 아래로 가녀린 목이 흘러내렸다. 그리고 남자라기보다 중성에 가까운 훌쭉한 바디의 균형이 일류 모델을 뺨친다고나 할까?

"민록후! 넌 살아야 돼! 그리고 노래를 불러야 해! 내가 최고의 노래를 만들어 줄께! …야! 너 죽으면 안 돼! 어서 깨어나란 말이야!"

이제 승우는 록후를 향해 울부짖듯 외치며 록후의 입술을 벌리고 인공호흡을 시작했다. 두 손으로는 그의 흉부에 압박을 반복하면서 때로는 배꼽 아래까지 훑으면서 그의 소생을 간절히 빌었다. 얼만큼 시간이 흘렀을까? 록후가 큭큭 기침을 해대면서 깨어났다.

"아! 고맙다! 록후야! 살아줘서 정말 고맙다구!"

승우는 조용히 속삭이며 록후의 입술을 마지막으로 흡입했다.
× × ×
"어디 갔다 이제 오는 거예요? 지금이 몇 신데…?"

승우가 호텔의 객실문을 열고 들어서자 뜻밖에도 아니! 예상한 대로 혜미가 토끼눈을 뜨고 쏘아왔다. 승우는 상의를 벗어 옷장에 걸며 비꼬듯 대꾸했다.

"흥! 식도 올리지 않았는데, 벌써부터 바가지야?"

"어머! 정말 그럴 계획이예요? 난 이대로가 좋은데…! 호호호!"

그제야 혜미가 얼굴의 경직을 풀며 다가와서 승우의 와이셔츠를 벗기려 했다. 하지만 승우는 완강한 태도로 돌아서며 말했다.

"내가 누구 동생이야? 5년 차이면 오빠도 큰오빠라구…!"

"알았어요! 그럼 얼른 샤워 하고 오세요! 난 오빠가 보호본능을 일으켜서…! 오빤 항상 강하다고 허세부리지만 의외로 여린 면이 있잖아요?"

오늘따라 혜미가 왜 이렇게 잔소리가 많아질까? 승우는 문득 의문을 품으면서 이미 혜미가 가득 채워놓은 목욕물에 몸을 담갔다. 그때 문득 오늘 록후와의 일들이 눈 앞에 떠올랐다.

"안돼! 큰일 날 뻔했어! 만약에 그 애를 이 방에 데려왔다면…?"

상상만 해도 아찔했다. 승우는 서둘러 목욕을 마치고 나왔다. 그러자 혜미가 수면용 전등을 켜놓고 침대 위에 버젓이 나신을 드러낸 채 누웠다.

"빨리…! 얼마나 기다렸다구! 흐응!"

둘만의 비밀에 익숙한 혜미는 준비절차를 생략하고 본 행사를 졸라댔다. 참 대단한 계집애야! 벌써 5년 전 KMS가요제에서 대학생 출연자로 만났는데, 오늘 록후와 비슷한 사연으로 얽혀졌다.

"안아줘! 나 급해요!"

그녀는 트레이드 마크가 돼 버린 긴 머리칼로 유방을 감추려 했지만 용감하게 치솟은 두 봉우리의 끝은 잘 익은 오디 같은 검은 알맹이가 매달렸다. 그리고 능선처럼 시원하게 펼쳐진 뱃가죽 양편을 떠받치는 골반의 관능미! 아울러 길게 쭉 뻗은 두 다리 사이의 숲에선 아침 이슬같은 반짝임이 눈길을 어지럽혔다. 승우는 불끈거리는 몸의 재촉에 따라 서서히 자세를 잡아갔다.

"아! 벌써 나올 것 같아!"

혜미가 고양이처럼 날쌔게 승우의 어깨를 끌어안으며 종알거렸다.

"흐음! 대사가 뒤바뀐 것 아냐? 여자가 먼저라니…?"

"난 그게 아니구 작품! 노래 가사가 절로 나올 것 같다구요! 흐흐흥!"

그랬다. 승우와 혜미가 작곡과 작사를 해서 히트시킨 수많은 노래들은 거의가 언제나 이런 격렬한 섹스 후에 만들어졌던 것이다.

"잠깐! 키스 먼저! 아무리 바빠도 상하가 있는 법인데…! 호호호!"

그녀의 음란한 대화가 뻔뻔스럽게 튀어나왔고, 승우도 충실한 하수인처럼 자신의 입술을 가져갔다. 순간 두 입술이 벌려지면서

혓바닥들이 반가운 재회의 스킨십에 몰두했다. 근데 이게 뭔가? 이건 영 아니다! 아까 바닷가에서 록후에게 인공호흡을 했을 때 느껴지던 그 떨림이 아니었다.

'록후! 넌 깨어나야 해! 나의 이 입술로 널 살려 낼 꺼야!'

너무나 안타까워 눈물로 간구하며 흡입했던 록후의 입술은 이제 생각하니 너무나 달콤했다. 짭조름한 바닷물과 입에선 아직도 술 냄새가 풍겼지만 그냥 마셔버리고 싶을 만큼 황홀한 인공호흡! 아니 입맞춤이었다.

"됐어요! 승우 씨! 이젠 아래로…!"

승우는 머리를 흔들어 록후로부터 벗어나며 혜미의 초대에 응했다. 벌써 문을 활짝 열어놓고 숨가쁜 얼굴로 그녀가 안내했다. 그랬다. 승우와 혜미는 머리에만 얼굴이 있는 게 아니었다. 성기도 너무나 분명하게 서로를 보고 느끼고 알았다. '나 왔어!' '얼마나 보구 싶었는데?' '하늘만큼 땅만큼!' 그 순간 승우의 심벌은 혜미에게 정말로 하늘만큼 높았고, 혜미의 그곳은 승우에게 땅만큼 넓은 존재였다. 그리고 지금 둘이는 하늘과 땅을 하나로 합치려 했다.

"좀 더 강하게 해줘! …오늘 갑자기 왜 이래요?"

그런데 땅이 불만을 토로했다. 왜 그럴까? 승우는 거의 숙달된 실력을 발휘하려 애썼다. 그때 록후가 보였다. 아직 바닷물을 먹어 기절한 채로의 모습이었다.

'안 돼! 록후야! 넌 살아야 해! 어서 깨어나라구!'

결국 승우의 하늘은 혜미의 땅에 서로 닿지 못한 채 허무하게 무너져 버렸다. 푸우 한숨을 내쉬며 승우가 그녀로부터 분리되자 혜미가 날카롭게 종알거렸다.

"정말 이상하네! …승우 씨! 좀전에 누구랑 만나고 왔어? 혹시 개 아녜요? 〈소리쳐〉를 부른 민록후였던가?"

"무슨 뚱딴지같은 소릴…? 그 녀석 이름을 자기가 왜 기억하는데…?"

"너무나 노래를 잘 했는데도 일부러 떨어뜨렸잖아요? 물론 이유는 얘기했지만…! 그래도 정말 이상해! 자기의 지금 모습! 넋 나간 사람 같아!"

우와! 경찰! 아니 검찰! 어쩌면 국정원에 끌려간들 혜미처럼 다그치지는 않을 거다! 이건 금방 뽀록나겠는걸! 그건 절대 안 돼! 그렇다면 혜미의 의문을 잠재우는 묘안을 무엇일까? 바로 그때 록후가 혜미와 겹쳐졌다. 바로 이거야! 록후를 살려내야 해! 우선 인공호흡부터…!

"혜미! 우리 오랜만의 여행이야! 눈앞에서 멀어지면 사랑도 식는다고 그간 우리가 너무 떨어졌었나봐! 정말 사랑해!"

혜미! 아니 록후로 보이는 혜미가 되자 승우의 심벌은 거의 발작적이 되었다. 〈거침없이 하이킥〉이라는 드라마처럼 승우의 한껏 커져버린 것이 혜미의 땅을 사정없이 유린했던 것이다.

× × ×

〈민록후! 연락 바람! 노래를 위해서야! 유승우〉

승우는 여러 날 동안 망설임 끝에 록후의 핸드폰에 문자를 날렸다. 그리고 곧 후회를 했다. 이게 뭔가? 대한민국 최고의 유명 인기 작곡가가 가요제에서 장려상도 받지 못한 낙선자에게 먼저 문자 메시지를 보내다니…! 자존심이 상했다. 아니 록후가 의아해할 것 같아서였다. 그런데 미처 1분도 안 돼 답신이 날아왔다.
〈형! 넘 기다렸어염! 어디서 만나여? 귀여운 록후가! ㅋㅋ!〉
이 자슥 봐라! 열세 살이나 많은 나에게 형이라니? 내가 영화배우 강동원도 아닌데 그리 동안인가? 흐응! 기분이 무지 좋았다. 그러나 지금이 찬스이면서 위기였다! 록후에게 혼이 담긴 정말 좋은 곡을 부르게 하려면 인내의 과정을 거쳐야 한다! 강한 무쇠를 만들기 위해서는 용광로에서 몇 번씩이나 담금질해야 하듯이 말이다. 너무나 쉽게 뜨거웠고 빨리 식어버리는게 연예가의 체질이었다. 승우는 록후에게 연락을 딱 끊어버렸다.
〈형! 뭐예요? 제 문자 받으셨나염?〉 궁금증의 완곡한 표현이었다.
〈록후 미쳐 죽는 걸 알아염? 답 줘용! 해해!〉 이제는 아부를 떨어보는가 보다.
〈혀엉! 그 바다로 다시 갈래! 물귀신 돼서 형을 괴롭힐 거야!〉 마침내 록후에게서 협박장이 날아왔다. 그래! 이젠 답신을 보내줘야지! 더 미적거리다가는 녀석이 정말로 자살할지도 모르니까…! 승우는 핸드폰의 자음과 모음을 조합해서 확인 버튼을 눌렀다.
〈록후! 미안! 작품 땜에 여행! 유승우 형!〉 그런데 또 답신을 날리고 나니 금방 후회가 밀려왔다. 노래에 목숨 걸고 달려드는 녀석을 어떻게 감당하려고…? 하지만 두려운 만큼 한 번 부딪혀 보자는 오기도 생겼다. 이때 30초도 안 돼 록후의 문자가 벌떡 솟았다.
〈지금 안 만나 주면 형 뉴스에 나와염! 록후 죽였다구여! 아앙!〉 이쯤 되면 승우로서 별 도리가 없었다. 내가 먼저 시작을 했으니까 책임을 져야 할 것 아닌가? 승우는 할 수 없이 답문자를 쏘았다.

〈1호선 대방역! 뉴스타오피스텔 707호! 유승우 작곡실!〉 그런데 이런 당황스런 일이 있나? 겨우 30분도 안 돼서 록후가 승우의 오피스텔 작곡 사무실 문을 열고 짜잔 나타난 것이었다. 사내 녀석이 웬 장미 꽃다발을 가슴에 안고서였다.

"혀엉! 나빠요! 형은 사람을 괴롭히는 취미가 있으신가 봐요! 록후가 아주 미쳐 죽을 뻔했다구요? ㅋㅋㅋ!"

록후는 온전한 한글로 표현이 안되는 ㅋㅋㅋ 웃음을 날리며 한껏 투정을 부렸다. 하지만 말투는 그래도 녀석의 얼굴은 기쁨으로 넘쳐났다. 그냥 미소가 넘치다 못해 해바라기처럼 활짝 피어났던 것이다. 승우는 손수 커피를 끓여 함께 마셨다. 오늘따라 커피 맛이 죽여주었다. 갑자기 멋진 멜로디가 마구 쏟아질 듯한 기분이었다. 이윽고 커피를 마신 록후가 표정을 바꾸며 말을 꺼냈다.

"유승우 작곡가 선생님! 저 다시 노래할 수 있나요? 가수의 소질이 있냐구요?"

에잉? 갑자기 녀석이 정말로 미쳤나? 왜 이리 돌변하는 거야? 형에서 선생님은 뭐고 또 노래가 어쨌다구…? 바보 같은 녀석! 내가 왜 너를 이토록 애타게 찾았는데, 그 따위 말을 질문이라고 해? 승우는 뺨이라도 갈겨주고 싶을 만큼 화가 났지만, 엉겁결에 록후의 두 손을 잡으며 다짐하듯 말했다.

"네가 얼마나 노래를 잘 하는지는 스스로 알고 있잖아? 그러니까 목숨 걸고 덤비는 것 아냐? 그리고 난 그런 너에게 정말 좋은 곡을 주고 싶어서 부른 거구…! 이 바보야!"

"네에? 그 말 진짜죠? 록후가 가수 될 수 있다는 거 정말이죠? 혀엉!"

그러자 록후는 깡충 뛰어올라 승우의 뺨에 뽀뽀를 해 버리는 게 아닌가? 승우는 하도 기가 차서 벙쪄 록후를 바라보자, 그제야 겸연쩍은 듯 머리를 긁적이며 변명을 늘어놓았다.

"에이! 형이랑 나랑은 세대차인가 봐! 형이 넘넘 고마워서 서비스 차원으로 뽀뽀 한 번 해드린 걸 가지구…! 제가 더 쑥스럽잖아요? ㅋㅋㅋ!"

"알았어! 임마! 그럼 가끔씩 그런 서비스 잘 해야 내가 좋은 곡 써줄 거야! ㅋㅋㅋ!"

록후한테 전염이 됐는지 승우도 ㅋㅋㅋ 웃음을 날리자 록후가 호들갑스럽게 대꾸했다.

"그야 당근이죠! 혀엉!"

근데 녀석은 어떻게 자랐길래 이리도 응석 체질일까? 승우는 절로 미소가 나와서 역시 록후처럼 다시 ㅋㅋㅋ 웃음을 날리며 말을 꺼냈다.

"ㅋㅋㅋ! 록후야! 너 그날 부른 〈소리쳐〉 말고 또 18번 노래가 있어?"

"네! 실은 이승기가 부른 〈제발〉을 더 좋아해요! 근데 노래가 좀 처져서, 지난번 해변에서 열린 가요제와는 맞지 않을 것 같아…!"

"좋아! 그럼 〈제발〉을 한 번 불러봐! 반주를 넣어줄까?"

"아뇨! 진짜 노래 실력은 무반주일 때 드러나잖아요?" 하면서 록후는 갑자기 사랑의 연인과 결별한 듯한 슬픈 표정으로 노래를 시작했다.

잊지 못해! 너를 있잖아!
아직도 눈물 흘리며 너를 생각해!
늘 참지 못하고 투정부린 것 미안해!
나만 원한다고 했잖아!
그렇게 웃고 울었던 기억들이
다른 사랑으로 잊혀져
지워지는게 난 싫어!
어떻게든 다시 돌아오길 부탁해!
처음으로 다시 돌아가길 바랄게!
기다릴게 말은 하지만
너무 늦어지면 안돼!
멀어지지마! 더 가까이 제발!
모든 걸 말할 수 없잖아!
마지막 얘길 할테니 들어봐!
많이 사랑하면 할수록
화만 내서 더 미안해!
언젠가는 다시 돌아오길 부탁해!
헤어지면 가슴 아플거라 생각해!
기다릴게 말은 하지만
너무 늦어지면은 안돼!
멀어지지마! 더 가까이!
제발! 제발! 제발!

록후가 혼신을 다하여 노래 부르는 동안 눈을 감고 경청하던 승우가 눈을 떴을 때 하마터면 비명을 지를 뻔했다. 겨우 3분여 짜리 노래를 부르는데 온몸이 땀으로 젖고, 특히 록후의 두 뺨에 하염없이 흘러내리는 액체는 눈물이었던 것이다. 어떻게 저리 많은 눈물을 계속 뿜어낼 수 있는 것일까? 너무나 애처로워서 차마 볼 수 없었다. 그런데 마지막 '제발! 제발! 제발!'을 부르다가 록후는 끝내 현기증이 난 듯 비틀하더니 쓰러져 버렸다.

"야! 록후야! 왜 그래? 정신 차려!"

승우는 재빨리 록후를 붙잡아 안고 소리쳤다. 그제야 록후가 가까스로 눈을 뜨며 힘겹게 말했다.

"혀엉! 제발 나 노래 부를 수 있게 도와줘! 정말 좋은 곡 만들어 달라구요! 이 노래 〈제발〉보다 훨씬 잘 부를게요! 혀엉!"

"걱정마! 록후야! 내 혼신을 다해서 너에게 꼭 맞는 노래를 작곡하고 말 꺼야! 그러니까 몸 관리부터 잘해! 가수는 노래뿐 아니라 체력도 아주 중요하다구…!"

"정말? 형! 진짜 나한테 최고의 곡을 만들어 줄 거야? 고마워요! 혀엉! 나 형이랑 뽀뽀 하구 싶어! 이건 서비스가 아니라 진짜란 말예요!"

그리고 록후는 갑자기 어디서 기운이 솟는지 거꾸로 승우를 와락 끌어안으면서 진짜로 입술을 향해 덤벼들었다.

"너 정말로? 이건 좀…!"

그때 승우가 어물어물 하는 사이에 록후는 벌써 혀까지 침범하는 딥키스를 해댔다.

"형의 노래를 부르려면 형부터 사랑해야 하는 것 아니우? ㅋㅋ!"

이윽고 승우로부터 떨어져 나가면서 록후가 의외로 명랑한 목소리로 말했다. 그래서 승우 역시 조금은 어색함과 난처함으로부터 벗어날 수 있었다. 이때 살짝 열려진 작곡 사무실 문을 밀어젖히며 혜미가 느릿느릿! 그러나 뼈를 박은 말투로 쏘아왔다!

"흥! 이제 본 상황은 내 상상력으로는 잘 이해가 안 되네! … 이봐요! 방금 둘이서 한 행동은 장난인가요? 진짜인가요?"

× × ×

모든 것은 뒤죽박죽이 돼 버렸다. 아니 박살이 나 버렸다고 해야 할까? 승우는 독한 양주를 맥주컵에 따라 안주도 없이 입 안에 쏟아부었다. 술의 힘을 빌려서라도 잠시 정신을 쉬게 하고 싶었다. 하지만 머릿속은 점점 맑아왔다.

"여보세요! 누군데 우리한테 그런 모욕적인 말을 하는 거죠?"

그때 얼굴이 벌겋게 달아오른 록후가 혜미를 향해 대들었다.

"뭐야? 네가 바로 가요제에 나왔던 민록후지? 너야말로 여기 와서 한 짓이 우리한테 모욕적이라구! 알았어? 자식아!"

순간 어처구니없는 일이 벌어졌다. 혜미가 마치 바람난 남편의 조강지처처럼 악다구니를 쓰면서 록후의 뺨을 올려붙였던 것이다.

"혀엉! 미안해요! …하지만 진짜로 형을 사랑한다구요! …으흐흑."

마치 그날 밤 바닷가에서처럼 울음을 터뜨리며 록후는 작곡 사무실을 뛰쳐나갔다. 그리고 벌써 한 달 가까이 해방불명이었다. 아무리 핸드폰을 걸고 문자 메시지를 날려 봐도 소용없었다.
"이 자식! 나를 뭘로 보는 거야?"

처음엔 설마! 다음엔 걱정! 그리고 분노! 이제는 자포자기가 되었다. 그래서 오피스텔 작곡 사무실에 처박혀 술과의 전쟁만 벌였다. 그런데 오늘밤처럼 비바람이 몰아치니까 더욱 록후가 미치도록 그리웠다. 승우는 그날 록후가 부른 〈제발〉의 노래를 녹음해둔 걸 깨닫고 테이프를 재생했다.

'잊지 못해 너를 있잖아!
아직도 눈물 흘리며 널 생각해!
어떻게든 다시 돌아오길 부탁해!
처음으로 다시 돌아가길 바랄게!
기다릴게 말은 하지만
너무 늦어지며는 안돼!
멀어지지마! 더 가까이 제발!'

보였다! 그 노래 속에 땀에 젖어 눈물 흘리면서 열창하는 록후가 바로 눈앞에 나타났다.
"아! 그만! 그만! …록후야! 제발 돌아와 줘!"

승우는 더 이상 참지 못하고 벌떡 일어서서 탁자를 주먹으로 쾅 내려쳤다. 바로 그때 세차게 작곡 사무실의 문을 두드리는 소리가 들렸다. 흥! 혜미겠지? 그녀는 유난히 비 오는 날을 좋아하는 우중녀(雨中女)였으니까! 하지만 여자가 두드리는 얌전한 노크 소리가 아니었다.
"누구야? 이 밤중에…!"

승우는 완전히 알콜맨이 되어 비틀비틀 작곡 사무실 문을 열었다. 그리고 다음 순간 너무나 놀라서! 아니 하도 반가와서 버럭 소리를 질렀다.
"혀엉! 나 록후예요!"
"너 임마! 너 이 자식! 나쁜 놈! 정말 못된 녀석!"
승우는 헛소리처럼 내지르며 비에 흠뻑 젖어 떨고 섰는 록후를 끌어안은 채 계속 욕만 퍼부어댔다.
"형! 추워! 나 계속 밖에 세워둘 거예요?"
"그래! 어서 들어와!"
그제야 승우는 록후를 데리고 안으로 들어왔다.
"샤워부터 하고 옷 갈아입어야겠다."
"알았어! 형! 미안해!"
욕실로 들어간 록후가 승우의 침대로 기어오른 건 거의 한 시간이나 지나서였다. 그런데 승우가 내어 준 잠옷은 거들떠보지도 않고 알몸으로 이불 속에 파고들었다.
"너 이러면 형한테 혼난다! 빨리 잠옷 입어!"
"아유 참! 형은 구세대야! 난 다 벗어야 잠이 온다우! ㅋㅋㅋ!"
"그거 참 이상한 체질이네! ㅋㅋㅋ!"
"아! 난 형이 너무 좋다! 안아 줄까?"
녀석은 정말 못 말리겠다. 중고 시절 단짝친구네 집에서 시험 공부를 하다가 잠잘 때 흔히 벌어졌던 엉뚱한 짓을 아주 터놓고 하려는게 아닌가? 하지만 다음 순간 승우가 먼저 록후를 끌어안았다. 맨가슴이 맞닿자 그 기분이 아주 묘했다. 서로 체온을 느끼고 살결의 감촉과 쾅쾅 울리는 심장박동은 쾌감을 고조시켰고, 어느 부분에 피쏠림 현상을 가져왔던 것이다. 이러면 안 되는데…! 승우는 군대 시절의 추억을 떠올리며 고개를 저었다.

"형! 나 부탁 하나 있는데 들어줄 거야?"

'뭐어? 부탁이라구? 벌써 록후가 눈치를 채 버렸단 말인가?'

"혀엉! 나한테 들어와 줘! 으응? 내 몸과 맘을 느껴서 좋은 곡 써 달라구요! 형이라면 어떤 아픔도 참을 수 있어! 어서요!"

× × ×

그로부터 사흘 후에 승우는 터질 듯한 영감을 주체하지 못해 컴퓨터를 열고 악보를 펼쳐서 작업을 시작했다. 다섯 줄이 그어진 오선지 위에 승우와 록후가 그날 밤 서로의 몸속에 나누었던 정자 모양의 콩나물이 순식간에 그려져 나갔다. 이때 따뜻한 숨소리가 어깨 위에 뿜어져 승우는 슬며시 고개를 들었다. 거기엔 사랑의 위기와 고뇌를 겪은 혜미가 다시 찾은 미소를 띠고 있었다.

"벌써 록후를 위한 곡이 써졌어요? 어서 프린트 해줘요! 내가 가사를 입힐게요!"

"정말? 그리 해준다면 너무 고맙지만…!"

"그 소리는 록후한테 듣고 싶은데요."

"미안해! 혜미!"

승우는 더 이상 말을 잇지 못하고 조용히 일어나 그녀를 포옹하면서 뜨거운 키스를 선사했다.

"사랑하는 사이엔 미안하다는 말을 하지 않는 거래요. 우리가 그런 사이 아닌가요?"

다시 사흘의 시간이 흐른 후에 혜미가 승우의 작곡 멜로디에 노랫말을 담아왔다. 그리고 더욱 싱싱하고 세련된 록후가 연습을 위해 달려왔다.

"형! 누나! 저 이젠 정말 가수가 되는 거예요? 두려워요!"

"걱정 마! 누나가 써 준 노래 제목이 뭐니? 〈러브 큐핏〉이잖아? 이미 가수를 향한 화살이 쏘아진거라구!"

"자! 이건 슬픈 노래가 아니야! 난생 처음 사랑의 화살을 맞은 설렘과 기쁨을 표현한 거니까, 너의 지금까지 슬픈 표정은 싹 지워버리란 말야!"

"어떻게요? 이렇게…?"

아아! 록후는 어쩌면 저런 표정을 순식간에 지어내는 것일까? 가수가 되기 전에 탤런트나 영화배우로 뽑혀갈까 걱정이 되었다. 〈타이타닉〉의 디카프리오! 〈왕의 남자〉의 이준기! 〈우리들의 행복한 시간〉의 강동원! 〈거침없이 하이킥〉의 정일우! 좌우간 세상의 꽃미남들을 모두 모아 빚어낸 듯한 모습이라고 할까? 록후는 그런 얼굴에 첫사랑의 환희를 노래한 〈러브 큐핏〉을 승우의 지도에 따라 한 소절씩 익혀나갔다.

다시 6개월 후에 드디어 메이저 연예기획사의 신인가수로 스카우트된 록후의 뮤직 비디오가 전파를 타기 시작했다. 그때는 이미 승우나 혜미가 만난 록후가 아니었다. 특별한 의상과 코디와 안무로 무장한 록후의 노래는 겨우 3개월 만에 청소년 음악 프로에서 1위를 차지했고, 연예가와 스포츠 신문은 연일 록후의 기사로 도배질되었다.

"제 이름이 특이하다구요? 제가 LA에 살 때 아니! 엄마와 아빠가 록키산맥을 여행한 후에 제가 태어났대요! 그래서 록후란 이름을…! …제 노래를 만들어 주신 선생님들요? 다 아시는 유명 인기 작곡가 작사가시죠! 유승우 선생님과 강혜미 선생님! 정말 감사합니다! …어떻게 인연이 됐냐구요? 아이! 그건 비밀이에요! 연예인은 신비성을 잃을 때 생명이 끝난다고 하던데요? ㅋㅋㅋ!"

인터뷰가 끝나자 록후는 모델이 워킹하듯 우아하게 무대로 걸어 나와 배우보다 더욱 능란하게 요즘 1위 곡인 〈러브 큐핏〉을 온몸과 표정과 열창으로 폭발시켰고, 구름같이 몰려다니는 록후의 팬들은 환호와 아우성과 비명으로 무아지경에 빠져들었다.

러브 큐핏! 러브 큐핏! 오! 아찔한 사랑의 큐핏!
나 그대가 쏜 사랑의 화살에 맞았나봐!
러브 큐핏! 러브 큐핏! 오! 황홀한 사랑의 큐핏!
나 갑자기 온세상이 달라진 느낌이야!
이제까지 괜시리 슬픈 생각에 빠져서
반짝이는 별보고도 눈물 핑 돌았는데
지금 이 순간 마냥 나의 가슴은 기쁨에 넘쳐
지금 이 순간 왠지 나의 마음은 행복에 겨워!
러브 큐핏! 러브 큐핏! 오! 아찔한 사랑의 큐핏!
어쩐지 그대가 보고 싶어! 견딜 수 없어!
러브 큐핏! 러브 큐핏! 오! 황홀한 사랑의 큐핏!
정말로 그대가 좋아졌어! 참을 수 없어!

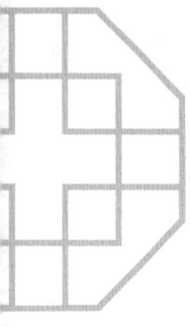
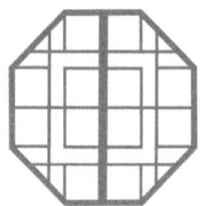
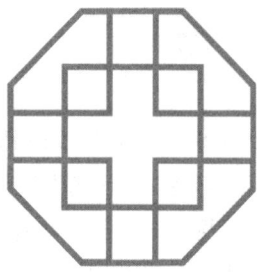

2

뮤지컬 배우

스토리 라인 - 고교 야구선수로 촉망받던 진혁우는 D신문사 주최의 전국고교 야구대회의 결승전에서 아킬레스건이 끊기는 부상을 입고 결국 야구를 포기하게 된다. 그러나 노래에 소질이 있어 친구의 그룹사운드에서 보컬을 맡게 되어 방송국의 OST까지 참여하지만 역시 실패하고 절망에 빠졌을 때 엄마의 친구인 뮤지컬 배우의 공연에 억지로 구경 갔다가 이것이 기회가 되어 바로 그 뮤지컬의 주연 배우로 발탁되는데…!

창작 메모 - 평소 뮤지컬 마니아인 나는 한때 유명한 뮤지컬 공연은 거의 다 관람하던 때가 있었다. 그런데 어느 날 TV 연예 프로에서 내가 깜짝 놀란 매력적인 뮤지컬 배우의 출연을 보고 내 나름의 상상으로 그의 데뷔기를 소설로 써 보았다.

"와아! 진혁우 선수 나왔다! 파이팅! 홧팅!"

남산의 단풍이 불길처럼 타오르는 10월의 잠실야구장엔 한국에서 두 번째로 창간된 오랜 역사를 자랑하는 D일보 주최의 황금백호기 전국고교야구대회 결승전이 펼쳐지고 있었다. K고 야구부 선수인 진혁우가 로마 병사처럼 늠름한 걸음으로 야구 배트를 좌우로 휘두르며 타자의 마운드로 걸어 나오자, 원형의 야구장 좌석을 가득 메운 남녀 학생들의 함성이 터져 나왔던 것이다.

"오빠아! 사랑해! 넌 내꺼야!"

"미친년! 내가 진즉에 찜했다구!"

"모야(뭐야)? 이게 누구한테 욕질이야?"

순간 교복이 다른 여학생 사이에 이런 언쟁이 터져 나왔다. 그러자 곁의 남학생이 끼어들며 말을 뱉었다.

"야! 너네들! 여기가 〈젊음의 행진〉 녹화장이냐? 야구선수를 무슨 가수로 착각하나봐!"

"모야? 남이사 전봇대로 이빨을 쑤시든 무슨 상관…?"

"누가 아니래? 진혁우 선수의 저 우월한 기럭지(키)! 핸섬한 얼굴!"

"홍! 그뿐이니? 활짝 웃을 때의 쥑여주는 미소는 어떻구?"

그러자 싸우던 두 여학생은 갑자기 한편이 되어 남학생을 공격하기 시작했던 것이다.

"어휴! 끼어든 내가 미친놈이지! 그래! 진혁우 선수! 너네들끼리 실컷 갖구 놀아라!"

결국 남학생은 두 여학생한테 벙쪄서 얼굴을 붉히며 다른 자리로 옮겨가고 말았다.

"와아! 오빠아! 파이팅! 홈런! 홈런!"

바로 이때 진혁우는 배트를 어깨 위까지 휘두르며 문득 하늘을 우러러보았다. 구름 한 점 없는 10월의 하늘은 천고마비란 사자성어를 증명하듯이 백두산 천지처럼 푸르러서 문득 야구 배트를 내던지고 풍덩 뛰어들고 싶었다고나 할까?

"자! 진혁우 선수는 야구의 명문 K고의 최고 강타자가 아닙니까?"

"그렇죠! 오늘 K고가 황금백호기 전국고교야구대회 결승전에 진출한 것도 진 선수의 공로라고 할 수 있죠!"

"네! 근데 이제 9회 말 마지막 타자에 7대 8! 1점 차로 뒤지니까, 우승의 결판도 진혁우 선수의 양 어깨에 달려있다고 해도 과언이 아니겠죠?"

방송국 중계석의 아나운서와 해설자의 이런 문답이 아니라도 지금 진혁우 선수에겐 승패를 가름하는 순간이었다. 따라서 진혁우는 독수리의 눈초리로 상대팀 투수를 노려보았다. 이미 여러 번 경기를 해 봐서 파악하는 D정보고의 투수는 손가락이 짧아 변화구를 던질 때는 그의 자세를 보고 직감할 수 있었다. 하지만 오늘 D정보고의 투수가 전혀 다른 폼으로 직구와 변화구를 섞어서 던지는 바람에 진혁우는 투(2) 아웃의 상황에서 순식간에 쓰리(3) 볼 투(2) 스트라이크가 되고 말았다.

"앗! 어쩌지? 이제 한방이면 결판이 나 버리게 됐으니…!"

이리하여 마지막 투수의 볼을 받아치게 된 진혁우는 방금 변화구를 던졌으니까, 이번엔 직구로 예상하고서 자세를 낮추고 양

다리 사이의 보폭을 넓혀서 날아오는 볼을 사력을 다해 힘껏 내쳤던 것이다.

"뻥! 쉬익!"

그러자 진혁우의 배트를 정통으로 얻어맞은 볼은 야구장의 창공을 가로질러 멀리 포물선을 그리며 날아갔다.

"와아! 홈런이다! 홈런!"

동시에 관중석에서는 일시에 거대한 함성이 터져 나왔고, 이에 진혁우는 세계육상대회의 100미터 단거리 선수처럼 바람을 일으키며 1루 2루 3루를 거침없이 찍어나갔는데…!

"아악! 으흐…!"

하지만 홈인에 이르기 직전에 진혁우는 비명과 함께 머릿속에 다이나마이트가 폭발하는 듯한 착각을 느끼며 쓰러지고 말았다. 아니 깜깜한 나락에 떨어져버리는 무의식 속으로 내던져지고 말았던 것이다.

×　×　×

"앗! 여기는…?"

얼마나 시간이 흘렀을까? 깊은 잠에서 깨어난 듯한 느낌 속에 눈을 뜬 진혁우는 병실의 침대에 누워있는 자신을 발견하고 경악에 차서 외쳤다. 하지만 그 목소리는 자신도 알아들을 수 없을 만큼 입안에서만 맴돌았다.

"오! 이제야 정신이 돌아왔니?"

그때 바로 박 감독님이 진혁우의 침대 옆으로 다가오며 어두운 표정을 지었다. 그제야 문득 황금대호기 전국고교야구대회 결승전에서 불의의 사고로 쓰러졌던 순간이 떠오른 진혁우는 두 손을 허우적대며 절망에 찬 목소리로 울부짖었다.
"감독님! 저 때문에 우리 학교가 패했죠? <u>으으흐흑</u>!"
기어이 울음을 터뜨리고야 마는 진혁우의 어깨를 다독이며 박 감독님이 속삭이듯이 건네 왔다.
"인마! 지다니? 우린 이겼어! 이번 대회엔 준우승도 영광이라구!"
"하지만 제가 잘 했다면 꼭 우승을 했을 텐데…! 죄송해요!"
"야! 그런 걱정 말고 어서 몸이나 회복하도록 해! 인대에 고장이 났다는 의사의 진단이야!"
그런데 그날 저녁 때에 회진을 도는 담당 의사는 진혁우를 진짜로 절망에 빠지게 했으니…!
"어차피 알 일이니까 학생에게 말하는 거예요. 발목 인대가 완전히 끊어져서 얼마나 더 입원을 해야 할지…!"
"네엣? 그럼 저의 선수생활은 끝인가요?"
"글쎄…! 단언할 순 없지만 아마도 그럴 확률이…!"
대답을 매듭짓지 못하는 의사에게 진혁우는 침대에서 벌떡 일어나 앉으며 소리쳤던 것이다.
"뭐라구요? 끝이라뇨? 병원은 그런 환자를 고치라고 있는 게 아닌가요?"
"혁우야! 의사선생님께 이러면 쓰니? 최선을 다해 치료하시는데…!"
이때 박 감독님이 그를 진정시키지 않았다면 그는 무슨 행패를 부렸을지도 몰랐다. 아니 침대에서 일어나 앉는 순간 끊어질 듯한 발목의 아픔에 제풀에 다시 침대에 쓰러지고 말았던 것이다.
 "으흑흑! 감독님! 전 이제 어쩌죠? 허헉!"
 이윽고 진혁우는 침대의 담요를 머리끝까지 뒤집어쓰고서 끝없이 흐느낄 뿐이었다. 그리고 주마등처럼 스쳐지나가는 지난날의 야구선수로 뛰기까지의 추억에 잠겨 들었다.

× × ×

 "얌마! 너 좀 이리와 봐!"
 학교 도서관에서 황혼 무렵에 중간고사 시험공부를 마치고 나와 운동장에서 야구부가 연습하는 모습을 바라보며 지나가는데 박 감독님이 손을 까불며 불러 세우는 것이었다.
 "네에? 저를 부르셨나요?"
 "그래! 지금 너밖에 없잖아?"
 그래서 뛰듯이 박 감독님에게 다가가자 진혁우의 몸매를 쓱 훑어보신 후 이렇게 명령하듯이 말했다.
 "야! 너, 내일부터 우리 야구부에 들어와! 알았지?"
 "네에? 전 운동에 소질이 없는데요!"
 사실 진혁우는 아버지가 권투선수를 하셔서 운동에 취미와 소질이 있었다. 하지만 어머니가 아버지 때문에 운동을 싫어하셔서 얼른 대답하기가 어려웠던 것이다.
 "임마! 해 보지도 않고 무슨 소리야? 너의 키랑 몸은 야구선수로 딱인 걸! 난 척 보면 안다구!"
 당시에 어느 개그맨이 〈척 보면 앱니다!〉란 유행어가 인기를 타던 시절이어서인지 박 감독님이 이렇게 단언을 했다. 그리고 집에 돌아와서 진혁우가 야구부 얘기를 꺼내자, 아버지는 의외로

못들은 체 하셨고 어머니의 반응이 뜻밖이었던 것이다.

"에이유! 피는 못 속인다더니…! 남자란 하고 싶을 걸 해야 남자란다. 그러니 네 마음대로 해! 다만 한번 시작했으면 성공할 때까지 버텨야 하느니라!"

이리하여 진혁우는 다음날부터 학교의 야구부에 입단하여 선수가 되었는데 야구부원들의 태도가 심상치 않았다.

"어디서 굴러먹던 개뼈다귀가 나타난거야?" 하는 듯한 적의감으로 째려보면서 한마디의 대화도 걸어오지 않았던 것이다. 그렇지만 진혁우는 이에 불만을 나타낼 수가 없었고 묵묵히 선참들의 눈치나 보고 심부름을 해주면서 야구부 입단 생활을 시작할 수밖에 없었다. 그렇게 사흘이 지나자 박 감독님이 3학년인 야구부 반장을 불러 지시를 내렸던 것이다.

"야! 반장! 오늘 토요일이니까 신참 진혁우의 환영식을 준비하라!"

"넵! 알겠슴다!"

순간 진혁우는 군대의 신고식이 떠올라 찜찜하기도 했지만 의외로 선참 선수들의 표정이 밝고 즐거워 보여서 안심하고 환영식을 기다렸던 것이다. 그리고 야구부실에서 피자니 과일을 마련해서 파티처럼 열어준 데까지는 좋았는데, 날이 어둡고 야구부실에 전깃불이 켜지자 상상 초월한 환영식이 시작되었던 것이다.

"야! 반장! 환영식 준비가 됐으면 실시하도록 해! 알았나?"

"넵! 실시하겠슴다!"

이윽고 박 감독님이 사무실로 사라지자 야구부 반장이 부원들을 모아놓고 명령을 내렸다.

"부원 전원! 신참환영식 자세로 집합!"

그러자 20여 명의 부원들이 후다닥 야구선수복 차림으로 갈아입고 일렬횡대로 늘어섰다. 하지만 진혁우에게는 아직 야구선수복이 지급되지 않아 그대로 교복인 채로 맨 끝에 섰던 것이다.

"어? 넌 뭐야? 야구복이 없으면 그냥 벗어야지!"

"에? 그냥 벗다뇨? 어떻게…?"

이에 어리둥절한 진혁우가 반장에게 묻자, 그의 대꾸가 더욱 진혁우를 기절초풍하게 했으니…!

"짜샤! 야구부에 들어와 아직 단복을 못 받았으면 입을 준비를 해야지! 그러니깐 홀랑 벗고 서란 말이야!"

"그래! 우리도 다 그렇게 했단 말야!"

이때 누군가 이렇게 채근해서 진혁우는 얼빠진 자세로 누드가 되지 않을 수 없었던 것이다. 하지만 그는 남들처럼 도저히 차렷 자세를 취할 수가 없었다. 왜냐하면 자신만의 비밀인데 그것이 너무나 킹사이즈여서 동네 목욕탕에 가서도 수건으로 감추어야 했기 때문이다. 진혁우는 지금 키가 188센티여서 어느 선생님이 그의 키를 〈88서울올림픽 공인키〉라고 놀렸는데, 그의 사이즈는 미 발기에도 18센티였으니…! 그래서 엉거주춤 두 손으로 가리고 서자 반장이 눈을 부릅뜨며 소리쳤다.

"뭐야? 두 손 안 내려? …에엑? 이 짜슥 진짜 야구선수로 잘 들어왔네! 이건 바로 야구 방망이잖아? 야! 넌 이제부터 별명이 야구 방망이니까 줄여서 〈야방〉이다! 하핫!"

야구반장이 떠벌이는 소리에 부원들도 모두 눈길을 모으고 한바탕 폭소를 쏟아냈으니, 진혁우는 그야말로 쪽팔리고 창피스러워 숫제 눈을 감아버리고 말았던 것이다. 그런데 다음 순간 더욱 엄청난 일이 벌어질 줄이야!

"자! 그럼 신참의 환영식을 거행한다! 모두 바지를 까 내리고 엎드려뻗쳐!"

"넵!"

"고참부터 차례로 야구 빳다로 춘향이 곤장치듯 매우 친다!"

그러니까 바로 신참환영식이란 〈야구빳다 회식〉을 뜻하는 말이었던 것이다. 이리하여 야구부 선수 일동은 각각 20여 대의 빳다를 엉덩이에 맞고 마치 개구리처럼 모두 널부러지고 말았다. 그런데 희한한 일이 벌어지고 있었다. 처음에 빳다를 맞을 땐 미쳤나 싶기도 하고 화도 치밀었으나, 차츰 아픔의 감각이 무딜 정도로 심해지자 부원 전체가 일체감으로 단합되면서, 마치 독립군이 혈맹을 맺을 때처럼 동지애에 빠지게 되었다고나 할까? 그래서 미리 준비한 연고를 핏자욱으로 멍든 엉덩이에 서로 발라 줄 때에는 흡사 애무하는 느낌도 들었던 것이다.

"얌마! 신참 진혁우! 넌 경마용 말이냐? 우째 X도 엉덩이도 이리 크노?"

"짜슥아! 연고 묻힌 솜방망이로 어디를 쑤시노! 더 장난치면 나 싸버릴지 모른당! 히힛!"

이처럼 이젠 음탕한 짓거리까지 하면서 아예 어떤 부원은 서로 껴안고 나뒹굴기도 했으니…!

"자! 동작 그만! 모두 일어나 운동장으로 〈야구부가〉를 부르며 몸 풀기를 한다!"

이윽고 신참환영식을 끝낸 야구부원들은 반장의 지시에 따라

학교 곳곳에 설치된 조명등으로 제법 밝은 운동장에 나가 트랙을 뛰면서 〈야구부가〉를 부르기 시작했다.

> 두 눈 크게 떠! 앞을 봐!
> 우리들 마음속 푸른 꿈을 위해!
> 힘껏 소리쳐! 하나 둘 셋!
> 헤이 헤이 헤이! 헤이 헤이 헤이!
> 더 높이 쳐다봐! 더 멀리 바라봐!
> 자! 이제부터 친구야! 뛰어!
> 자! 이제부터 친구야! 달려!
> 자! 이제부터 친구야! 웃어!
> 자! 이제부터 친구야! 춤춰!
> 두 팔 벌리고 가슴 활짝 펴!
> 우리들 가슴 속 부푼 꿈을 위해!
> 마음껏 나아가! 하늘 땅 끝!
> 헤이 헤이 헤이! 헤이 헤이 헤이!
> 더 높이 뛰어봐! 더 빨리 달려봐!
> 자! 이제부터 친구야! 힘을 내!
> 자! 이제부터 친구야! 땀 흘려!
> 자 이제부터 친구야! 박수쳐!
> 자! 이제부터 친구야! 노래해!

이렇게 진혁우가 야구부 환영식을 마치고 부실로 돌아오자, 그제야 박 감독님이 기다렸다가 부원을 세워놓고 일갈했다.
"자! 이제부터 너희는 야구의 명문 D고의 야구부원으로서 야구와 결혼을 한 거다! 그러니까 이제는 우리나라 최고 전통의

〈황금백호기 전국고교야구대회〉에 나가서는 선배들처럼 우승도 해야 하고, 졸업 후에는 대학으로 가든 프로로 뛰든 미국 메이저리그의 박찬호처럼 위대한 선수가 되어야 한다! 알긋나?"

"넵! 감독님! 저희를 더욱 혹독하게 훈련시켜 꼭 그렇게 만들어 주십시오! 으흐흑!"

다음 순간 야구부원들은 어미닭의 품을 파고드는 병아리처럼 우르르 박 감독님한테로 엉켜들며 울부짖었던 것이다.

× × ×

누가 아픔의 시간은 짧아도 슬픔의 세월은 길게 간다고 했던가? 진혁우가 황금백호기 전국고교야구대회에서 불행하게도 인대가 끊어져 다 잡았던 우승컵을 놓치고 준우승에 그쳤을 때, 바로 인대 부상의 아픔은 2개월여 만에 거의 회복되었지만, 그 후유증으로 야구선수를 접어야 하는 슬픔은 어쩌면 평생을 갈 지도 모른다는 생각이 들었다. 하지만 이제는 돌이킬 수 없는 운명과도 같이 여겨져 진혁우는 눈물을 머금고 야구선수복을 벗고 졸업반 마지막 해의 겨울방학을 맞게 되었다. 그래서 집으로 돌아와 체육특기생으로서의 대학 진학을 포기하게 되어 슬픔과 절망에 빠졌을 때, 언젠가 만난 적이 있는 같은 학교의 그룹사운드 반장 한여운이 찾아온 것이었다.

"혁우야! 너의 소식은 학교에서 다 들었어!"

"으응! 고마워! 아무도 찾아와주는 사람이 없는데…!"

그랬다. 야구부원들도 환영식 땐 야구와 결혼했다고 맹세했지만 시간과 함께 야구와도 야구부원들과도 마치 서로 이혼한 듯이 남남이 돼 버리고 말았던 것이다.

"…그래서 얘긴데 너 우리 그룹사운드에 들어와 보컬 좀 맡아 줄 수 없겠니? 네가 노래 잘하는 건 언젠가 네가 나랑 노래방에 놀러간 적 있지? 그때 이미 알았으니까…!"

이리하여 한겨울의 흰눈이 온 천지에 뿜어지던 날에 그와 함께 학교의 그룹사운드실에 갔던 것이다.

"와아! 웰컴! 어서와! 기다렸어!"

그룹사운드 부원들은 모두 한가락 멋을 내는 날라리들로 외모만 봐도 절로 뭉치고 싶은 녀석들이었다. 그들은 진혁우가 들어서자 이처럼 환영과 함께 연주를 시작했는데, 그건 요즘 한창 인기 절정의 유승준이 부른 〈비상〉이란 노래였다. 순간 진혁우는 자신도 모르게 터져 나오는 흥에 못 이겨 마이크를 잡고 〈비상〉을 부르기 시작했다.

때론 괴로웠어! 더욱 많은 것을 네게 주지 못했어!
같은 하루속에 같은 모습뿐인 내가 너무 싫었어!
흘러버린 시간속에 후회라는 말은 아무 필요없는 것!
지나버린 순간 미련이란 것은 아무 소용없는 것!
오~ 어제가 지나가고 나의 앞에 내일이 오고 있어!
그래! 지난 기억속에서 이제 새로운 날을 위해!
잊어버려! 예전의 나의 모습 너의 맘속에서 다 버려도 좋아!
어제보다 더 크게 너를 안을께! 너의 끝없는 사랑을 위해!
지나가버린 것 깨끗이 다 잊어버려도 좋아!
여기 나나나나의 더 새로운 것이 다시 왔으니!
또다른 그 무엇을 너에게 내가 더 안겨줄테니!
이제는 모두 벗어버려! 오 지워 던져버려!

너무 힘들었어! 지쳐가는 내가 내 자신도 싫었어!
그 자리 그대로 남아 있는 내가 너무 나도 싫었어!
오! 어제가 지나가고 나의 앞에 내일이 오고 있어!
그래! 지난 기억속에서 이제 새로운 날을 위해
잊어버려! 예전의 나의 모습! 너의 맘속에서 다 버려도 좋아!
어제보다 더 크게 너를 안을께! 너의 끝없는 사랑을 위해!
어제가 내게서 후회됐든! 더 크나큰 미련으로 남았든!
더 이상은 NOTHING IS FOR BIDDEN!
이제 새로운 지금의 나 일뿐!
자! 자! 나를 쳐다봐!
그리고 새로운 세상! 나와 함께 그려가!
모두가 어제가 아닌 새로움일뿐이야!

NOW & FOREVA! IS ALL UP ON YA!

"야! 혁우야! 너 노래 부르구 싶어서 일부러 인대 끊어진 부상을 당한 것 아냐?"
"정말! 인마! 네 길은 야구가 아니라 노래였다구! 3년 한 야구보다 지금 노래한 한방이 훨 잘 하잖아?"
"짝짝짝! 드디어 우리 그룹사운드 〈갈팡질팡〉의 보컬을 찾았다! K고의 야방(야구 방망이) 진혁우!"

이리하여 진혁우에게 긴 슬픔을 줄 뻔했던 야구와는 훌훌 이혼하고 다시 노래와 재혼하게 되었다고나 할까? 하지만 어른들의 재혼에서처럼 그의 노래와의 새로운 결혼은 순탄한 길로 이어지지 않았다. 우선 아버지의 사업실패로 단칸 오피스텔 생활로 가족과 함께 가난의 고통 속에 빠지게 되어, 진혁우는 알바로 가족의 생계를 돕지 않으면 안 되었던 것이다.

"이봐! 학생! 보아하니 알바를 하기엔 너무 아이돌 연예인 같아! 그러니 얼마나 우리 집에서 버틸까 믿음이 안 가구만!"

첫 번째 알바로 선택하게 된 치킨집의 주인 아저씨는 마치 관상쟁이처럼 진혁우를 뜯어보며 고개를 갸웃거렸다. 그러나 그는 이것저것 가릴 처지가 못 되어 꾹 참고 치킨집 알바에 성실하게 임했던 것이다. 그러던 어느 날 진혁우는 동료 알바생의 생일을 맞아 영업을 끝내고 함께 노래방에 놀러가게 되었다.

"자아! 야방아! 그 얼굴에 노래 못하면 간첩이지! 어서 한 곡 조 빼 보라구!"

그때 야구부 시절에 붙은 그의 〈야방〉이란 별명은 이상하게도 계속 따라붙어 다녔는데 동료 알바생이 또 이렇게 채근했던 것이다.

"으음! 그럼 이승철의 〈희야〉를 불러볼까?"

진혁우는 언젠가 이승철의 콘서트에서 이 노래를 들었을 때 가슴이 저릴 만큼 홀딱 빠져들었던 생각을 하면서 노래방 기기에 해당 노래번호를 찍었다. 그리고 반주가 나오기 시작하자 동료 알바생들은 사내들끼리지만 블루스춤 자세로 서로 야하게 끌어안고 노래방의 홀 안을 맴돌기 시작했다.

희야! 날 좀 바라봐!
너는 나를 좋아했잖아!
너는 비록 싫다고 말해도

나는 너의 마음 알아!
사랑한다 말하고 떠나면
나의 마음 아파할까봐.
빗속을 울며 말없이 떠나던
너의 모습 너무나 슬퍼!
하얀 얼굴에 젖은
식어가는 너의 모습이
밤마다 꿈속에 남아
아직도 널 그리네!
희야! 날 좀 바라봐!
너는 나를 좋아했잖아!
너는 비록 싫다고 말해도
나는 너의 마음 알아!
오! 희야! 날 좀 바라봐!
오! 희야! 나의 희야!

그런데 그때 애인을 갖지 않아 연애를 하지 않았던 진혁우였지만 점점 노래를 부르는 동안 그는 노래 가사와 같은 사연과 연애 감정이 느껴져서 자신도 모르게 차츰 흐느낄 정도가 되었다. 그 순간 그에게는 〈희야〉가 누군지? 아니 어떤 존재인지를 깨닫게 되었던 것이다. 그것은 바로 지난 3년 가까이 결혼했던! 아니 목숨 걸고 매달렸던 〈야구〉란 존재가 아닌가? 그리하여 그는 노래의 마무리 가사를 이렇게 바꾸어 불렀던 것이다.

오! 야구야! 날 좀 바라봐!
오! 야구야! 오! 야구야!

으흐흐흑! 흑흑…!

이윽고 노래를 마치고 나서도 진혁우는 한동안 통곡을 하고 있었다. 아아! 불의의 사고로 야구와 이혼하게 되어 그토록 정들었던 야구부원들과 박 감독님과 헤어지고, 이젠 치킨집에서 기름 냄새에 찌든 알바생이 되었다고 생각하니 너무나도 슬프고 가슴이 아팠던 것이다.

"잠깐! 나 화장실에 좀 다녀올께!"

이윽고 진혁우는 눈물을 닦으며 화장실에 가서 아랫배를 터지게 하는 맥주의 고통으로부터 해방되는 순간에, 어떤 중년 신사가 곁으로 다가와 힐끔거리며 그의 〈야방〉을 훔쳐보는 게 아닌가?

'뭐야? 이상한 사람이잖아?'

그리하여 진혁우가 불쾌한 감정으로 얼굴을 찌푸리며 쏘아보자, 중년 신사는 얼른 바지의 지퍼를 닫고서 화장실 밖으로 나갔다. 그리고 진혁우가 뒤따라 나가자 그가 기다렸다가 말을 건네 왔다.

"학생! 저어 젊은이! 나 사기꾼인데…! 아니 이런 사람인데 잠시 얘기 좀 할 수 없을까?"

그는 진혁우에게 명함을 내밀며 조금 망설이는 투로 말했다. 받아서 얼핏 보니까, 무슨 엔터테인먼트의 대표라는 직함을 가진 사람이었다. 그 순간 사내가 성급하게 말했다.

"내가 지금 모 방송국 TV드라마 OST를 맡게 되어 마땅한 가수를 찾는 중인데, 방금 학생이 노래하는 걸 들었어요. 그래서 얘긴데…!"

"네! 그러세요? 그럼 한번 속아볼까요? 아니 믿어드리죠!"

연예인들의 데뷔 일화 중에 〈길거리 캐스팅〉이란 소리를 듣긴 했지만, 진혁우처럼 〈화장실 캐스팅〉은 너무나 어이가 없어 쓴웃음을 지으며 대꾸하자 중년 신사가 쾌활하게 맞장구를 쳐왔다.

"좋아요! 자네한텐 스타 탄생의 예감이 든단 말야! 날 따라와요!"

이렇게 우습게 시작된 진혁우의 야구선수에서 연예인의 길은 의외로 술술 잘 풀려, 1개월 후에 정말로 모 TV방송국의 드라마 OST노래를 부르는 행운을 거머쥐게 되었던 것이다. 그러나 희망이 크면 실망도 크게 마련이라고 무명의 가수가 불렀고, 드라마도 실패해서 그야말로 〈좋다가 마는〉 불운을 겪게 되었으니, 진혁우는 엎친 데 덮친 꼴이 되었다고나 할까?

"아아! 안 되는 놈은 뒤로 넘어져도 코가 깨진다더니…! 이게 뭐람!"

부모님은 물론 주변 사람들한테까지 알려진 풍선 같던 꿈이 펑 터지고 나니, 진혁우는 더욱 위축되어 이젠 지구에서 숨쉬는 것조차 고통스럽게 느껴졌다.

"혁우 씨! 이번 실패는 자길 더 크게 쓸려구 그렇게 된 거야! 힘내요! 힘내! 내가 있잖아? 호호!"

이때 이런 태평한 소리로 위로랍시고 던져온 여친은 바로 치킨집 다음의 알바집에서 손님과 알바생으로 만난 한새울이었다.

"됐다구! 인생만사 삼 세 판이라구 내가 세 번쯤 죽어야 풀릴 운명인 줄 알고 있으니까…!"

그건 바로 야구로 한 번 죽었고, 노래로 두 번 죽었으니, 다시 한 번 더 시련을 겪으면, 그땐 정말로 성공가도를 달릴 것 같은 예감이 들었다고나 할까? 그리고 정말로 그 예감은 진혁우에게 딱 들어맞았던 것이다. 얼마 후에 진혁우가 겨우 기운을 차려 자리를 털고 일어났을 때 어머니가 그를 찾았다.

"혁우야! 오늘 엄마랑 구경 가지 않을래?"

"네에? 구경이라뇨?"

"너, 내 여고 동창생! 뮤지컬 배우 장예랑 아줌마 알지? 이번에 〈진시황〉이란 뮤지컬 작품을 하게 됐다구 꼭 구경을 오랜다. 특히 너랑 함께 말야!"

"살려주세요. 제가 어쨌다구 말씀드린 거예요?"

"얘야! 자식 걱정은 나 같은 주부나 배우나 똑같단다. 내 얘길 듣구 널 꼭 보구 싶대. 누가 아니? 너한테 새로운 기회가 생길지!"

이리하여 진혁우는 무거운 마음을 겨우 추슬러 장예랑 아줌마가 출연하는 뮤지컬 〈진시황〉을 구경 가게 되었는데, 관람 후에 어머니와 함께 만났더니 첫 마디가 걸작이었다.

"얘! 이 젊은 친구가 네 아들 맞니? 주워온 애 아냐?"

"뭐야? 넌 여고 때나 지금이나 어쩜 말뽄새가 똑같니?"

"얜! 그러니깐 배우가 됐지! …얘! 넌 코흘리개 때 보구 첨이지만 여전히 잘 생겼네! 당장 우리 뮤지컬에 출연해라! 아까 아방궁에 늘어선 시종들 봤지? 거기에 하나 더 서 있다구 안 될건 없거든! 배우는 다 그렇게 시작하는 거야! 포스터 붙이구, 극장 청소하구, 엑스트라부터 차근차근 올라가는 거지! 나두 그렇게 해서 진시황 황후까지 오르는거야? 내 말 무슨 뜻인지 알겠지?"
 잠시 전 무대 위에선 진짜로 진시황 황후의 위엄을 갖췄던 장예랑 아줌마였는데, 무대 아래에 내려오니 동네의 수다아줌마 아닌가? 순간 진혁우는 장 아줌마! 아니 진시황의 황후를 바라보며 머릴 조아려 대답했다.
 "예에! 황후마마! 그 명을 받잡겠나이다. 시종 아니라 아방궁 기둥이라도 세워 주시기만 하십시오!"
 "에잉? 그게 정말이니? 됐어! 그런 정신이어야 배우가 되지! 아암! 그렇구 말구!"
 그리고 장예랑 아줌마는 진혁우에게 손바닥으로 맞장구치고 엄지도장을 찍고 다시 복사까지 했던 것이다. 그런데 다음날부터 진혁우는 뮤지컬 〈진시황〉에 시종으로 합류하여, 처음엔 합창도 못하고 입만 벙긋대다가 하루이틀 지나 6개월간 장기공연에 석 달 쯤 지날 무렵이었다. 진혁우는 〈진시황〉의 시종으로서 늘 〈진시황〉의 역할을 하는 주연배우를 지켜보는 사이에 노래와 대사와 연기를 다 배웠고, 만약 내가 진시황 역을 맡는다면 이렇게 다르게 할 것이라고 건방진 생각까지 하고 있을 때 정말로 뜻밖의 기회가 찾아왔던 것이다.
 "이걸 어쩌면 좋지? 주연이 오다가 교통사고로 입원이라니…! 오늘따라 주말공연이라 3층까지 전석 매진인데…! 후우!"
 그때 어찌할 바 모르는 연출자님에게 진혁우는 잠시 상황을 살피다가 손을 번쩍 들고, 하지만 겨우 기어드는 목소리로 말했다.
 "연출자님! 제가 대역을 하면 안될까요? 제가 진씨니까 진시황 역은…!"

"뭬야? 너 미쳤니? 무슨 수로 대역을 해?"

"죄송하지만 지난 석 달 동안에 지켜보면서 노래도 대본도 다 외우고 연기도 익혔다구요!"

"뭐야? 너 이놈! 날 죽음에서 살려놓고 무슨 요구를 할 작정이야? 엉?"

순간 연출자님은 진혁우에게 와락 달려들어 끌어안으며 소리쳤다. 그리고 개막시간 10분을 넘겨서야 가까스로 막을 올리게 되었는데, 도대체 듣도 보도 못한 신출내기 뮤지컬 배우 진혁우였지만, 그의 연기와 가창력은 〈개성+매력+혼〉이 담겨서 불세출의 뮤지컬 배우로 깜짝 탄생되었던 것이다.

3

비 오는 밤의 연가

스토리 라인 – 강원도 깊은 산골짜기의 〈코파나 비발디〉 수영장에서 개최된 〈선탠 송 페스티벌〉에 남녀 듀엣 〈아담과 이브〉가 출전하는데, 그들은 파격적인 야한 의상만큼이나 노래 실력 또한 기성 가수를 뺨친다. 하지만 심사위원장인 최진혁 작곡가는 일부러 그들을 입상권에서 떨어뜨리고 참가상만 준다. 그러자 그날 밤 〈아담과 이브〉는 작심하고 술에 만취하여 항의 차 최진혁의 호텔방에 쳐들어오는데…!

창작 메모 – 예술과 포르노의 한계는 어디까지일까? 이 소설은 모 문예지에 발표할 때 수위를 낮춰달라는 주문까지 받았으나 여기에선 원본으로 선보이게 되었다.

태양은 하늘에서 자신의 열기를 참지 못하는 듯 펄쩍펄쩍 뛰었다.

오늘도 일기예보는 일주일째 열대야가 계속될 거라고 호들갑을 떨어댔다. 하지만 강원도 깊은 산자락에 피서철을 겨냥해 조성한 〈코파나 비발디〉 수영장의 인공파도는 이런 무더위를 한방에 날려버렸다. 바로 이곳 특설무대에서 누드에 가까운 남녀 젊은이들을 대상으로 한 아마추어 가요제 〈썬텐 송 페스티벌〉이 펼쳐졌던 것이다.

"자! 오늘의 가요제는 노래 점수 50점에 얼마나 까만 피부로 썬텐을 잘 했는가 하는 점수가 50점 반영되는 아주 특별한 가요제입니다. 그럼 다음 출연자를 모시죠! 남녀 듀엣인데요, 팀 이름은 〈아담과 이브〉입니다."

케이블TV에 자주 출연하는 MC의 허풍스런 소개에 이어 등장한 듀엣팀을 바라본 관객들은 다음 순간 〈와아!〉하는 비명 아닌 비명을 내지르고 말았다. 아이돌 가수처럼 꽃미남인 〈아담〉이 기타로 수영복을 가린 채 걸어 나왔는데, 겨우 손바닥만한 크기로 그것도 살색에 모기장처럼 내비쳐서 주변에 경찰이 있었다면 당장 풍속사범으로 잡혀갈 지경이었다고나 할까?

"이건 완존(완전) 누드 같잖아?"

"정말! 대담한 패션인걸!"

그래서 관객 속에서는 이런 속삭임이 술렁대기도 했다. 여기에 걸그룹의 미녀가수 같은 〈이브〉는 한술 더 떠서 겨우 젖꼭지만 가리고 아래 역시 도끼 자국이 확연할 정도로 야한 비키니 수영복이어서 관객들은 이제 〈아담과 이브〉를 똑바로 바라보기가 민망할 지경이었다. 게다가 두 사람의 화장 역시 TV 음악프로에 출연하는 가수들처럼 튀어서 마치 〈썬텐 송 페스티벌〉에 참가한 출연자라기보다는 초대가수와 같았던 것이다.

"안녕하세요? 〈아담과 이브〉입니다. 저희가 부를 노래는 서인국과 정은지가 듀엣으로 불렀던 〈우리 사랑 이대로〉예요!"

이윽고 〈아담과 이브〉는 관객들의 이런 난처한 반응에는 아랑곳없이 자신의 기타 반주에 맞춰 노래를 부르기 시작했다.

날 사랑할 수 있나요
그대에게 부족한 나인데
내겐 사랑밖엔 드릴게 없는걸요
이런 날 사랑하나요

이젠 그런 말 않기로 해
지금 맘이면 나는 충분해
우린 세상 그 무엇보다 더 커다란
사랑하는 맘 있으니

언젠가 우리 (먼 훗날)
늙어 지쳐가도 (지쳐도)
지금처럼만 사랑하기로 해
내 품에 안긴 채
눈을 감는 날 그날도 함께 해

난 외로움 뿐이었죠
그대 없던 긴 어둠의 시간

이제 행복함을 느껴요
치금 내겐 그대 향기가 있으니

난 무언가 느껴져요
어둠을 지나 만난 태양빛
이제 그 무엇도 두렵지 않을걸요
그대 내 품에 있으니

시간 흘러가 (먼 훗날)
삶이 힘겨울 땐 (힘겨울 땐)
서로 어깨에 기대기로 해요
오늘을 기억해 우리 함께할
(우리 함께할) 날까지
나는 후회하지 않아요
우리 사랑 있으니

먼 훗날 삶이 힘겨울 때
서로 어깨에 기대기로 해요
내 품에 안긴 채
눈을 감는 날(눈을 감는 날)
세상 끝까지 함께해
우리 이대로(우리 이대로)
지금 이대로 (지금 이대로)
영원히

 그런데 그들의 튀는 의상과 화장만큼이나 노래 역시 지금까지 출연자들과는 비교할 수가 없을 만큼 수준과 품격이 높았다고 할까? 단순히 기성 가수가 부른 노래를 따라하는 것이 아니라 그들만의 개성과 방식으로 전혀 새로운 노래를 불렀던 것이다. 그래서 관객들은 이제 〈아담〉의 작은 수영복 속에 감춰진 우람한 성기의 음영에도 시선이 사라졌으며, 유방이 튕겨져 나올 듯한 〈이브〉의 노출 위험에도 신경을 쓰지 않았다. 오로지 두 남녀 듀엣이 애절하게 빚어내는 〈우리 사랑 이대로〉의 가사에 따라 눈시울을 적시고 가슴을 애태웠던 것이다.

"네! 역시 두 분의 과감한 의상만큼이나 노래도 잘 부르시는군요. 자! 그럼 노래점수 50점에 썬텐 점수도 50점이므로 지금부터 〈아담과 이브〉의 썬텐! 얼마나 피부를 멋지게 태우셨는지를 구경할까요? 자! 먼저 〈아담〉께서 기타를 내려놓으시고 썬텐을 자랑해주세요!"

이윽고 MC의 지시에 따라 〈아담〉이 투명한 살색 수영복 차림으로 수많은 관객 앞에 폼을 잡고 나섰다. 그 순간 그들이 처음 무대에 나올 때처럼 〈와아!〉 하는 함성이 터져 나왔다. 가수 〈빅뱅〉처럼 짙은 섀도 화장을 하고 출연한 그의 가슴은 불뚝 치솟았으며, 바로 아래에 이어진 뱃가죽은 왕(王)자의 초콜릿 복근인데 기름을 칠한 듯 햇살에 반사되어 눈부시게 빛났던 것이다.

"와아! 〈아담〉 씨! 가슴과 복근이 아주 죽여주네요! 얼만큼 노력과 투자로 완성한 예술품인가요?"

"네! 이건 연예인이 되기 위한 열쇠니까요! 목숨 걸고 했죠."

"아! 그렇군요. 하지만 〈이브〉 양의 경우는 어떤가요? 여성의 몸매는 운동으로 바꾸기가 힘들잖아요?"

이번엔 MC가 〈이브〉에게 마이크를 돌려 질문을 했는데, 그녀의 대답은 〈아담〉과 전혀 달랐다.

"호호! 맞아요! 저는 엄마가 준 선물이라고 할까요? 그냥 사춘기 이후로 쭉 이래요!"

"아! 그러세요? 근데 두 분은 언제부터 만나 노래를 함께 하게 됐나요? 화음이 기가 막혔어요."

이윽고 MC가 〈아담과 이브〉에게 묻자 전혀 엉뚱한 대답이 튀어나왔다.

"아! 방금 몇 시간 전이에요! 제가 이 가요제에 출전하려는데 〈이브〉인 강청화 씨가 나타났거든요."

"네! 저 역시 쏠로로 나오려고 했는데 〈아담〉인 유아민 씨가 듀엣을 해 보자고 해서요!"

그러니까 오늘 〈썬텐 송 페스티벌〉에서 가장 노래 실력과 인기를 뽐낸 두 사람은 뜻밖에도 현장에서 만나 급조된 듀엣팀이었던 것이다. 하기사 연예계에서 이와 비슷한 사례는 더러 있지만 그들의 이야기를 듣는 순간 심사위원장인 최진혁은 무척 당황하지 않을 수 없었다. 적어도 이만한 실력을 가진 듀엣이라면 몇 년 동안을 함께 뭉쳐 그야말로 생사고락을 같이 하지 않으면 도저히 만들어질 수가 없다고 여겨졌던 것이다. 따라서 이제 심사를 어떻게 해야 할지 고민에 빠지게 되었다. 적어도 예술이란 시공을 초월한 오랜 고통과 절망을 딛고 피어난 우담바라와 같은 꽃이어야 하는데 잠깐의 재주로 빚어낸 조화와 같은 존재가 되어서는 안 될 것이다. 따라서 〈아담과 이브〉에게 대상의 영광을 안겨줄 수는 없는 일이 아닌가? 하지만 가요제의 현장에서 그들은 노래의 실력이나 관객들의 반응으로 보아 결코 섣불리 심사를 할 수도 없는 일이었다. 결국 대한민국 최고의 인기 작곡가로 꼽히는 최진혁은 이런 심사평으로 겨우 위기에서 벗어날 수 있었다고나 할까?

"오늘 〈코파나 비발디〉에서 주최한 〈썬텐 송 페스티벌〉에서 가장 노래 실력과 인기를 한 몸에 받은 팀은 분명히 〈아담과 이브〉입니다. 그래서 심사위원장인 저와 심사위원들은 오늘의 대상감으로 점찍었습니다. 하지만 〈아담과 이브〉가 현장에서 급조된 팀이라는 고백을 들었을 때 우리 심사위원들은 아주 실망했습니다. 노래는 결코 로또복권 같은 행운이나 관객을 속이는 사기의 대상이 아닙니다. 노래는 고통과 절망을 딛고 피어나는 우담바라와 같은 꽃으로 사람들에게 눈물과 기쁨을 선사하는 위대한 예술이기 때문입니다. 따라서 〈아담과 이브〉는 아쉽지만 오늘의 〈썬텐 송 페스티벌〉에서는 참가상만 받으시는 걸 양해하시고, 앞으로 진정 훌륭한 가수가 되고 싶다면 나중에 저에게 연락주시기 바랍니다."

전에는 젊은이들이 바다를 피서지로 선호했지만 요즘은 강원도 심산유곡에 조성된 대형 리조트의 〈비발디〉 수영장이 인기를 끌었다. 바로 오늘 낮에 〈썬텐 송 페스티벌〉이 열린 이곳도 그런 리조트 〈비발디〉 수영장이었던 것이다.

"청화 씨! 이건 우릴 일부러 물 먹인 거라구요."
"맞아요! 심사위원장이란 유명 작곡가가 떠벌린 심사평은 완존(완전) 변명이었다구요!"
겨우 참가상에 머무른 〈아담과 이브〉의 유아민과 강청화는

〈코파나 비발디〉의 지하에 있는 레스토랑에서 호프잔을 마주 놓고 분노에 차서 최진혁 작곡가를 성토하기 시작했다.
"뭐? 노래는 로또복권이 아니라구? 무슨 개소리야? 요즘 아이돌 가수로 인기를 끌면 일본, 중국, 동남아까지 순회공연으로 얼마나 돈을 벌어들이는데…?"
"흥! 노래는 고통과 절망을 딛고 피어나는 우담바라와 같은 꽃이라니? 웃기지 말라고 해! SM이나 YG 또는 JYP의 소속 가수들을 보라구! 유명 작곡가가 주문 생산하듯 뚝딱 작곡한 노래를 꽃미남 꽃미녀 아이돌 가수들이 발표만 하면 음원과 방송국의 음악프로 인기차트를 싹쓸이하잖아?"
이윽고 〈아담〉인 유아민의 최진혁에 대한 비난에 〈이브〉인 강청화도 화난 목소리로 맞장구를 쳤다. 그러면서 다음 순간 그녀는 가득찬 호프잔을 들어 원샷으로 입안에 쏟아부었다.
"오! 모야(뭐야)? 청화 씨! 호프랑 무슨 원수졌다구…?"
"아민 씨는 화도 안 나? 그런 모욕을 당하고도…?"
"그래! 난 그동안 교내 가요제를 비롯해 케이블TV의 〈슈퍼스타 K〉까지 출연해서 톱10 안에 들었다구! 근데 겨우 참가상이라니…?"
"그랬어? 난 이제야 고백인데 유명기획사에서 걸그룹으로 앨범까지 냈던 프로 가수야! 비록 지금은 깨어져 버렸지만…! 그러니까 우리가 〈아담과 이브〉를 급조해서 아까 낮에 열린 가요제에서 그런 반응을 얻은 게 아니겠어?"
"야아! 그렇담 우리 다시 정식으로 듀엣을 결성해 가수로 데뷔해보면 어떨까?"

유아민이 자작으로 호프잔을 채우며 강청화에게 말을 건네자 그녀도 자작으로 호프잔에 술을 따르며 대꾸했다.

"좋아! 우리가 이대로 물러설 수는 없지! 유명 작곡가의 돼먹지 않은 심사평 따위에 노래를 때려치운다면 영원히 불명예를 씻을 기회가 돌아오지 않을 거야! 안 그래?"

"자! 그런 의미에서 축배를…!"

"오케이! 〈아담과 이브〉의 부활을 위하여!"

이윽고 그들은 다시 호프잔을 높이 들어 단숨에 들이키고 나서 안주 대신에 또다시 호프잔을 가득 채우며 소리쳤다.

"고등학교 때 국어시간에 배운 송강 정철의 〈장진주사〉란 시가 생각나네! 한잔 먹세그려! 또 한잔 먹세그려! 꽃꺾어 산놓고 무진무진 먹세그려!"

"그래! 송강 정철도 안주 대신 꽃꺾어 술잔을 헤아리며 무한정 마셨으니까 우리도 무안주로 겨뤄 보자구! 하하!"

흔히 술이란 처음엔 사람이 술을 마시고, 다음엔 술이 술을 마시고, 마침내는 술이 사람을 마신다고, 두 사람은 이제 완전히 호프의 취기에 빠져서 허우적거렸다.

"야! 강청화! 넌 어쩌다가 노래의 덫에 걸린 거니? 가수가 되려고 걸그룹에서 앨범까지 냈다고 했잖아?"

"야! 유아민! 너야말로 노래에 미쳤잖아! 케이블TV 오디션에서 최종 톱10에 들었다면서…?"

"흥! 그럼 뭐하니? 이젠 다 추억일 뿐이야!"

그러자 강청화가 호프잔을 들어 다시금 쭈욱 들이키면서 말했다.

"흥! 난 실은 사기만 당했다구! 걸그룹이 될 때까지 날린 돈이 얼만 줄 알아? 자그마치 큰 거 석 장이야?"
"뭐? 3억이나? 그렇담 난 당한 것도 아니네!"
"왜? 넌 얼마나 날렸는데…?"
"난 작은 거로 다섯이니까 5천만원! 오디션 프로에서 가짜 PD를 만났었거든!"
"으응? 그런 데에도 사기 치는 놈이 있단 말이야?"
"물론 가수가 될 욕심에 내가 어리석었지만 깜쪽같이 속게 되더라구!"
이윽고 유아민은 그때의 악몽이 되살아나는 듯 두 눈을 감고 입술을 깨물며 얼굴이 일그러져갔다. 그와 함께 강청화도 고통스런 표정이 되어 눈가에 눈물이 맺혔다. 그리고 두 사람은 자신도 모르게 서로 손을 마주 잡으며 부르짖었다.
"강청화! 난 이제 앞으로 어쩌면 좋지? 실은 내가 여기 온 건 죽어버리기 위해서였어! 말하자면 자살여행…!"
"뭐라구? 나 역시도 그랬는데…!"
"말하자면 이곳에서 열린 가요제에 마지막 출연을 하고서 수영장에서 익사한 것처럼 죽으려고 계획했거든!"
"그래? 우린 참 묘하게 만났네! 듀엣으로 커플이 되고 또 자살커플까지 되다니…?"
"하지만 이대로 죽기엔 억울하잖아? 오늘 같은 가요제에서 가수를 꿈꾸고 실력을 인정받았던 우리가 겨우 참가상에 그치다니!"
"맞아! 우리의 불명예는 씻어야 해!"

"그렇담 우리 함께 최민혁 작곡가를 찾아가 볼까? 대한민국 최고의 작곡가로 스타제조기란 별명을 가졌으니까, 어쩌면 우리를 외면하지 않을지도 모르잖아?"

"정말! 우릴 비록 참가상에 머물게 했지만 칭찬도 해주었으니까!"

이윽고 두 사람은 남은 호프를 원샷으로 비우고 나서 비틀거리는 걸음으로 〈코파나 비발디〉의 로비에 있는 프런트로 가서 물었다.

"저 오늘 가요제에서 심사를 하신 최진혁 작곡가님이 숙박을 하시나요?"

"우린 오늘 가요제의 출연자인데요, 그 분이 찾아오라고 하셨거든요."

어둠의 장막이 내려진 유리창에는 빗물줄기가 마치 살아있는 생명체처럼 꿈틀거리며 기어내렸다. 여름밤의 폭우가 만들어내는 낭만이었다. 그리하여 최진혁은 비록 객실에 혼자였지만 술맛이 절로 났다. 하지만 낮의 가요제 때 심사평을 하던 순간이 떠오르자 왠지 기분이 찜찜해졌다. 너무나 야한 팬티와 비키니를 입은 채 무대에 올라와서 관객을 한순간에 넋이 빠질 정도로 사로잡던 〈아담과 이브〉란 듀엣팀! 그 정도의 노래를 부르려면 오랫동안 고통과 절망을 딛고 연습한 줄 알았는데 현장에서 급조된 듀엣팀이란 사실을 알았을 때의 실망감! 그리하여 최진혁은 그들에게 가혹할 정도로 차가운 심사평과 함께 겨우 참가상에 머무르게 했던 것이다. 그런데 지금 이 순간 왜 이토록 그들의 모습이 머릿속에서 떠나지 않는 것일까?

"노래는 로또가 아니야! 오랜 고통과 절망 끝에 피어나는 우담바라와 같은 꽃이어야 하는 거야!"

해서 그들에게 진정으로 훌륭한 가수가 되게 하기 위하여 아픔의 면역주사를 놓았다고 변명해 보지만 지금 그는 기분이 영 찜찜한 것이었다. 바로 그때 그가 까맣게 잊고 지냈던! 아니 스스로 지워버린 추억이 떠올랐다.

"선미야! 이번 대학가요제에서 우린 분명히 대상을 먹을 거야!"

실용음악과 신입생인 그녀에게 3학년 선배인 최진혁은 환한 미소로 자신 있게 말했다.

"어머! 오빠! 정말이에요?"

"그럼! 내가 신입생 때 대학가요제에 출전하여 금상을 받았으니까 이제 대상밖에 안 남았잖아?"

"하지만 한 번 수상한 사람은 자격이 없지 않나요?"

"으응! 괜찮아! 나랑 선미가 듀엣으로 나가면 아마 모를 거야!"

요즘 〈응답하라 1994〉란 케이블 드라마가 대박을 터뜨렸지만 그 시절만 해도 스타를 꿈꾸는 가수 지망생들은 대학가요제의 출전과 입상이 최고의 목표였던 것이다.

"근데 오빠! 대학가요제에 나가려면 창작곡이 있어야 하잖아요?"

"아암! 그래서 벌써 내가 작사 작곡을 다 해 놓았다구!"

"어머? 그게 정말이세요?"

"그래! 하지만 아직 악보로 옮기지는 못했어!"

"뭐라구요? 그런 말이 어딨어요? 오빠!"

"선미야! 내 말은 너랑 나랑 대학가요제에 나가 상을 타겠다는 간절한 소망의 꿈이 있다면 창작의 신께서 꼭 나에게 그런 기적을 내려주실 거란 말이야!"

"뭐라구요? 오빠! 전 무슨 뜻인지 모르겠어요."

아직 신입생인 선미는 그의 말뜻을 이해하지 못했지만 최진혁의 생각은 두 사람이 함께 대학가요제에 나갈 노래의 작사와 작곡을 진심으로 원한다면 어느 순간에 노랫말과 멜로디가 기적처럼 나타나 줄 것이란 확신이었다. 그러기 위해서는 두 사람이 간절히 빠져들어야 한다. 그건 바로 노래에 목숨을 건 두 사람의 사랑이 아닐까?

"선미야! 우리가 대학가요제에 출전할 노래를 갖고 싶지? 그렇다면 우린 서로 사랑을 해야 해!"

"네에? 오빠! 뭐라구요!"

"사랑도 몰라? 우리의 노래로 관객에게 사랑을 받으려면 우리가 먼저 사랑을 해야 하지 않을까? 그러니까 오늘부터 넌 나에게 난 너에게 사랑을 시작하는 거야!"

그리하여 최진혁은 그날부터 선미에게 사랑에 빠져 그리워하기 시작했고, 얼마 후에는 한마음에서 한몸이 되기 위하여 안타까운 나날을 보내야 했다. 바로 그즈음 오늘처럼 비가 쏟아지던 여름밤에 대학가요제에 출전할 노래의 가사가 떠오르기 시작했던 것이다. 그것은 선미도 최진혁에게 정말로 사랑을 느낀 시점이었고, 최진혁은 이제 그녀에게 사랑이 거세게 불타오르기 시작한 무렵이었다. 그는 종이를 펼쳐놓고 볼펜을 굴리며 우선 노래의 제목부터 뽑아낸 다음에 노랫말을 이어가기 시작했다.

비오는 밤의 연가

비오는 밤이면 그대 생각나!
그대 그리워 노래 부르네!
작은 멜로디 마음에 담아
그대 그리워 노래 부르네.
내 작은 가슴으로 불을 사르고
내 작은 마음으로 세상 안으며
사랑하고파 그리워지면
나는 나는 어떻게 하나!
비오는 밤이면 그대 그리워!
사랑 위해 노래 부르리!

빗줄기 소리에 잠 못 이루고
그대 모습에 그리워하며
아련히 그대가 떠오르면
나도 모르게 흐르는 눈물!
내 작은 가슴으로 불을 사르고
내 작은 마음으로 세상 안으며
사랑하고파 그리워지면
나는 나는 어떻게 하나?
그리운 밤이면 그대 그리워!

사랑 위해 노래 부르리!
　나나나나……. 나나나……
　나나나나……. 나나나…….

　다음에는 이 노랫말에 곡을 붙이기 위해 오선지를 펼쳐놓았다. 그런데 작곡은 의외로 쉽게 작업을 마칠 수 있었다. 그가 선미와 진정한 사랑을 한다고 느껴지자 노랫말은 그의 머릿속에서 멜로디가 되어 거침없이 볼펜 끝으로 스며 나와 악보 위에 가지런히 정리되었던 것이다.
　"선미야! 우리의 사랑이 드디어 노래로 탄생되었어! 들어보라구!"
　이윽고 캠퍼스의 숲속 그늘에서 최진혁은 선미를 마주하고 앉아 기타 반주로 노래를 부르기 시작했다. 그런데 노래에 천부적인 재능을 타고난 선미는 두 번째 노래를 부를 때부터 벌써 듀엣의 화음까지 넣어 불렀다. 그리하여 3개월쯤 〈비 오는 밤의 연가〉 노래 연습을 하자 이미 캠퍼스 내에서는 올해의 대학가요제 대상감으로 소문이 나돌기 시작했다. 그만큼 최진혁과 선미가 듀엣으로 노래를 부를 때면 그들 스스로도 그런 착각에 빠질 만큼 노래의 감동을 느꼈던 것이다.
　"선미야! 세월이 왜 이리 늑장을 부리지?"
　"오빠! 그게 무슨 소리예요?"
　"으응! 빨리 가을이 되어야 대학가요제가 열리잖아?"
　"호호! 오빤 성질도 급하세요! 어떤 가수가 그러는데 노래는 과일과 같아서 연습을 많이 해야 익는대요!"

"아쭈! 제법인데…? 선미야! 그럼 우리 다시 만 번만 연습할까?"

당시에 흔히 대학가요제에 출전하는 경우 만 번을 연습하면 대상이 되고, 5천 번은 금은동상 중에 하나이고, 그 이하는 본선에도 못 오른다는 속설이 떠돌기도 했던 것이다. 그런데 그토록 노래에 열성이던 선미가 어느 날 갑자기 연습하러 나타나지 않았다. 강의시간에 찾아가 보아도 결석을 했고, 그 당시엔 삐삐가 유일한 연락수단이었기에 수없이 삐삐를 쳐 보았지만 역시 종무소식이었다.

'뭐야? 설마 마음이 변한 건 아니겠지?'

하지만 불길한 예감은 정확히 맞아떨어져서 선미는 최진혁 모르게 대학가요제에서 대상을 수상한 다른 작곡가의 노래를 받아 본격적인 가수 데뷔를 목표로 연습에 들어갔던 것이다.

"세상에! 선배를 배신하다니…? 아니! 사랑까지 해놓고 이럴 수가 있단 말인가?"

실제로 대학가요제에 출전할 노래인 〈비 오는 밤의 연가〉를 연습하면서 최진혁과 선미는 정말로 어느 비 오는 밤에 모텔에 들어가 노래 연습을 했던 것이다. 그리고 지금에 와선 비몽사몽으로 느껴지지만 두 사람은 육체와 영혼이 하나 되는 체험을 했다고나 할까? 아니다! 그때 최진혁은 확실하게 선미와 〈섹스의 례〉를 통과했어야 했다.

'잠깐! 바로 그 노래를 내가 노트북 컴퓨터에 저장해 놓았던가?'

이윽고 최진혁은 항상 가지고 다니는 노트북 컴퓨터를 꺼내어

〈비 오는 밤의 연가〉란 노래를 검색해 보았다. 그러자 추억 속의 그 노래의 악보와 반주는 아직도 컴퓨터에 저장되어 있다가 완벽하게 재생되었다.

'아! 바로 이 노래가 아직도 간직되었다니…!'

순간 최진혁은 너무도 놀랍고 감개무량하여 컴퓨터 반주로 그 노래를 부르기 시작했다.

비오는 밤이면 그대 생각나!
그대 그리워 노래 부르네!
작은 멜로디 마음에 담아
그대 그리워 노래 부르네.
내 작은 가슴으로 불을 사르고
내 작은 마음으로 세상 안으며
사랑하고파 그리워지면
나는 나는 어떻게 하나!
비오는 밤이면 그대 그리워!
사랑위해 노래 부르리!

바로 이때였다. 최진혁이 숙박하는 〈코파나 비발디〉의 객실 초인종이 다급스레 울려댔다.

'누구지? 찾아올 사람이 없는데…!'

그러나 분명히 초인종이 계속 울려댔으므로 최진혁이 천천히 일어나 객실문을 열자 술에 만취한 〈아담과 이브〉가 쓰러질 듯 비틀거리며 들어섰다.

"아니! 너희들은 〈아담과 이브〉…?"

"그래요! 전 〈아담〉이구요!"

"저는 〈이브〉예요!"

"뭐? 이 밤중에 내가 여기 있는 줄 어찌 알고…?"

너무도 기가 막혀 최진혁이 묻자 두 사람이 한꺼번에 외치듯이 소리쳐왔다.

"프런트에 물어서 왔죠!"

"그랬구나! 근데 무슨 용무로…?"

그러자 두 사람은 또다시 합창하듯이 외쳤다.

"여기서 죽으려구요!"

"뭐? 뭣이 어째?"

하도 뜻밖의 말이어서 최진혁은 더 이상 입을 열지 못했다. 그러자 유아민이 울먹이는 목소리로 하소연을 퍼부어댔다.

"네! 대한민국의 스타제조기 작곡가 최진혁 선생님이 저희들의 가수 꿈을 산산조각 나게 하셨잖아요?"

"그래서 오늘밤 우린 선생님 앞에서 차라리 죽어버리려구요!"

"에잉? 그게 정말이야? 어떻게 죽을 건데?"

그 순간 최진혁은 너무도 놀라서! 아니 하도 어처구니가 없어서 두 사람에게 소리쳤다. 그러자 〈아담과 이브〉는 한풀 꺾여서 중얼거리듯 말했다.

"어떻게 죽어야 할지 그건 저희도 모르겠어요. 심사위원장이신 작곡가 선생님이 저희를 죽게 만드셨으니까 죽는 방법도 가르쳐 달라구요!"

"그래요! 목을 매든 창밖으로 뛰어내리든 시키는 대로 할께요!"

"에잇! 못난 친구들! 그토록 노래에 목숨을 걸었으면 끝까지 해 봐야지! 마침 잘됐다. 나한테 너희에게 줄 노래가 있으니까 연습이나 한번 해 볼까?"

"뭐라구요? 그게 정말이세요?"

그러자 〈아담과 이브〉는 정신을 번쩍 드는지 자세를 고쳐 앉으며 최진혁을 바라보았다.

"바로 이거야! 내가 너희들처럼 대학 시절 가요제에 나가기 위해 만든 노래인데…!" 하면서 노트북 컴퓨터에 저장했던 〈비 오는 밤의 연가〉를 열어서 레슨을 시작하자, 마침 창밖에 쏟아지는 빗줄기의 분위기 탓인지 두 사람의 듀엣 노래는 작사 작곡자인 최진혁을 단박에 감동시켰던 것이다.

"그래! 두 사람은 오늘 처음 만났다고 했지만 이 노래 속의 주인공처럼 처절한 사랑에 빠져보란 말이야! 가슴에 사랑의 불을 사르고 사랑하는 마음으로 고통스런 세상을 껴안으라구!"

그러자 〈아담과 이브〉가 괴로운 표정으로 최진혁을 바라보며 물어왔다.

"선생님! 우리 보고 사랑을 하라구요? 강청화 씨! 정말 날 사랑할 수 있어?"

"유아민 씨! 갑자기 가슴 아픈 사랑을 하라니까 당황스러워요. 하지만 좀 이상한 기분이에요. 마치 누군가를 사랑하고픈 느낌…?"

"바로 그거야! 지금 이 노래 가사처럼 창밖에는 비가 내리지? 그러니까 서로를 그리워하며 눈물을 흘려보라구! 어서!"

이윽고 최진혁의 재촉에 함께 노래를 부르던 유아민과 강청화의 두 눈에서는 정말로 눈물이 흘러내리기 시작했다. 그러자 최진혁도 함께 눈시울을 붉히며 감격스럽게 외쳤다.

"됐어! 이제야 두 사람은 가수의 세계에 입문한 거야! 노래가 뭔지 알아? 그건 눈물과 기쁨이니까? 얼마나 많은 노래가 눈물과 기쁨을 선사하는지 다 경험하잖아?"

"맞아요! 선생님! 진정한 노래는 눈물이 날만큼 감동을 주니까요!"

"그래요! 선생님! 온 세계에 맘춤을 추게 한 싸이의 〈강남 스타일〉처럼 기쁨을 주기도 하니까요!"

그러나 지금 〈아담과 이브〉가 듀엣으로 부르는 〈비 오는 밤의 연가〉는 눈물만 흐르게 할뿐 기쁨을 선사하지는 않았다. 왜냐하면 노래를 부르는 〈아담과 이브〉나 최진혁은 계속해서 노래의 감동에 빠져 눈물만 흘리고 있기 때문이었다. 바로 이때 최진혁이 두 사람에게 새로운 질문을 했다.

"그리고 노래란 또 무엇인지 알아?"

"기쁨과 눈물 외에 또 무엇이 있나요?"

"선생님! 가르쳐 주세요. 선생님께서 인기가수로 키워 주신다면 저희는 무엇이든 따르겠어요."

"그래? 그렇담 내가 알려주지! 그건 〈연애〉야! 아니! 좀 더 직설적으로 말하면 노래는 〈섹스〉라구."

"네에? 〈섹스〉라구요!"

그 순간 최진혁은 대학 시절에 대학가요제에 출전하기 위해 듀엣으로 연습하다가 막판에 선미의 배반으로 깨어져버린 아픈 추억을 떠올리며 천천히 말을 이었다.

"가수가 노래를 한다는 건 시청자와 연애를 하는 거야! 그래서 사람들은 가수를 좋아하게 되고 그것이 인기로 나타나는 거지! 하지만 그걸론 부족해! 가수가 부르는 노래는 〈섹스〉가 될 때 진정한 가수로 탄생하는 거야! TV에서 아이돌 가수가 노래할 때 함성을 지르는 열성팬들은 바로 〈섹스〉를 느끼기 때문이라구! 잘 들어봐! 마치 섹스할 때 절정의 신음과 비슷하잖아?"

"아! 정말 그런 것 같기도 하네요!"

"맞아요! 선생님 말씀을 듣고 보니…!"

이윽고 노래를 마친 〈아담과 이브〉는 야릇한 환각에 빠진 듯 혼잣말처럼 중얼거렸다. 그러자 최진혁이 컴퓨터에서 〈비 오는 밤의 연가〉 반주의 볼륨을 크게 올리면서 명령하듯이 지시했다.

"그렇다면…! 너희가 가수로서 진정으로 노래를 하고 싶다면 지금 〈섹스〉까지 해 보란 말이야!"

"뭐라구요? 선생님!"

"선생님! 그건 좀…!"

"왜? 노래가 싫은가?"

"아… 아뇨!"

"그렇담 어서 시작해! 저기 침대에 가서…!"

다음 순간 최진혁은 자리에서 벌떡 일어서 빗줄기가 사납게 흘러내리는 창가로 갔다. 그러자 〈아담〉이 슬며시 일어서 〈이브〉를 이끌고 침대로 다가갔다. 그리고 두 사람은 마치 19금 영화를 찍는 배우들처럼 서로 먼저 나신이 되기 위해 한 꺼풀씩 옷을 벗기 시작했다. 드디어 〈아담과 이브〉가 낮에 〈썬텐 송 페스티벌〉에서처럼 손바닥만한 수영복과 터질 듯한 비키니만 걸쳐

졌을 때 그들에게 최진혁이 엄숙하게 명령했다.
"너희 둘이 배신하지 않고 가수의 길을 함께 가자면 너희 팀 이름처럼 〈아담과 이브〉가 돼야 해! 어서!"
"아! 그러죠!"
"네! 그럼…!"
드디어 마지막 〈아담〉의 수영복과 〈이브〉의 비키니가 두 사람의 몸에서 사라지자 그들은 노래의 마지막 관문에 돌입하기 시작했다. 그리하여 마주 선 두 몸뚱이가 가볍게 떨며 천천히 한 덩어리로 모아졌다. 여자의 풍성한 머리칼이 등짝을 반쯤 감추었고, 불뚝 치솟은 가슴과 초콜릿 복근의 남자가 그리스 조각처럼 그녀 앞에 마주 섰다가 지진을 만난 듯 침대 위로 쓰러졌다. 그리고 두 몸은 서서히 포개어져 갈증에 시달린 듯 서로의 입술을 탐했다. 그때 컴퓨터의 노래 반주는 더욱 볼륨이 높아졌고, 그에 따라 용기를 얻은 듯 〈아담〉은 〈이브〉의 우에 송을 명중시켰고, 이어서 원초적인 본능에 따라 몸부림치기 시작했다.
"자! 이제 노래를 불러봐! 〈비 오는 밤의 연가〉를 너희 영혼을 담아 불러보란 말이야! 어서! 함께!"
이윽고 빗줄기가 흘러내리는 창문 앞에서 뒤돌아선 최진혁이 광기어린 목소리로 외쳤다. 그 바람에 노래의 세번째 관문인 〈섹스〉에 한창 몰두하던 〈아담과 이브〉는 절정을 향해 헐떡이면서 듀엣으로 화음을 맞추어 노래 부르기 시작했다.

비오는 밤이면 그대 생각나!
그대 그리워 노래 부르네!

작은 멜로디 마음에 담아
그대 그리워 노래 부르네.
내 작은 가슴으로 불을 사르고
내 작은 마음으로 세상 안으며
사랑하고파 그리워지면
나는 나는 어떻게 하나!
비오는 밤이면 그대 그리워!
사랑 위해 노래 부르리!
하악! 하악!

빗줄기 소리에 잠 못 이루고
그대 모습에 그리워 하며
아련히 그대가 떠오르면
나도 모르게 흐르는 눈물!
내 작은 가슴으로 불을 사르고
내 작은 마음으로 세상 안으며
사랑하고파 그리워지면
나는 나는 어떻게 하나?
그리운 밤이면 그대 그리워!
사랑 위해 노래 부르리!
나나나나……. 나나나……
나나나나…… .나나나…….
하아! 하악! 하아악…!*

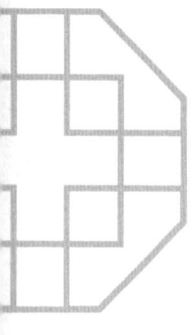
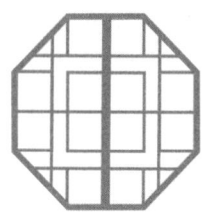
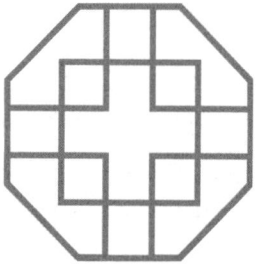

4

트롯 프린스

스토리 라인 – 써니가 운영하는 노래방에 마치 AI 미소년 같은 녀석이 알바를 구하러 찾아들었다. 이에 써니는 필요 없다고 거절했으나 어찌나 찰거머리처럼 달라붙는지 결국 알바를 허락했는데 부모가 가수였다는 오신성 알바생은 요즘 방송가에 불어닥친 트롯 오디션 프로인 〈트롯 프린스〉에 출전하기 위해 노래방에서 알바를 하게 된 것이었다. 그런데 써니 역시 강변가요제에 출전하여 가수가 됐던 비밀을 감추고 사는 바, 두 사람 사이의 운명적 사연은 어떻게 펼쳐질 것인가?!

창작 메모 – 이 소설 역시 내가 직접 대학가의 가수 지망생을 만나게 되어 오디션 프로에 출전시키면서 듣고 보고 겪은 사연과 여기에 소설적 상황을 덧붙여 약간은 극단적 스토리로 마치 막장 드라마 같은 내용으로 상상초월한 스토리를 빚어냈다고나 할까?

"저어 부탁 말씀이 있는데요! 여기 알바 쓰시지 않을래요?"

해마다 연례행사처럼 올여름도 가뭄과 장마에 이어 큼지막한 태풍까지 겹쳐 한강이 넘치는 홍수에, 태양이 두 개인 듯 8월엔 열대야가 극성을 부리더니, 9월로 바뀌자 어느새 슬며시 상큼한 가을 날씨가 반가운 손님처럼 찾아왔다. 그래서 써니가 이제야 영업의 활성화를 기대하며 즐거운 기분으로 노래방 업소에 출근하니, 요즘 유튜브에 자주 뜨는 AI 미소년 같은 녀석이 해맑은 미소로 물어왔다.

"뭐야? 노래방 알바는 아가씨나 쓰지…!"

그러자 녀석이 재빨리 대꾸했다.

"에이! 아줌마! 그건 퇴폐업소에서나 쓰는 알바죠! 여긴 강남두 아니구 변두리 노래방인데 건전하게 저 같은 알바를 써야죠!"

"뭐? 하지만 넌 미성년자라 알바로 쓸 수 없어!"

기가 막힌 써니가 화난 듯 소리치자 녀석은 아프리카 초원의 하이에나처럼 집요하게 매달렸던 것이다.

"저 아줌마! 제가 이래 봬두 알바의 달인이라구요! 글구 전 지금 학교두 안 나가니까 알바 함 써보시라구요!"

"야! 더구나 학교두 안 다니면 내가 널 어찌 믿지?"

"와아! 이거 미치겠네! 저는요! 공고 3학년이라 현장실습 대신 알바 구하러 다니는 건데 이젠 불량청소년으로 몰다뇨?"

그제야 써니는 녀석에게 목소리를 부드럽게 해서 물었다.

"그래? 한데 하고 많은 알바 중에 왜 하필이면 노래방 알바야?"

그제야 녀석은 다소곳해지면서 대답했다.

"아줌마! 아니 사장님! 저에겐 꿈이 있다구요! 가수가 되는 꿈…!"

"오! 그리구 본께 너두 요즘 종편 TV의 트롯 오디션에 출전해 보려구…?"

"네에! 저 같은 놈은 공부를 잘 해도 가정 형편상 진학두 틀렸구요! 한방에 스타가 돼야죠!"

순간 써니는 기가 막히기도 하고 언뜻 자신의 여고 시절 추억이 떠올라 짐짓 다정한 목소리로 녀석에게 물었다.

"그렇구나? 그럼 노래엔 소질 있구?"

"그럼요! 유치원 때부터 애들이 노래 짱이니까 가수 되라구 꼬신걸요! 특히 중학교 땐 가수 매니저란 사람한테 길거리 캐스팅두 당했다구요!"

이제 녀석은 써니에게 자신감을 느꼈는지 이런 자랑까지 떠벌렸다.

"으음! 그럼 알바보다 노래나 한번 들어볼까?"

"네? 노래 잘하면 알바로 써 주시려구요? 제가 노래방 알바를 하려는 건 노래 연습을 맘대루 해보구 싶어서란 말예요!"

이제 녀석은 신이 나서 당장 써니가 안내하는 노래방 룸으로 따라 들어왔다.

"사장님! 그럼 무슨 노랠 불러 볼까요?"

녀석의 물음에 써니가 대꾸했다.

"그야 네가 평소 잘 부르는 18번 노래를 불러 봐! 그래야 실력 발휘를 할 것 아냐?"

"넵! 그럼 조항조 가수님의 〈남자라는 이유로〉를 한 곡조 쾅 뽑아 볼께요! 헤헤!"

이윽고 써니가 노래입력기로 번호를 찍자 곧 웅장한 반주가 룸 안을 가득 채웠다. 그러자 녀석은 현란하게 돌아가는 조명을 받으며 써니를 바라보고 노래를 부르기 시작했다.

    누구나 웃으며 세상을 살면서도
    말 못할 사연 숨기고 살아도
    나 역시 그런 저런 슬픔을 간직하고
    당신 앞에 멍하니 서있네.
    언제 한번 가슴을 열고 소리 내어
    소리 내어 울어볼 날이
    남자라는 이유로 묻어두고 지낸
    그 세월이 너무 길었어!

앗! 그런데 이 녀석 봐라? 이건 연예인 중에 얼굴 천재 차은우가 있다던데, 바로 이 녀석이야말로 얼굴 뿐 아니라 소리 천재가 아닌가? 원곡자 조항조를 뛰어넘어 트롯의 찐맛을 내는 꺾기가 일품이요, 박자와 음정도 한 치의 오차도 없이 정확했다. 그뿐인가? 노래의 흐름에 따른 강약 조절과 음의 길이를 정확히 끊는 능력! 그보다 더욱 중요한 것은 감정을 담으면서 호흡 또한 완급에 맞춰 잘도 들이키고 내뿜었던 것이다. 또한 소리의 주파수와 진폭을 조절하는 비브라토가 있는데 이건 기성 가수라도 소화해내기 힘든 노래의 기술이었다. 마지막 바이브레이션은 소리의 떨림으로 노래를 장식하는 기법인데 이마저 기가 막혔던 것이다. 그러니까 녀석은 마치 기획사에서 데뷔 준비를 끝낸 연습생처럼 아주 완벽했던 것이다.

"엉? 넌 이거 뭐야? 누구한테 배웠기에 그리 못된 쪼가 붙었지?"

하지만 써니가 이렇게 엉뚱한 평가를 하자 녀석은 절망이 되어 소리쳤다.

"아줌마! 아니 사장님! 뭐예요? 제가 그리 형편없단 말씀인가요?"

"그래! 내가 가르쳐주려 했더니 벌써 나쁜 쪼와 버릇이 들었잖아?"

사실은 극찬해주고 싶었지만 그러면 가수로 데뷔하기도 전에 겉멋만 잔뜩 들어 가요계에 발도 못 붙인 지망생들이 얼마나 많던가?

"에이! 실은 울 아빠가 가수를 해서 보컬 트레이닝을 해주셨는데, 왜 잘못됐나요?"

"아! 그래? 하지만 너의 미친 열정을 생각해서 알바로 써주지!"

그러자 녀석은 펄쩍 뛸 듯이 기뻐하며 소리쳤다.

"와아! 사장님! 고맙습니다! 쌩큐예요! 실은 저의 알바 목적은 가수가 되기 위해 노래방에서 마음껏 노래 연습을 하고 싶어서걸랑요! 헤헤!"

"그래? 잘 됐네! 실은 나두 노래방 업소를 하는 건 좋은 가수감을 찾고 싶어서였지! 그러니까 너와 난 오늘 운명적 만남을 갖게 된거야! 그치?"

"넵! 이제 제가 임영웅 같은 가수가 되면 하늘나라 가신 아빠

두 무척 기뻐하실 거예요! 헤헤!"

"뭐? 그래? 아빠 무슨 병으로?"

"네! 갑작스레 췌장암으로…! 후우!"

한숨을 내쉬며 눈물이 핑 도는 녀석에게 써니는 이렇게 달랬던 것이다.

"걱정 마! 이제 내가 가르쳐 줄께! 실은 나두 젊어서 한때 가수였거든! 다만 어쩔 수 없는 사정으로 은퇴했지!"

"아! 그러셨군요? 그럼 제가 아빠랑 사장님 몫까지 최고의 스타 가수가 되어 보답해 드릴게요!"

이제 녀석은 벌써 알바생으로 취직이 된 듯 다시 입을 열었다.

"네! 사장님! 그럼 지금부터 당장 알바를 시작할께요. 어떻게 해야죠? 가르쳐 주세요! 참! 제 이름은 오신성이예요! 가요계의 새로운 별이 되구 싶어 지은 예명이죠! 하하!"

"호호! 그래? 난 선이! 가수가 돼선 써니! 즉 SUN! 태양이란 뜻이지!"

× × ×

생각도 못한 알바생을 두게 된 써니는 노래방 영업을 쫑하자 녀석을 귀가시키고 나서 수입을 계산했다. 그런데 평소와 달리 거의 두 배 가까이나 돈이 입금되었다.

"웬일이지? 녀석이 복덩인가?"

이에 미소를 지으며 생각해보니, 녀석이 손님들에게 서비스를 잘하여 음료수 판매도 부쩍 늘었고, 노래 시간도 더 끌어서 수입이 상상외로 늘어났던 것이다.

"녀석! 첫날부터 대박이네! 호호! 암튼 혼자하다가 알바를 쓰니 손해 날 줄 알았는데…!"
 써니는 출입구 계산대에 앉아 문득 떠오르는 자신의 추억에 서서히 빠져들기 시작했다. 바로 녀석처럼 그녀도 여고 시절 가수가 되고파 노래에 미쳤기 때문에 남이섬에서 생방송으로 진행된 MBC 강변가요제에 구경을 갔었다. 당시에는 남이섬에서 MBC TV와 라디오로 동시 생중계되었는데 그 인기가 대단했다.
 "선이야! 너두 대학 가면 꼭 강변가요제에 나가 스타가 돼야 해!"
 친구들의 충동질에 선이는 겸손 모드로 웃기만 했지만 친구들은 더욱 안달이 나서 떠들었다.
 "쌍년아! 가수는 아무나 되냐?"
 누군가 약을 올리자 선이의 찐 친구가 손뼉을 치며 소리쳤다.
 "야! 이 거지발싸개 같은 년아! 선이가 가요제 나가면 대상감인 걸 우리 학교 애들이 다 인정하잖아?"
 "맞아! 누가 아니래? 가수가 따로 있냐? 선이 정도면 충분해!"
 이렇게 관객석에서 떠드는 선이 일행을 바라보던 어떤 아저씨가 은근슬쩍 말을 걸어왔다.
 "어이! 학생들! 이 친구가 스타감 가수라구?"
 "네에! 요 생긴 것 보세요! 윤시내 같은 열창에 미모는 미스코리아 뺨치잖아요?"
 "으음! 하지만 가수는 노래만 잘 한다구 되는 게 아냐!"
 그러자 남자가 여학생들을 향하여 단호하게 말했다.
 "네에? 그럼 가수가 노래 말구 뭘 잘해야 하죠?"
 "하하! 기획사를 잘 만나야 하지! SM같은…!"

"그래! 맞아! 그런 곳에 스카웃돼야 최고 스타로 클 수 있지!"

그런데 선이가 남이섬에서 열린 강변가요제 구경을 하고 난 며칠 후였다. 학교 수업을 마치고 귀가하려고 지하철역을 향해 걷는데 누군가 불러 세웠다.

"저! 학생! 잠깐만 얘기할 수 없을까?"

"네에? 누구신데요?"

순간 선이는 누군지 얼른 떠오르지 않아 경계의 눈빛으로 돌아보자, 그가 미소를 지으며 말을 이었다.

"남이섬 MBC 강변가요제에서 우리 만났잖아? 그때 뱃지를 보구 학교를 알았거든! 어때? 가수가 되구 싶다구 했지?"

"네에? 허지만 갑자기 어떻게…?"

선이가 얼른 대답을 못하자 그가 아주 쾌활하게 웃으며 말했다.

"하하! 갑자기 찾아와서 놀랐지? 이런 걸 길거리 캐스팅이라 하거든! 하지만 학생은 한번 봤응께 내 기획실의 연습생으로 캐스팅하는 거라구 할까?"

이리하여 근처의 빵집으로 들어간 두 사람 사이엔 잠시 긴장감도 있었지만 금세 친해질 수가 있었다.

"알고 보면 현재 인기 스타 가수 중에도 지금 같은 사연으로 매니저와 만나 스타로 뜬 거라구! 그러니까 너무 겁내지 마! 나에게두 학생 같은 여동생이 있는데, 걘 가수로 만들어주고 싶어두 전혀 소질이 없는 거야! 하하!"

이때 선이는 부모님께 말씀도 못 드리고 끙끙 앓다가 몰래 아저씨와 밀약을 했던 것이다.

"에! 그럼 이제부턴 나를 싸부님이라 불러! 너의 매니저 겸 보컬 트레이닝을 해주는 스승이니까!"

"네! 싸부님! 근데 제가 과연 가수가 될 수 있을까요?"

"으음! 그건 걱정 마! 가수는 재능 7에 노력 3이면 되는데, 너는 노력도 똑같이 7로 할 것 같아!"

"네! 정말 열심히 할 거예요! 싸부님이 절 키워만 주신다면…!"

"좋아! 그럼 매일 학교 마친 후 두 시간씩 연습실에서 트레이닝을 하는 거야! 대신 누구에게도 이건 비밀이야! 괜히 미리 알려지면 부정타거든!"

"네! 걱정마세요! 제 입은 자물쇠니까요."

이렇게 시작된 가수 트레이닝은 아주 색달랐다. 동네 공원에 있는 농구대에 가서 농구를 시키는가 하면, 여자인데도 헬스장에 끌고 가서 남자 아이돌처럼 몸만들기를 훈련시키는 것이었다.

"써니야! 이제부턴 예명을 써니로 하자! 근데 요즘 연예인들은 멀티로 가야 돼! 가수라도 노래만 하는 게 아니라 영화나 드라마도 출연할 수 있으니까!"

이렇게 몸만들기를 하고 나서 노래 연습에 들어갔는데, 이것도 올림픽 국가대표 선수처럼 노래를 스파르타식으로 강하게 연습시켰던 것이다.

"아유! 싸부님! 가수가 이리 힘든 줄 알았다면 시작도 하지 않았을 거예요!"

결국 이렇게 아우성을 쳤지만 싸부님은 끝내 놓아주지 않았고, 역사와 전통을 자랑하는 모 TV방송의 〈캠퍼스가요제〉에 출전하기 위해, 써니는 여고를 졸업하고 예술대학의 실용음악과에 입학하여 오로지 가수의 길을 택하게 되었던 것이다.

"써니야! 근데 〈캠퍼스가요제〉는 창작가요제라서 우리가 직접 작사 작곡을 해야 돼!"

"네에? 싸부님! 그럼 어쩌죠? 저는 작사도 작곡도 전혀 꽝이거든요?"

"응? 그건 걱정 마! 내가 작사 작곡 다 할 수 있으니까! 실은 내가 MBC대학가요제에서 대상 받은 노래도 직접 작사 작곡한 노래였거든!"

"어머나! 그러셨어요? 그럼 빨리 노랠 만들어 주세요."

"아! 하지만 진짜 작사 작곡하는 건 바로 노랠 부르는 너란 말야!"

"네에? 그게 무슨 말씀이세요?"

이에 어이가 없어진 써니가 묻자 싸부님은 다시 엉뚱한 대답을 했던 것이다.

"에! 그건…! 작사 작곡은 내가 하지만 너의 간절한 소망이 나에게 전해질 때, 나한테 작사와 작곡의 신내림이 된단 말이야! 하하!"

그래서 써니는 날마다 싸부님께 가사와 작곡이 신내림하도록 마음으로 빌고 또 빌었던 것이다. 그렇게 며칠을 간절히 빌면서 보내고 나자 싸부님이 그의 연습실로 불렀다.

"자아! 너의 열망이 나에게 전해졌나부다! 드디어 가사와 작곡이 신내림해서 찾아왔어!"

이런 기쁜 소식과 함께 그가 내미는 종이엔 이런 노래의 가사와 악보가 쓰여 있었다.

"에, 노래 제목은 〈젊음이야! 사랑이야!〉야! 캠퍼스가요제의 출전곡이니까 아주 와따지?"

싸부님이 내민 악보를 써니가 읽기 시작했다.

> 좋아해 정말! 살며시 다가와서 속삭이는 너!
> 내 마음 너무나 벅찬 느낌이야!
> 사랑해 정말! 뜨거운 눈빛으로 바라보는 너!
> 내 마음 너무나 벅찬 느낌이야!
> 이 기쁨을 어떤 대답으로 네게 표현하면 좋을지 몰라!
> 하늘을 봐! 눈부신 햇살속에 너의 모습!
> 두 손을 마주 잡아! 우리의 영원한 사랑위해
> 이제 눈을 감아봐! 떨리는 입맞춤!
> 두 손을 마주 잡아! 우리의 아름다운 사랑위해
> 너와 내가 느끼는 건 젊음이야! 사랑이야!

이윽고 싸부님이 써니에게 속삭이듯 건네왔다.

"이제 네가 3,000번을 연습하면 대상이 되구, 2,000번은 금상! 1,000번 하면 은상이 될거야! 그게 가요제의 불문율 법칙이거든! 하하!"

싸부님이 전수하는 가요제 수상의 비결을 들으며 써니는 날마다 연습을 거듭했다. 그리고 500대 1이 넘는 예선 경쟁이었지만 무난히 최종 본선까지 통과했던 것이다. 그런데 마지막 본선 〈캠퍼스가요제〉가 열리는 전날 밤이었다. 싸부님의 연습실에서 마지막 연습과 점검을 마치고 나자, 갑자기 싸부님이 실내의 조명을 붉게 바꾸고 환상적 분위기에서 속삭이듯 건네 왔다.
 "써니! 이젠 나와 너랑 계약을 해야 해! 그러지 않으면 우리의 관계가 깨져버리니까!"
 "네에? 싸부님! 그건 무슨 말씀이시죠?"
 "으음! 연예계엔 이런 속설이 있지! 가수와 매니저 사이엔 서로 배신하지 못할 도장을 찍어야 한다구! 몰랐다면 날 따르기만 하면 돼! 실은 나두 MBC 대학가요제에 남녀 듀엣으로 출전해 대상을 받았지만, 가수 전속계약 때 레코드사의 농간으로 짝꿍한테 배신을 당했거든!"
 순간 써니는 눈앞이 캄캄했다. 당장 내일 가요제가 열리는데…! 거절하면 출전도 못해 보고 꿈이 깨져버리니…! 아니! 그동안 너무나 밤낮 싸부님과 만나 연습하는 동안에 정이 들었다고나 할까? 써니는 어쨌든 더 이상 망설일 수가 없었다.
 "써니! 이건 우리들의 의식이라 생각해! 그간 네 마음과 내 마음이 하나 되어 노래가 만들어졌고, 또 연습도 해왔으니까 일종의 가수가 되기 위한 결혼식이라고 할까?"
 그런데 참으로 신기한 일이었다. 둘이 성례식(性禮式)을 마치자, 육체와 영혼이 하나가 된 듯 더욱 동질감이 느껴지는 것이었다.

　　　　　　　 X X X

 "사장님! 저 출근했슴다! 미성년자라구 누가 시비 걸면 아들이 심부름을 하는 거라구 해주십시오! 요즘 최저 시급이 너무 비싸잖아요? 헤헤!"
 다음날 노래방 업소에 알바하러 나온 녀석은 이런 말을 지껄이며 써니에게 귀엽게 굴었다.

"응! 근데 고3이라며 학곤 안 다니는 거야?"

그러자 녀석이 얼른 대답했다.

"아! 어제 말씀드렸잖아요? 공고에선 3학년 2학기부터는 현장실습이걸랑요! 그러니까 저에겐 여기가 현장실습장인거죠. 헤헤!"

"그래! 암튼 요즘 젊은애들은 모두 연예인병에 걸려 큰일이야! 특히 트롯 가수병…!"

"에이! 사장님! 지금 임영웅, 영탁, 이찬원 가수가 뜨는 것 보세요! 벌써 수백억씩 돈을 벌었다잖아요?"

"그래! 암튼 그런 꿈을 갖는 것두 좋겠지! 어제두 얘기했지만 나 역시 가수 출신이니까!"

"네에! 그래서 더욱 잘되셨죠. 절 가르쳐 주실 수 있잖아요?"

그리하여 써니는 그녀를 가수로 입문시켜 준 싸부님의 추억을 돌아보며, 녀석의 가수 훈련에 적극 도전해보고 싶어졌다.

"좋아! 그럼 영업이 끝나면 두 시간씩 레슨을 받아볼래?"

"와아! 제가 어릴 때부터 아빠두 절 노래공부 시켜주셨는데, 이젠 사장님까지 해주신다니…! 제가 운빨이 좋은 놈인가 봐요?"

"참! 너의 아빠두 가수였댔지?"

"네! 자세한 사연은 모르겠구요! 암튼 아빠두 엄청 노래 짱이었어요! 제가 가수의 꿈을 갖게 된 것두 아빠의 DNA를 물려받았기 때문일 거예요. 몇 년 전에 세상을 뜨셔서 제가 공고를 가게 됐지만요!"

갑자기 슬픈 표정을 짓는 녀석에게 써니는 얼른 말머리를 돌렸다.

"아! 미안해! 쓸데없는 소릴해서…! 하지만 임영웅 가수두 아빠가 일찍 세상을…! 그럼 지금 누구랑 살아? 엄마…?"

"아뇨! 할머니요! 엄만 없어요."

"뭐? 엄마도 없어?"

어이없어 하는 써니에게 녀석이 명랑하게 대꾸했다.

"아! 괜찮아요! 그런 얘긴 관두시구 노래나 가르쳐 주세요!"

"오! 그래? 나두 한때는 가수로 데뷔했지만 사정에 의해 은퇴했다구 할까?"

순간 써니는 아픈 과거를 잠시 회상하며 대꾸했다. 그때 싸부님과 성례식을 치르고 캠퍼스가요제에 나가서 소망했던 대상을 움켜쥐었으나, 〈스캔들〉이란 잡지의 연예부 기자에게 매니저가 가수를 임신시킨 사실이 폭로되어 세상을 떠들썩하게 한 스캔들을 낸 후에, 써니는 아이도 싸부님의 어머니한테 빼앗기고 본의 아니게 가요계를 떠나야 했던 것이다.

"자! 그럼 오늘 영업이 끝났으니 노래 연습을 해 볼까?"

밤 열두 시도 훨씬 넘은 심야에 써니와 녀석은 노래방 룸에 남아 연습을 시작했다.

"우선 가수는 개성과 매력과 혼이 담긴 노래를 불러야 해! 너만의 독특한 목소리! 너만의 끌리는 매력! 그리구 노래 속에 영혼을 담아 사람들을 감동시켜야 한다구!"

그러면서 써니는 그녀가 〈캠퍼스가요제〉에서 대상을 받았던 〈젊음이야! 사랑이야!〉를 부르려다가 말고 녀석에게 말했다.

"근데 넌 나처럼 창작곡이 아니고 기성곡으로 〈트롯 프린스〉에 출전하니까 무엇보다 선곡을 잘해야 돼!"

그리하여 국악을 접목한 김용임의 노래 〈열두줄〉을 선곡해서 연습을 시작했던 것이다. 우리 민족의 흥이 담긴 〈열두줄〉은 주로 가야금을 반주로 한 트롯으로 듣는 이의 흥을 돋구고 절로 춤추게 하는 노래였다. 하지만 이 노래는 이미 여러 트롯 경연에서 자주 보아왔기에 녀석에게도 익숙한 노래였다.

"사장님! 전 이 노래를 저만의 버전으로 부르고 싶어요!"
"그래? 좋아! 어디 연습해 봐!"

그리하여 써니는 인사동의 한복집에서 녀석이 입을 선비복을 한산 세모시로 장만하고, 인간문화재 이수자가 운영하는 국악무용소에서 선비춤을 특별히 배우도록 했다.

"와! 사장님! 전 가수가 되는 건 노래만 잘하면 되는 줄 알았어요!"
"무슨 소리야! 올림픽 출전 선수보다도 더 열심히 땀 흘려 연습해야 한다구!"
"하긴 청학동 훈장의 딸 김다현 가수를 봐도 전국 명산을 돌면서 노래 연습을 했다더군요!"

이런 얘기를 나누며 써니와 녀석은 스파르타식으로 노래 연습을 하니, 처음과는 비교도 안 되게 실력이 늘었음을 알 수 있었다. 녀석이 준비한 선비 옷을 입고 부채까지 활짝 펼치며 〈열두줄〉을 부르니 써니와 녀석도 함께 놀라게 되었던 것이다.

가슴을 뜯는 가야금 소리 달빛 실은 가야금 소리
한 줄을 퉁기면 옛님이 생각나고
또 한 줄을 퉁기면/ 술맛이 절로 난다
퉁기당기 둥기당기당 둥기당기 둥기당기당

사랑 사랑 내 사랑아 어화둥둥 내 사랑아
열두줄 가야금에 실은 그 사연
어느 누가 달래 주리오!

오디션 날짜가 가까워 오자 이젠 노래방 업소의 영업까지 중단하고 셔터를 내린 후 지하의 노래방 룸에서 써니와 녀석은 그 옛날 써니가 싸부님과 노래 연습을 했을 때처럼 노래 삼매경에 빠졌다.

가슴을 뜯는 가야금 소리/ 달빛실은 가야금 소리…!
이 노래를 수천 번이나 부르고 또 부르다 보니, 녀석도 지치고 지도하던 써니도 현기증이 나서, 두 사람은 노래방 룸의 탁자에 쓰러지고 말았다. 그때 반주기에서는 〈열두줄〉의 반주가 흘러나오는데, 두 사람은 문득 한양의 어느 권번 기생집에서 만난 선비와 기생처럼 묘한 분위기에 빠지고 말았다. 그래서일까? 누가 먼저랄 것 없이 둘은 서로 몸을 밀착하며 하나로 겹쳐졌다.
"그때 내가 〈캠퍼스가요제〉에 출전하기 전날 밤에 싸부님이 나한테 그런 의식을 요구한 이유를 이제야 깨닫겠네!"
혼잣말로 중얼이는 써니에게 녀석이 물어왔다.
"그게 무슨 말씀이세요?"
"가수와 매니저는 서로 몸을 바쳐야 배신하지 않는다고 했지!"
"그래서 어쨌나요?"
"지금처럼 이런 환상에 빠져서…!"
이제 두 사람은 성별도 나이도 초월하여 오직 본능이 시키는 대로 암수의 결합을 위하여 미친 듯이 몰두했다. 그리하여 팽창

할대로 부푼 녀석의 심벌이 그녀의 은밀한 곳에 파고들었다.

"아! 하늘만큼 땅만큼 사랑해요!"

녀석이 열에 들떠 중얼이자 써니도 정신줄을 놓은 듯 헛소리처럼 부르짖었다.

"그래! 너의 노래를 위해서라면…!"

드디어 남녀가 꿰어진 곳에서 지진이 일어났고 녀석의 육즙이 뿜어졌다. 그리고 두 영육은 완전하게 합일되어 다음날부터의 노래는 어제와 전혀 판이하게 놀라울 정도로 완성되었던 것이다.

XXX

드디어 종편 MCJ에서 주최하는 〈트롯 프린스〉의 오디션 날이 닥쳐왔다. 이제 코로나의 여파도 물러가서 초대 관객도 만장했고 경연무대도 아주 화려하게 제작되었다. 출연자는 결선에 출전하는 20명 중에 톱7을 뽑게 되었다.

"자! 지금 대한민국은 트롯 열풍에 빠졌습니다! 그간 우리 MCJ에서 주최한 〈트롯 퀸〉에 이어 두 번째 트롯 오디션! 오늘의 〈트롯 프린스〉! 그럼 지금부터 예선을 거쳐 올라온 최종 20명이 겨루는 결선 무대가 펼쳐지겠습니다!"

그리하여 첫 번째 출연자는 이미 뮤지컬계의 대스타라고 했다.

"에, 뮤지컬계를 정복하고 트롯 프린스가 되기 위해 뮤지컬 공연 중에 탈출해 나온 홍유준 출전자입니다. …그럼 음악 주세요!"

MC가 소개와 반주를 청하자 무대와 홀 안에 〈보릿고개〉가 애잔하게 울려퍼졌다.

아야/ 뛰지 마라/ 배 꺼질라/ 가슴 시린 보릿 고갯길
주린 배 잡고/ 물 한 바가지/ 배 채우시던
그 세월을/ 어찌 사셨소/ 초근목피에/ 그 시절 바람결에
지워져 갈 때/ 어머님 설움/ 잊고 살았던
한 많은 보릿고개여/ 풀피리 꺾어 불던
슬픈 곡조는/ 어머님의 한숨이었소

과연 뮤지컬 배우답게 온몸으로 연기하며 부르는 노래가 담박에 관객을 빨아들였다.
"이어서 두 번째는 조명섭 가수의 동생 같은 도전자인데요, 이름도 비슷하군요!, 조두섭 출전자의 선곡은 〈한 많은 대동강〉입니다."

한 많은 대동강아/ 변함없이 잘 있느냐
모란봉아 을밀대야/ 네 모양이 그립구나
철조망이 가로막혀/ 다시 만날 그때까지
아아아 소식을 물어 본다/ 한많은 대동강아

마치 가요무대의 원로가수처럼 엄숙하게 노래를 부르는데 트롯의 꺾는 맛이 일품이었다.
"하하! 조두섭 출연자는 트롯 프린스! 트롯 왕자보다는 트롯 킹! 트롯 왕 같은 실력을 보여 주셨습니다. 자! 그럼 오늘의 〈트롯 프린스〉에 도전한 15,000명의 지원자 중에 최종 20명이 결선에 출전하는 MCJ의 〈트롯 프린스〉 오디션! 세 번째 도전자가 되겠습니다. …아! 오늘 무대의 최연소 출전자는 오신성 군입니

다. 부를 노래는 김용임 원곡의 〈열두줄〉!"

순간 오신성이 한산 세모시로 지은 선비복을 입고 반주에 따라 부채를 들고 한들한들 선비춤을 추며 무대에 등장하자, 관객들은 뜨거운 박수와 환호로 맞아주었다. 오신성은 반주가 노래로 이어지는 부분에서 부채를 활짝 펴 휘두른 다음 노래를 시작했다.

가슴을 뜯는 가야금소리
달빛실은 가야금소리
한 줄을 퉁기면 옛님이 생각나고
또 한 줄을 퉁기면 술맛이 절로 난다

그런데 그의 의상은 자세히 보니 등짝 부분을 알몸이 되도록 파낸 퓨전 선비복이었고, 너무 투명해서 열아홉 탄탄한 헬스 몸매가 고스란히 얼비치어 차마 똑바로 바라보기가 민망했다. 특히 옛날 사람들처럼 팬티를 입지 않아 사타구니 속이 훤히 내비쳤으니…! 게다가 기생 차림의 여성 무용단이 좌우를 받쳐주니 무대가 더욱 돋보였다. 특히 오신성의 목청은 남청이 아니라 여청 중에도 폭발적인 고음이어서 무대가 계속되는 내내 누구 하나 숨소리조차 내지 못했던 것이다.

"아! 이건 춘향전의 이몽룡 같은 선비인데, 소리는 명창 중의 명창이라 정말 놀랍습니다!"

MC의 감탄이 아니라도 오신성의 노래는 압도적으로 출중하여 다음 순서는 절로 맥이 빠졌다고나 할까? 이윽고 20명 출전자들의 경연이 모두 끝나고 심사 결과 발표가 점수판에서 시청자를 애태우기 위해서일까? 심사위원 점수와 현장 관객 점수 그리고 전국의 시청자 실시간 점수까지 덧셈해서 매겨지고 보니, 분위기는 점점 달아올랐던 것이다. 그리고 드디어 최종 결과가 발표되었을 때 자타가 공인한 것처럼 오신성이 영예의 대상인 진을 차지하니, 모두들 열화 같은 박수로 축하해 주었던 것이다.

이윽고 한밤이 깊어서야 방송국 일정을 마치고 오신성은 사장님이 계신 노래방 업소로 달려왔다.

한편 TV방송을 통해 〈트롯 프린스〉를 시청하던 써니는 심장이 터질 듯한 긴장감 속에 결과까지 지켜보고서야 감격의 만세를 불렀다.

"만세! 그래! 네가 진이 될 줄 알았어! 하지만 그게 그리 쉬운 일이 아닌데…!"

이미 〈캠퍼스가요제〉에서 대상을 받아본 경험이 있는 써니였지만, 오신성이 대상인 진을 수상할 줄은 정말로 예측하지 못했던 것이다. 이때 드디어 오신성이 상패를 안고 달려왔다.

"사장님! 감사합니다! 오늘 제가 톱7에서 진이 된 건 다 사장님 덕택이에요. 사장님!"

그리고 써니를 포옹하며 기뻐하는 오신성에게 써니 역시 환희에 넘쳐 소리쳤다.

"그래! 하지만 다 네가 열심히 한 결과지! 그렇게 이제부턴 최고의 스타 가수가 될 때까지 더욱 열심히 해야 돼! 알았지?"

써니의 진정어린 격려에 오신성이 자리에서 벌떡 일어나 속삭이듯 말했다

"사장님! 이젠 제가 가수가 됐으니까, 하늘나라에 가신 아빠의 소원도 풀어드릴래요."

"으응? 아빠의 소원이라구?"

"네! 돌아가신 아빠가 저에게 남겨 주신 노래가 있다구요."

"뭐? 아빠가 작사 작곡도 하셨어?"

"네! 가요제에 출전시킨 가수가 대상 받을 때 아빠가 작사 작곡을 하셨대요! 바로 이 노래예요!"

이윽고 오신성이 메고 다니던 가방에서 악보를 꺼내 써니에게 내밀었다. 그리하여 써니가 악보를 펴 보니 거기엔 〈젊음이야! 사랑이야!〉의 가사와 악보가 적혀 있는 게 아닌가? 순간 써니는 쓰러질 듯 몸의 균형을 잃고 외마디 소리처럼 부르짖었다.

"아니! 이 노래가 정말 너의 아빠 꺼란 말야?"

그러자 오신성이 의아한 눈으로 써니를 마주보며 대답했다.

"네에! 그래서 이 노래를 트롯으로 새롭게 작곡 받아 제가 불러 보려구요! 전 아빠의 피를 물려받아 가수가 된 거니까요!"

"아! …이제 오늘부터 너와 나의 인연은 여기서 끝이야! 그러니까 어서 너의 집으로 돌아가!"

갑작스런 써니의 말에 오신성은 어리둥절하여 말했다.

"네에? 사장님도 절 사랑하시잖아요? 제가 비록 연하지만…!"

"아! 하지만 이젠 안 돼!"

"왜요? 류필립이란 가수도 저처럼 엄청 연하던데요!"

"여하튼…! 어쨋든…! 네가 가수가 된 이상 넌 네 길로…! 가수의 길로만 가야 한다구! 으흐흑!"

이윽고 오열하는 써니에게 오신성은 안타까운 눈길만 보내다가, 이윽고 써니를 향해 조용히 〈젊음이야! 사랑이야!〉 노래를 부르기 시작했다.

좋아해 정말! 살며시 다가와서 속삭이는 너!
내 마음 너무나 벅찬 느낌이야!
사랑해 정말! 뜨거운 눈빛으로 바라보는 너!
내 마음 너무나 벅찬 느낌이야!
이 기쁨을 어떤 대답으로 네게 표현하면 좋을지 몰라!
하늘을 봐! 눈부신 햇살속에 너의 모습!
두 손을 마주 잡아! 우리의 영원한 사랑위해
이제 눈을 감아봐! 떨리는 입맞춤!
두 손을 마주 잡아! 우리의 아름다운 사랑위해
너와 내가 느끼는 건 젊음이야! 사랑이야!

5

스타 괴담

스토리 라인 - 박대서는 대학 시절에 영미와 듀엣으로 대학가요제에 출전하여 대상을 수상하지만 영미의 배신으로 고통 속에 군대에 다녀와서는 기획사를 차리고 신인가수를 발굴하여 성공함으로써 복수를 했다고나 할까? 그러나 연예계의 속성을 경험을 통하여 속속들이 아는 박대서는 변천하는 가요계를 선점하여 스타 괴담을 일궈나가는데…!

창작 메모 - 나는 80년대에 방송작가 생활을 하면서 이 소설의 모델이라 할 수 있는 듀엣을 만났는데, 그들의 인기 부침을 지켜보면서 여기에 소설적 상상을 보태어 집필한 것이다.

"사장님! 될성부른 나무는 떡잎부터 알아본다는 속담이 있잖습니까?

그래서 생각한 아이디어인데요…!"

"……!"

김신성 홍보이사가 속삭이듯 목소리를 낮춘 말에도 박대서 사장은 여전히 양주잔을 입 안에 털어넣을 뿐 대꾸를 하지 않았다.

"지난날에 우리가 스타를 발굴한 방법은 이제 모두 고전이 돼 버렸죠! 7080시절 대학가요제에서 대상받은 애들을 스카웃하던 때부터 돌이켜보면요…!"

"으음! 그래도 그때가 좋았지! 개들을 잡아 음반만 내면 무조건 수십만 장짜리는 됐으니까!"

"하지만 대학가요제가 시들해진 다음부터는 차라리 길거리 캐스팅이 훨씬 스타 발굴 성공률이 높았죠. 특히 남자 가수애들 경우에 말입니다."

이윽고 김신성 홍보이사가 박대서 사장의 비워진 양주잔에 술을 따르면서 말했다.

"그래요! 그때 우리가 그렇게 키운 가수 중엔 수백만 장 밀리언 셀러도 있으니까…! 그런데 요즘은 몇 만 장도 힘드니 원…! 후우!"

박대서 사장은 다시 입 안에 양주를 털어 넣으며 한숨조차 내쉬었다.

"그후 우리는 미국 LA까지 누비며 길거리 캐스팅으로 또한 성공을 거두지 않았습니까?"

"아암! 근데 그때 뜬 애들이 벌써 40대 중반이 됐으니, 참 세월은 빠르단 말이야!"

"네! 그러고 보니 제가 대학 때 가요제에 참가했다가 사장님을 만난 지도 20여 년이 넘었네요!"

"벌써 그런가? 암튼 우리 스타엔터테인먼트가 이만큼 성장한 데엔 김 이사의 공로가 절대적이었어!"

그러자 이번엔 박대서 사장이 양주잔을 채워 김신성 홍보이사에게 건네며 다정스럽게 말했다.

"근데… 이제 우리 연예사업이 한계점에 부딪쳤다구…! 이미 음반 쪽은 쪽박신세가 된 지 오래고, 한류 바람에 겨우 숨통을 텄지만 그것도 역시 투자에 비해서는…!"

"맞습니다. 그래서 제가 새로운 아이디어를…!"

"으음! 오늘따라 문득 나의 연예계 입문 30년이 떠오름은 나도 이젠 나이를 먹은 탓인가? 허허!"

박대서 사장은 지긋이 눈을 감으며 처음 연예계에 뛰어들던 대학 시절의 추억 속으로 달려갔다.

계절의 여왕이라는 5월을 맞아 캠퍼스에는 각종 축제 행사가 펼쳐지고 있었다. 그중에도 타교생까지 참가할 수 있는 〈호수가요제〉가 가장 인기가 있었다.

"오빠! 우리도 함께 가요제에 한번 출전해 볼까?"

이때 캠퍼스 커플로 공인받을 만큼 짝꿍이던 한영미가 박대서에게 먼저 제의해왔다.

"뭐야? 노래는 아무나 하니? 더구나 솔로도 아닌 듀엣으로…?"

"우리가 어때서…? 오빤 작곡과고, 난 성악 전공인데…!"

그러자 영미가 샐쭉해져서 대서에게 투정을 부려왔다.

"야! 그러니까 더 쪽팔리지! 본선은 커녕 예선에서 물먹으면 아마 과 교수님한테까지 망신당할걸!"

"어머! 오빤 구더기 무서워 장 못 담그겠단 거야? 그럼 나 다른 짝꿍 찾아서 나갈거야!"

결국 영미의 이런 고집에 꺾여 대서는 그 무렵 크게 히트하던 조진원과 홍종임이 부른 듀엣 노래 〈사랑하는 사람아〉를 출전곡으로 정하고 밤낮으로 연습에 돌입했던 것이다.

사랑하는 사람아

사랑하는 사람아 나의 말 좀 들어보렴!
두 눈을 꼭 감고 나의 말 좀 들어보렴!
따뜻한 마음을 나눠주고 믿어주고
궂은 일 슬픈 일들을 우리 나눠 가지자!
모진 풍파 헤치고 달 속의 전설을
생각하면서 우리 사랑하는 맘
변치 말고 믿어보자!

사랑하는 사람아 나의 말 좀 들어보렴!
두 눈을 꼭 감고 나의 말 좀 들어보렴!
따뜻한 마음을 나눠주고 믿어주고
궂은 일 슬픈 일들을 우리 나눠 가지자!
모진 풍파 헤치고 달 속의 전설을
생각하면서 우리 사랑하는 맘
변치 말고 믿어보자!

그런데 이상한 일이었다. 대서와 영미가 평소에 이 노래를 부를 때는 아주 잘 했는데, 가요제에 출전을 목표로 화음을 맞추니까 영 조화가 되지 않고 왠지 따로 겉돌았다.

"오빠! 이상하지 않아? 성악과인 나보다 오빠가 더 튄다니까…!"

"글쎄! 사랑하는 사람이 아니라 서로 미워하는 사람끼리 억지로 노래를 꿰맞추는 느낌이야!"

석양에 물들어가는 캠퍼스의 잔디밭에서 노래를 연습하던 대서와 영미가 이렇게 주고받을 때였다.

"당연하지! 둘이는 서로 가짜 연인이잖아? 내가 보기에는 말야!"

두 사람 곁으로 다가오며 이런 엉뚱한 말을 건네 오는 건 대학방송국 최 선배였다.

"…?"

이미 캠퍼스 커플로 소문난 대서와 영미로서는 어처구니가 없어 멍하니 바라보자, 최 선배가 다시 이기죽거렸다.

"너희들 임신해봤어?"

"에이! 선배님! 순진한 후배들에게 무슨 그런 농담이세요?"

사실 그 시절엔 아무리 캠퍼스 커플이라도 손잡고 다니는 것조차 삼가던 때였다.

"하하! 하지만 노래는 예술이야! 예술을 한다면서 그따위 도덕 관념에 얽매인다면 새로운 예술 세계가 열리겠어? 흥!"

"그래요? 그럼 우리더러 어쩌라는 거예요?"

그러자 영미가 감히 최 선배를 향해 따지듯 대들었다.

"으음! 방법을 가르쳐 줄까? 그렇담 날 따라와!"

이윽고 최 선배가 대서와 영미를 이끌고 간 곳은 학교 앞 먹자골목의 술집이었다.

"우선 술을 마셔야 꿈꾸는 일들이 술술 풀리는 거야! 알았어? 이 순진한 후배들아!"

그러면서 다짜고짜로 막걸리 대접을 가득 채워 연거푸 석 잔을 마시게 했다.

"선배! 누구 졸도하는 꼴을 보려구요?"

"아휴! 전 사이다에도 취한다구요!"

이때 대서와 영미가 이렇게 앙탈을 부렸지만 선배는 막무가내로 명령했다.

"야! 〈호수가요제〉에 나가서 대상 받으려면 이까짓 정도로 마셔선 어림없어! 적어도 거리에 나갔을 때 전봇대가 뛰어오고, 아스팔트가 일어설 정도로 마셔야지!"

"네에…?"

하도 기가 막혀 둘이 한꺼번에 외치자 최 선배는 벌써 여섯 번째 막걸리 대접을 기울이고 나서 떠들었다.

"임마! 작년 내가 MBC 대학가요제에 출전할 땐 어찌나 취했던지 집 수돗가에서 만세를 부르며 쓰러졌는데 어땠는지 알아? 바로 하늘이 내려다보이더라구! 에, 그쯤 인사불성으로 마셔야 예술의 비밀문이 활짝 열린다 이거야! 내 말은…! 엉?"

암튼 최 선배의 이런 호통 속에 대서와 영미가 막걸리 몇 잔을 더 퍼마셨는데, 아닌 게 아니라 술집 안 벽이 흔들거리고, 술꾼들 모습이 도깨비처럼 괴상하게 보이기도 했다.

"야놈들아! 이제 둘이 진짜 연인된 기분이 들지 않냐? 그럼서어 내 앞에서 키스해 봐! 엉?"

이윽고 최 선배가 눈자위를 치뜨며 두 사람에게 명령을 내렸다. 그러자 희한하게도 대서와 영미는 그 말을 기다렸다는 듯이 얼굴을 맞대어 입술을 포개었다.

"아하! 그런 형식적인 키스 말고 서로 혀까지…! 으응! 바로 그렇게…!"

에라! 기왕에 할 바엔 최 선배가 오히려 놀라도록 깽판을 쳐 보자는 이심전심으로 대서와 영미는 아예 두 손으로 서로의 머리를 감싸 쥐며 마구 혀감음질 딥키스를 해 버렸다.

"야! 이것들 봐라? 오늘밤 안으로 임신까지 해치우겠네!"

그러자 최 선배가 얼굴을 돌리며 애꿎은 막걸리잔만 들이켰다.

한데 다음날 캠퍼스 뒷산에 올라가 노래를 연습하자, 어제까지와는 전혀 다른 기분 속에 새롭게 노래가 불러졌다.

'사랑하는 사람아 나의 말 좀 들어보렴' 하는 첫 구절에 정말로 귀가 쫑긋 열렸고, '두 눈을 꼭 감고 나의 말 좀 들어보렴'에선 저절로 두 눈이 감겨졌으며, '따뜻한 마음을 나눠주고 믿어주고 궂은 일 슬픈 일들을 우리 나눠 가지자'에서는 상대방에 대한 무한한 신뢰감으로 가슴까지 따뜻해지는 것이었다. '모진 풍파 헤치고 달 속의 전설을 생각하면서 우리 사랑하는 맘 변치 말고 믿어보자'는 마무리에서는 조각배를 타고 파도치는 바다를 표류하는 환상에 빠지는가 하면, 한 쌍의 토끼 부부가 되어 계수나무 아래에서 떡방아를 찧는 착각에 빠지기도 했다.

드디어 대서와 영미가 듀엣으로 캠퍼스 축제의 하이라이트인 〈호수가요제〉에 출전을 했다. 그리고 대학방송국 최 선배의 그런 비밀과외(?) 덕분인지 대상을 수상하게 되었다. 아울러 행운은 또 다른 행운을 불러온다고나 할까? 그로부터 석 달 후에

TMC 방송국에서 여름방학을 맞아 대학생 대상의 〈사랑의 듀엣 가요제〉를 개최했던 것이다.

"야아! 영미야! 우리 TMC가요제 한번 나가볼까?"

이번에는 대서가 먼저 영미를 꼬드겼다.

"정말? 근데 기성곡은 안 되고 창작곡이어야 한다는데…? 오빠!"

벌써 영미도 이미 알고 있는 듯했다.

"그건 걱정 마! 내가 작곡과잖아! 대신 가사는 네가 써!"

"으음! 오빠! 듀엣가요제니까 작사 작곡을 출전자가 직접 하면 훨씬 유리할거야!"

그날부터 영미는 작사에 몰두했고 대서는 날마다 재촉질을 해댔다. 그래서 영미가 〈신입생〉이라는 노래의 가사를 써냈다.

> 그애와 내가 만난 건 정말 우연이었네!
> 그날은 대학입시 발표하던 날!
> 새벽부터 떨리던 조급한 가슴을 안고
> 흰눈 내리는 학교길을 걸어서 갔네!
> 학교로 독서실로 혹은 도서관으로
> 지나간 학창시절 3년 동안은
> 정말로 바쁘고 고달팠었네!
> 아! 가슴뛰는 입시의 관문!
> 흩어진 머리칼을 쓸어넘기며
> 함박눈 쏟는 하늘에 합격을 빌며 걸을 때
> 아차차! 우린 서로 맞부딪쳤네! 하!
> 아차차! 우린 서로 맞부딪쳤네!
>
> 그애와 내가 만난 건 정말 기쁨이었네!
> 그날은 처음으로 미팅하던 날!

아침부터 설레던 들뜬 가슴을 안고
꽃바람 부는 거리를 달려서 갔네!
어엿한 신입생된 그애의 모습을
이렇게 또다시 만날 줄이야!
정말로 기쁘고 반가웠었네!
아! 가슴 벅찬 사랑의 느낌!
하지만 그애도 나와 같을까?
가로등 불빛 아래 서로 마음 전할 때
아차차! 우린 그만 포옹을 했네! 하!
아차차! 우린 그만 포옹을 했네!

가사 자체만으로도 한 편의 드라마가 떠오르는 만큼 대서도 작곡을 수월하게 해냈다. 그리고 두 사람은 마치 〈신입생〉의 주인공이 된 듯한 감정이입으로 신선한 느낌의 노래를 열창했고, 대천해수욕장에서 펼쳐진 〈사랑의 듀엣 가요제〉에서 드디어 대상을 걸머쥐었던 것이다.

누군가 스타는 하루아침에 태어난다고 했던가? 당장 대서와 영미는 라디오 프로는 물론 텔레비전의 가요 프로에도 혜성같이 나타나, 각종 주간지와 학생 잡지의 브로마이드 화보에까지 등장하게 되었다. 그리하여 가을 2학기를 맞았을 땐 벌써 스타 대열에 끼었다.

"오빠! 근데 우리가 언제까지 함께 노래할 수 있을까?"

이 무렵 텔레비전 녹화를 마친 후 택시를 타고 돌아올 때, 대서가 잡은 손을 살짝 빼며 영미가 마치 혼잣말처럼 중얼거렸다.

"무슨 소리야? 듀엣인 우린데…?"

그리고 며칠 후 〈사랑의 듀엣 가요제〉를 기획 연출한 엄 PD의 프로에 출연했을 때 그가 넌지시 물어왔다.

"야! 대서야! 너희도 전속을 해야지?"

"네에? 전속이라뇨?"

"이제 그만큼 컸으면 기획사나 레코드사에 들어가 진짜 연예인이 돼야 한다구…!"

하지만 너무나 뜻밖의 제의였기에 대서는 어리둥절한 채 얼른 대답을 못했다.

"에, 이미 영미의 부모는 나에게 전권을 위임했다구! 그러니까 너도 잘 생각해 봐! …실은 영미는 솔로 쪽을 택하고 싶어 해! 아니! 덤벼드는 기획사나 레코드사에서 선호하는 것도…!"

"아! 그래요? 저는 금시초문인데요…!"

갑자기 눈앞이 아찔하여 대서는 더 이상 말을 잇지 못하고 얼굴만 붉혔다.

"대서야! 그간 나도 너한테 정들었는데…! 그래서 이런 얘기하기가 뭣한데…! 알잖아? 연예계가 어떤 곳인지? 여자는 몸! 남자는 돈인거…! 그러니까 이젠 너희들끼리 지금 같은 아마추어론 안 된단 말야!"

"…!"

며칠 후 대서는 스포츠신문의 연예란에서 영미가 솔로로 00기획사에 스카우트되었다는 대문짝만한 기사를 접했다. 이후로 영미에게선 아무런 연락조차 없었고, 학교도 이미 휴학을 한 뒤였다.

그때 대서는 얼핏 죽음을 생각했다. 방송국 가요제에 출전하여 스타가 되자마자 사랑과 명예마저 잃었으니 모멸감에 견딜 수가 없었던 것이다. 하지만 〈자살〉을 몇 번 되뇌는 동안에 〈살자〉로 바뀌자, 결국 남자들의 도피처이기도 한 군대에 자원했다. 그리고 제대할 때까지 오로지 오기로 버티며 무사히 제대를 했다.

그동안에 영미는 그야말로 대스타가 되어 각 방송국의 연말을 결산하는 가요제에서 대상을 휩쓸며 승승장구하고 있었다.

"그래! 나도 연예기획사를 차리자! 그래서 꼭 영미를 스카웃해 오고 말거야!"

방송국과 가까운 마포에 허술한 사무실을 얻어 기획사를 차린 대서는 스타 발굴에 나섰다. 그러나 방송국 주최의 가요제 수상자는 기존의 대형 기획사나 레코드사의 먹잇감이 되었으므로, 당시로서는 최초로 〈길거리 캐스팅〉에 나섰다. 그래서 대학가나 고등학교 주변을 기웃거렸는데 대어를 낚기란 생각처럼 쉽지가 않았다. 그러던 어느 날 여의도 한강 고수부지에서 대상자를 발견했던 것이다.

"이봐! 학생! 가수 되고 싶은 생각 없어?"

"네? 아저씬 누구신데요?"

"나? 기획사 매니저…! 아니! 사기꾼이야!"

"뭐라구요?"

"으응! 연예인 매니저라며 순진한 청소년들 등치는 사기꾼들 많잖아? 하하!"

벌써 일 년이나 스타감을 찾아 헤맸지만 찾지 못한 터라 대서는 이렇게 자조적으로 지껄이며 묘한 매력을 지닌 학생에게 떠벌렸다.

"아저씨! 그럼 잘 됐네요."

"뭐라구?"

"제가 바로 얼마 전에 당신 같은 놈을 만나 당했다구요! 나쁜 자식!"

학생은 이렇게 외치기와 동시에 대서를 향해 주먹을 날려왔다.

"억!"

이에 비명을 지르며 대서가 휘청이자 학생은 다시 발길질로 사정없이 공격했다.

"…자퇴까지 하고 노래를 연습했는데, 스타는커녕 돈만 사기쳐?"

"뭐야? 내가 한 말은 농담이었다구! 난 학생을 만난 적도 없는데 왜 이러는 거야? 엉?"

장난이 아니라 필사적으로 덤벼드는 바람에 대서는 이리저리 몸을 피하며 소리쳤지만 소용이 없었다. 결국 두 사람은 서로 힘이 다할 때까지 엎치락뒤치락 싸웠고 얼마 후에 함께 지쳐 쓰러졌다.

"아저씨! 죄송해요! 제가 홧김에 미쳤었나봐요! 흑흑!"

이윽고 학생이 훌쩍이며 대서의 품안에 안겨들었다.

"임마! 나도 미안하다! 그 사람 대신 내가 널 스타로 만들어 주면 되잖아?"

"정말요? 그럼 저의 목숨까지도 바칠께요!"

이때 문득 대서의 뇌리에 TMC 방송국의 엄 PD가 하던 말이 떠올랐다.

-대서야! 그간 나도 너한테 정들었는데…! 그래서 이런 얘기하기가 뭣한데…! 알잖아? 연예계가 어떤 곳인지? 여자는 몸! 남자는 돈인 거…! 그러니까 이젠 너희들끼리 지금 같은 아마추어론 안 된단 말야!-

이윽고 대서는 품안에 들어온 녀석을 꼬옥 끌어안으며 다짐을 했다.

"임마! 나에겐 돈도 몸도 필요 없어! 넌 그냥 노래만 열심히 하면 돼!"

이렇게 해서 기획사 첫 식구가 된 녀석의 사연인즉 연예가 매니저를 사칭하는 사기꾼한테 걸려 홀어머니와 사는 전셋돈을 날렸고, 이에 홧병으로 어머니가 돌아가셔 졸지에 고아가 되어 자퇴를 하고 방황했던 것이다.

"자! 오늘부터 너의 이름은 조승기야! 일 년 후면 최고 스타 가수가 될…!"

기획사 사무실로 녀석을 데려오자 대서는 법정의 판사처럼 엄숙하게 선언했다.

"네에? 제 이름은 유경칠인데요!"

"뭐야? 그런 촌스런 이름으로…! 임마! 그러니까 사기꾼 만나 경을 쳤지! 연예인은 이름부터가 달라야 한다구! 되도록 섹시하게 지어야 해! 조승기! 뭐 떠오르지 않니?"

"조승기? 제 친구 이름인데요, 갠 왕따인데…!"

"임마! 남자의 상징 조X에 성기를 패러디해 합성한 이름이잖아! 그러니까 너를 좋아하는 팬들에게 섹스를 느끼게 하는 거지! 하하!"

"에이! 매니저님도! 너무 짓궂으세요! 하하."

승기가 어이없어 하며 웃음을 터뜨리자, 이번엔 다시 대서가 엄숙한 표정으로 명령했다.

"자! 그럼 스타가 되기 위한 입학식… 아니 입문식을 거행할까?"

"네에? 그건 또 뭐예요?"

"응! 군대에 가면 신고식을 하듯이…! 아니, 아마 조폭들도 그런 걸 할 거야! 바로 너와 내가 서로 배신하지 않기 위한 의식이랄까?" 하고 말하면서 대서는 대걸레의 걸레를 뽑아내어 몽둥이로 삼았다.

"자! 엎드려! 내가 먼저 시범을 보일 테니까 맞아 봐! 대신 난 너의 두 배로 맞을 거야!"

설명을 마치자 대서는 엎드린 승기의 히프를 대걸레로 사정없이 세 대를 내려쳤다.

"으으윽! 아흐…!"

너무나 뜻밖의 몽둥이질에 승기는 비명을 질렀고, 다음 순간 대서도 녀석한테 두 배로 당했다.

"이젠 너도 여섯 대야! 이 악물어!"

이런 식으로 차츰 배수로 몽둥이질을 계속해 나가자 결국 승기가 먼저 뻗어버리고 말았다. 그런데 이때 둘은 묘한 감정에 빠져들었다. 처음엔 서로가 어이없다가 차츰 화가 치밀다가 나중엔 둘이 하나된 일체감에 빠졌던 것이다. 그리하여 몽롱한 정신 속에서도 둘은 서로 몸을 끌어안고 신음하듯 중얼거렸다.

"승기야! 네가 대스타가 돼도 결코 날 배신하지 않을거지?"

"매니저님이나 절 버리지 말아주세요! 흑흑!"

다음날부터 대서는 승기에게 노래 연습을 시켰다.

"오늘부터 노래 연습이다! 너 학교에서 입던 체육복 있지? 어서 갈아입고 날 따라와!"

"네? 노래 연습은 스튜디오에서 하는 것 아녜요?"

"임마! 가수는 복싱 선수와 같아! 너 영화 〈록키〉에서 실베스터 스텔론이 새벽마다 달리기 운동하는 것 못 봤어? 가수도 몸부터 만들어야 한다구!"

그리하여 승기는 대서의 지시에 따라 매력적인 몸매를 만들기 위한 운동과 함께 노래를 연습해야 했다.

"승기야! 넌 노래를 뭐라고 생각하니?"

"에이! 그걸 질문이라고 하세요? 가수가 하는 게 노래죠!"

"이런 짜슥 봤나? 노래는 섹스야!"

"네에? 섹스라뇨?"

"너 인기가수가 노래 부를 때 열광하는 팬들의 모습 봤지? 그때 그들의 얼굴을 잘 보라구! 어떤 표정을 짓나? 넌 경험잔지 모르지만 바로 클라이막스잖아?"

"아아…! 네에!"

그때 승기가 이렇게 신음하듯 대답한 건 바로 이를 동감해서였다.

"그러니까 너도 앞으로 가수가 되면 너의 노래를 통해 팬들과 교감! 즉 섹스를 해야 한단 말이야!"

이런 사이비 교주 같은 대서의 가수학 이론을 들으며 승기의 가수 입문을 위한 훈련은 혹독하게 치러졌고, 드디어 계획한 일년만에 신인가수 조승기의 첫 TV 출연이 결정됐다.

"승기야! 네 노래 값이 얼만 줄 알아? 1회 출연료만 1초에 15,000원이야!"

"네에? 제가 출연료를 그리 많이 받아요?"

"이런 바보! 내가 PD한테 바치는 로비가 큰 거 석 장이란 말이다! 하지만 너만 뜨면 까짓것 걱정 안 해도 돼! CF 한방이면 그 열 배는 들어오니까…!"

대서는 며칠 전 몇 년만에 TMC의 엄 PD를 만나 승기의 출연을 섭외한 순간이 떠올랐다.

"오! 이게 누구야? 〈사랑의 듀엣 가요제〉에서 한영미와 함께 대상을 먹었던 박대서 씨 아닌가?"

"네! 역시 송충이는 솔잎을 떠나선 살 수가 없나 봐요! 이젠 기획사를 차려 매니저로 데뷔했습니다. 하하!"

넉살좋게 웃으며 엄 PD에게 인사하자 그가 눈을 찡긋하며 말했다.

"잠깐 1층 커피숍으로 내려갈까? 이게 몇 년만이야? 암튼 반가와요!"

이윽고 방송국 커피숍에 마주 앉자 이번엔 대서가 먼저 입을 열었다.

"엄 PD님! 그때 저에게 말씀하셨죠? 연예계는 남자는 돈! 여자는 몸이라구요! 근데 제가 남자 신인가수를 키웠거든요! 요즘 출연엔 단가가…?"

"아! 그걸 아직까지 기억하나? 하하! 우린 믿는 처지니까 큰거 세 개면…!"

"네! 엄 PD님! 감사합니다."

"요즘 라디오에서 일주일에 한번 틀어주고 월 50만원이 공정가인데 비하면 그닥 비싼 건 아니지! 텔레비전에선 한방에 뜨기도 하잖아? 하하!"

그런데 바로 승기가 첫 방송을 타는 프로에 한영미도 함께 출연할 줄이야…! 공개로 녹화하는 스튜디오에서 승기를 도와주기 위해 분장실로 들어서는데 낯익은 듯하면서도 생소한 여가수가 이미 도착해 있던 것이다.

"어머! 오빠가 여기 웬일이에요?"

이때 영미가 깜짝 놀라 반기는 바람에 그제야 대서는 그녀를 알아보고 어정쩡하게 대꾸를 했다.

"으응! 내가 가수를 키우는 매니저가 됐거든! 조승기라고 오늘 첫 출연해!"

"그래요? 호호! 앞으로 오빠랑 자주 보게 되겠네요!"

그런데 영미는 아무렇지도 않은 듯 계속 쾌활하게 지껄였다.

'그래? 어쩜 나를 그리 팽개치고 떠난 네가 이리 시침을 뗄 수가 있지?'

그때 대서는 심장이 갈비뼈를 뚫고 튕겨나올 만큼 분노가 폭발했지만 곧 방송 녹화가 시작되어 승기에게로 다가가야 했다.

"긴장하지 마! 그냥 연습 때만큼만 하면 돼! 알았지? 승기야!"

두 손을 꼬옥 잡고 속삭이듯 격려하는 대서에게 승기가 역시 살며시 대답했다.

"알아요! 매니저님! 노래가 뭔지…! 바로 세엑스…!"

그런데 스타는 한방에 뜬다는 연예가 속설처럼 대서가 키운 신인가수 승기가 바로 그랬다. 하필 지금 최고 인기가수인 한영미의 출연 다음에 승기가 무대에 올랐는데, 반주가 나올 땐 썰렁하던 반응이 노래 1절이 끝나기도 전에 방청석의 여학생들이 꺄악 자지러졌다.

'아니! 저 자슥이 지금…?'

그 순간 대서는 승기가 노래로 팬들에게 섹스를 하는 모습을 똑똑히 느낄 수 있었다. 조명을 받아 땀방울이 구르는 얼굴은 클라이맥스의 환희에 떨었고, 운동으로 다져진 몸매는 매력에 넘쳐났다.
"와아! 오빠! 오빠아…!"
이윽고 간주에 이어 다시 노래의 2절을 부르자 방청석 여학생들의 흥분된 비명은 더욱 고조되었다.
"어이! 대서 씨! 간만에 스타감 출현인데! 축하해!"
녹화를 마친 후에 조정실로 달려가 대서가 엄 PD에게 인사를 하자 엄지손가락을 펼쳐 보이며 말했다.

"근데 우리 회사의 1호 가수인 조승기가 앨범을 얼마나…?"
이윽고 먼 추억에서 돌아온 박대서 사장이 묻자 김신성 홍보이사가 얼른 대답했다.
"5년 전속에 앨범 5장 내어 500만장의 신기록을 세웠죠!"
"그런데 그토록 나와 한 맹세에도 뛰쳐나가더니, 이제는 어찌 됐나?"
"갑자기 인기가 떨어지자 새로 들어간 소속사와 분쟁이 벌어져 다음 앨범도 못 내보고 가요계에서 사라졌죠."
"자슥! 자업자득! 인과응보! 사필귀정이야!"
"사장님! 걔뿐입니까? 대학 시절에 사장님과 함께 듀엣을 한 한영미도 그토록 하늘 높던 인기가 지금은 어떻습니까? 이미 잊혀진 퇴물이 되어 미사리 밤무대에서 떠돌지 않습니까?"
"음! 그 바람에 내가 한영미를 스카웃하려던 꿈도 물거품이 돼 버렸지! 인기란 파도처럼 밀려왔다가 바람처럼 사라지는 걸 스타들은 왜 모를까?"
"하지만 연예인들의 그런 속성 땜에 우린 오히려 전화위복이 되지 않습니까? 항상 이를 대비해 새로운 신인을 발굴하니까요!"
 "아암! 그렇지! 그래서 자꾸 인기가수의 세대교체가 이루어지니까…!"
 "그런데 사장님! 앞으로는 사업방식을 바꾸어야 할 듯합니다."
 "김 이사! 그건 또 무슨 소리야?"
 "최근 태양엔터테인먼트에서 터진 신인 가수의 자살사건 말씀인데요…!"
 "그건 벌써 물밑으로 가라앉은 사건이 됐잖아?"
 "하지만 아직도 당국에선 오히려 내사를 확대하는 모양입니다. 그러니 우리도 조심을…!"
 "아! 걱정 말아요! 그동안 내가 이 바닥에서 돈맥질! 몸땜질 한 게 얼만데 우리의 인맥뚝이 터지겠어?"
 박대서 사장은 우선 방송국 쪽부터 점검해 보았다. 어느덧 30년이 넘는 인연을 맺어온 TMC 방송국의 엄 PD는 이제 예능국장이 되어 가장 확실한 보호막이 되었다.
 "허참! 우리의 관계도 꽤 끈질기군! 그래 오늘은 또 무슨 일로 호출인가?"
 "에이! 엄 국장님! 제가 감히 호출이라뇨? 하늘같이 모신거죠! 하하하!"
 "암튼 용건이나 말해 봐요! 요즘 방송국 분위기가…!"
 "우선 한 잔 하시구요! 술을 마셔야 만사가 술술 풀린다고 저의 대학 시절에 방송국 선배가 말했거든요!"
 박대서 사장은 마치 요정의 마담처럼 양주를 따라 엄 예능국장에게 바쳤다. 그러자 그는 단숨에 마시고 나서 박대서 사장에게 술잔을 넘겼다.

"엄 국장님! 실은 이번에 저희 스타엔터테인먼트를 코스닥에 상장하려고 합니다."

"아니! 박 사장이 벌써 그리 컸나요?"

"물론 이게 다 엄 국장님 덕분이죠. 그래서 부탁인데 저희 주주가 돼 주십시오! 물론 차명으로 무상 증여가 되겠구요…!"

"허참! 날더러 스타엔터테인먼트의 지킴이가 돼 달라는 모양인데…! 하! 좀 생각해 봅시다!"

"아유 참! 이래서 제가 엄 PD님 시절부터 엄 국장님한테 홀딱 빠졌다니까요! …형님! 방송국에 평생 계시는 것도 아닌데, 이런 아우 하나 두는 것도 좋으실겝니다! 하하."

이때 박대서가 엄 예능국장의 두 손을 잡아 흔들며 한바탕 너스레를 떨자, 엄 예능국장도 못이기는 체 맞장구를 쳤다.

"좋아! 박 사장! 나 정년하면 사무실 한편에 책상이나 하나 놓아주라구! 알았어요? 하하!"

이때 김신성 홍보이사는 스포츠신문의 연예부장과 미팅을 하고 있었다. 물론 다른 기자들이 보기에 기삿거리 제공을 위한 방문자처럼 신문사 사무실로 찾아가서 말이다.

"부장님! 오랜만에 찾아뵙습니다."

"김 이사! 그래 뭐 좋은 아이템이라도 가져온 겁니까?"

"네! 우리 기획사의 주력상품을 바꿔볼 참입니다!"

"그게 뭔 소리요?"

"그동안 조승기 같은 솔로가수로 대박을 터뜨렸고, HOT 신화 동방신기의 계보를 잇는 아이돌 그룹으로 승부수를 띄웠다가, 근래엔 원더걸스 소녀시대 같은 유행 물결에 편승해서 떼거리 여가수로 인기짱을 누리기도 했지만요…!"

"그래서 코스닥에 상장한다는 유비통신이 떠돌던데…?"

"아! 벌써 연예가에 저희 회사가 그렇게 뜨고 있습니까? 하하! 그렇잖아도 곧 사장님께서 그 문제로 직접 부장님을 모실거구요! 암튼 이젠 다시 복고풍으로 돌아가서 얼마 전에 사망한 마이클 잭슨 같은 진정한 빅스타를 발굴해서 한국의 마이클 잭슨으로 세계적인 스타 만들기 프로젝트를 구상 중에 있답니다!"

"아? 그래요? 근데 그건 좀 낡은 아이디어가 아닐까요? 영웅이 사라진 현대에 엘비스나 마돈나 마이클 같은 빅스타가 출현한다는 건…!"

"물론 부장님 말씀도 옳습니다만, 대중은 항상 새로운 스타에 목말라 하죠. 따라서 저희는 이젠 청소년 아이돌 스타에서 벗어나 유치원생을 대상으로 뉴스타감을 발굴하려는 겁니다."

"뭐? 유치원생을…?"

"네! 서커스의 단원은 어릴 때부터 훈련시키듯이, 이제 가수도 조기 천재교육을 시켜야죠! 그래야 세계에 나가서도 경쟁력을 갖추게 될 거예요!"

"으음! 이제야 김 이사의 뉴아이디어가 공감이 가는군요. 잘 해보세요!"

"하하! 그 대신 부장님께서 전적으로 성원을 해주셔야죠. 지금까지 해주신 것처럼요!"

"허허! 내가 스타엔터테인먼트를 밀어주는 건 바로 이런 아이디어와 의리파이기 때문이에요! 암튼 잘해 봅시다! 하하하!"

그로부터 며칠 후에 박대서 사장이 김신성 홍보이사를 불렀다. 그리고 쾌활한 음성으로 질문을 했다.

"그래 새로운 프로젝트는 잘 추진되고 있나?"

"네! 로드 매니저들을 풀어 서울 부산 등 각 유치원을 샅샅이 뒤져 사냥감을 찾고 있습니다."

"그래요? 그럼 두 가지만 추가해줘요. 한영미 가수 데뷔 30주년 기념음반과 또 하나는…!"

"네에? 사장님!"

"우리 회사의 1호 가수인 조승기의 컴백 앨범을 좀…!"

"아니! 그들은 이미 흘러간 물! 사라진 스타가 아닙니까? 더구나 우릴 배신때리고…!"

"허허! 김 이사! 내가 이 바닥에서 맨주먹으로 시작해서 오늘날 코스닥 상장까지 이룬 비결이 뭔지 아나? 그건 나 혼자만 독식하지 않고 방송국 신문사 등에 골고루 뿌렸기 때문이라네! 얼마전 보니까 대통령도 재산을 내놓았더군!"

"하기사 사장님처럼 원수에게도 은혜를 베풀면…! 한영미나 조승기도 무척 고마워 하겠죠?"

"아암! 세상을 고운 사람과 미운 사람으로 구분하면 안 되네! 고운 사람은 언젠가 나를 배신하고, 내가 미운 사람은 그 역시 날 미워할 테니까 말일세! 하하하!"

"네! 이제 보니까 그간 사장님은 연예사업을 하신 게 아니라 인간사업을 하셨군요! 하하하!"

박대서 사장과 김신성 홍보이사의 웃음소리가 사장실에 명랑하게 울려퍼졌다.*

6

가면의 세상

스토리 라인 – 현재 방송가에서 최고의 인기를 누리는 하이나는 기획사 사장의 밀명으로 매니저와 함께 제주도에서 재벌 아들인 스폰서와 접선하여 육체의 향연을 벌인다. 어찌 그뿐인가? 그녀는 방송국의 고위층과도 연예계의 공공연한 비밀인 〈남자는 돈! 여자는 몸〉을 상납하는 덫에서 몸부림치며 그녀는 가면의 세상에 살고 있음을 깨닫는다.

창작 메모 – 이 나라 사회의 곳곳엔 부패와의 공생으로 살아가는 현실을 엿볼 수 있는데 그중에도 연예계는 어쩌면 가장 그런 온상의 무대인지도 모를 일이다. 물론 허구를 많이 가미한 이 소설이지만…!

"하이나! 나 좀 잠깐만!"

KMS TV의 인기가요 프로인 '뮤직뮤직'의 생방송 출연에서 〈사랑에 미쳤나봐!〉로 뮤티즌 인기투표 1위를 차지하고서, 회사 연습실에 도착하자 뜻밖에 박 홍보이사가 직접 찾아와 건네 오는 말이었다.

"아! 박 홍보이사님! 웬일이십니까? 예까지 내려오시고요?"

그러자 화장실 앞까지 따라다니는 로드매니저 미스터 마발(마당발이란 별명)이 하이나가 묻고 싶은 말을 대신했던 것이다.

"으음! 오늘 생방에서 드디어 KMS에서도 1위를 먹었더군?"

"예에! 그러니까 이제 케이블뿐 아니라 공중파 방송 3사까지 다 휩쓴거죠. 모두가 박 홍보이사님의 덕분입니다."

미스터 마발은 그의 앞으로 다가가 마치 외국 영화의 왕실 시종처럼 허리를 꺾어 절을 하며 큰소리로 외쳤다.

"하하! 됐네! 이 사람아! …난 하이나 가수한테 용무가 있어 왔다고."

그제야 하이나는 방송출연 의상을 갈아입어야 할지 말지를 망설였는데, 벌써 이를 눈치챈 듯 박 홍보이사가 그녀에게 눈짓을 보내며 채근했던 것이다.

"멋진데…! 지금 그대로가 좋아요!"

해서 하이나는 무대 화장이 지나쳐 요괴 같은 모습인 채로 박 홍보이사를 따라 연습실을 나왔다. 그리고 M&S엔터테인먼트 빌딩의 엘리베이터 안으로 줄에 끌리듯 들어갔다. 그제야 박 홍보이사가 다시 하이나를 돌아보며 말을 건네 왔다.

"사장님께서 부르셔서 가는 거니까 잘 해야 돼요. 내 말 무슨 뜻인지 알겠지?"

"네에? 사장님께서요?"

하이나는 화들짝 놀라 그를 쏘아보았다. M&S 소속가수로 길거리 캐스팅 되어 무려 7년의 연습생 시절과 정식 데뷔 1년! 그러니까 강산도 변한다는 10년 가까운 기나긴 세월 동안에 하이나가 M&S 조대박 사장님을 알현(?)한 것은 단 두 차례뿐이었던 것이다.

연습생으로서 5년이 되어서야 실력을 인정받아 전속계약을 맺고 다시 2년간 연습생이 되었는데, 바로 계약할 때와 1년 전 정식가수로 데뷔하던 날에야 첫 방송출연 인사를 드리기 위해 가장 꼭대기 층에 은밀히 숨어 있는 사장실에 들어갈 수 있었다.

"하이나! 이제 우리 회사를 빛내 줄 주력 신상(신상품)이 된거야!"

그날도 박 홍보이사가 사장실로 하이나를 안내했는데, 그때 그녀는 말귀를 알아듣지 못해서 이런 질문을 했던 것이다.

"네에? 주력 신상이라뇨?"

"으응! 바로 하이나 가수를 앞으로 우리 M&S의 간판스타로 띄운다는 뜻이야! 그러니까 목숨 걸고 해야 돼!"

순간 하이나는 터질 듯 가슴이 뛰어 제대로 숨조차 쉴 수가 없었다. 매미가 땅속에서 굼벵이로 오랜 세월을 보내다가 껍질을 벗고 노래를 부르게 되듯이, 하이나야말로 그토록 힘겨운 연습생 시절을 보내지 않았던가!

"하이나 가수! 그간 고생이 많았지? 하지만 스타는 그런 피땀 흘리는 고통을 먹고 피어나는 꽃이야. 내 말뜻을 알겠나?"

그날 조대박 사장님은 보통 악수보다 더 강하게 그녀의 손을 잡아 흔들며 엄숙하게 말했던 것이다.

"감사합니다. 사장님! 정말 열심히 할게요."

하이나는 그 순간 사이비 교주의 신도처럼 고개를 조아리며 진심으로 다짐했다.

"하하! 처음엔 누구나 다 그러지! 하지만 감사는 진짜 스타가 된 다음에 해도 늦지 않아요. 암튼 하이나 가수는 누구보다 열심히 했고 노래도 잘 하니까 내가 믿는다구…!"

이때 박 홍보이사가 두 사람을 번갈아 보며 이렇게 말했던 것이다.

"우리 M&S 출신의 가수 중에 여자 솔로는 하이나가 마지막이죠. 요즘이야 걸그룹이나 아이돌그룹이 대세가 아닙니까?"

"아암! 그래서 인기가 폭발하면 끝물쯤 해서 한둘을 솔로로 내세워 프로젝트 기획상품(앨범)을 만들잖아? 하하!"

암튼 이때 하이나로서는 그 바닥에 몸담은 지 오래지만 아직은 이해하기 어려운 이야기를 들었던 것이다.

"하이나! 오늘 사장님께서 부르신 건 앞으로 너의 미래를 결정할 아주 중요한 말씀을 하실 거니까, 이쪽 연예계를 떠난다 해도 영원히 발설해서는 안 되는 특급 비밀사항이야! 내 말뜻을 알겠지?"

이윽고 박 홍보이사는 이런 엄포와 함께 드디어 그녀를 조대박 사장실로 데려갔던 것이다. 사장실의 사방 벽면은 M&S가 배출한 역대 슈퍼스타들의 실물 크기 브로마이드 사진으로 도배되었는데, 바로 그중 끝편에 하이나의 모습도 끼어 있어서 그녀는 깜짝 놀라고 말았다.

"허허! 하이나 가수! 어때? 기쁘지?"

조대박 사장이 이를 눈치챈 듯 다정하게 물어 와서 그녀는 하마터면 감격의 눈물을 쏟을 뻔했다.

"감사합니다! 사장님!"

그리하여 하이나가 울먹이는 목소리로 인사드리자, 박 홍보이사가 얼른 끼어들었다.

"하하! 사장님! 정말 이번에도 사장님 이름처럼 대박났습니다. 요즘 하이나의 인기가 장난이 아니걸랑요! 벌써부터 매스컴에선 국민가수라고 떠들어대지 뭡니까?"

"그게 다 두 사람의 애쓴 공로예요! 근데 여기까지 띄우는데 얼마나 투자됐지?"

그러자 조대박 사장의 얼굴이 냉정한 표정으로 바뀌며 박 홍보이사에게 물었다.

"예에! 걸그룹이나 아이돌 떼거리 애들보다도 더 쏘았죠. 큰거(10억) 하고도 추가비용이 만만치 않았습니다."

"으음! 하지만 큰 그물을 쳐야 큰 고기를 낚을 수가 있어요. 우리 M&S가 이만큼 성장한 원동력은 바로 그런 공격적인 투자 때문이 아니겠소?"

흐뭇한 미소를 날리는 조대박 사장에게 박 홍보이사도 맞장구를 치며 웃음을 터뜨렸다.

"하하! 저는 그럼 이만 나가 보겠습니다. 하이나 가수에게 좋은 말씀 부탁드립니다."

이윽고 박 홍보이사가 자리를 뜨자 하이나를 향해 조대박 사장이 지금까지와 전혀 다른 얼굴이 되어 말을 건네 왔다.
"하이나 가수! 우리 회사에서 10년 가까이 한솥밥을 먹은 한 식구니까 뭐 감추고 말고 할 게 없어서 얘긴데…!"
"네! 사장님! 감사합니다."
가수란 누가 죽으라고 해도 무조건 '감사합니다!'란 인사를 해야 한다는 교육에 길들여진 하이나는 자신도 모르게 이런 대답을 했다.
"암튼 오늘까지 가요계의 정상에 오르느라 고생했어요. 그래서 얘긴데 이젠 이를 지키기가 더 어렵다…."
"네! 더욱 열심히 하겠습니다."
"그래? 하하하! 넌 이 바닥이 열심히만 하면 되는 줄 아나본데…?"
"그야 물론 사장님께서 밀어주셔서…!"
하이나가 이렇게 대답하자 조대박 사장이 고개를 끄덕이며 말을 계속했다.
"…흔히 연예인들은 기획사에 들어올때 '노예계약'을 강요당했다고 하는데, 하이나도 그리 생각하나?"
"아이, 사장님두…! 그건…."
사실 그런 얘기는 하도 많이 매스컴에 오르내리고 실제로도 존재했지만 그녀에겐 난처한 질문이 아닐 수 없었다. 해서 그녀가 이처럼 얼버무리자 조 사장이 단호하게 내뱉었던 것이다.
"스타 하나 만드는데 들어가는 비용을 생각한다면 아직도 기획사 사장이 연예계 지망생에게 몸도장이나 돈도장을 찍는다고 해서 함부로 욕할 순 없을게야!"

"…!"

"하지만 난 너를 중1 때부터 만났으나 손끝 하나 건드리지 않은 건, 물론 우리 회사가 그런 따위 악소문에 휩싸여선 당장 주식이 폭락할뿐더러, 나 역시 젊어서 가수로 데뷔할 때 피해자였기에…!"

"사장님! 저도 알고 있어요. 박 홍보이사님한테 들어서…."

"그렇다면 단도직입적으로 말하지! 모든 건 박이사에게 맡겼으니까 넌 그냥 시키는 대로 하면 돼! 그것도 따지고 보면 무대에서 노래하는 것과 같으니까…!"

이리하여 박 홍보이사로부터 하이나에게 은밀히 지시된 접선 장소는 청담동에 위치했는데, 마치 미로처럼 연결된 통로로 밀실에 들어서자 그녀는 하마터면 비명을 지를 뻔했다.

아무리 그런 쪽 소문을 흘려듣긴 했지만, 바로 그녀가 오늘 생방송에 출연한 KMS TV의 '뮤직뮤직' 프로의 담당자가 아닌가?

"하하! 하이나 가수! 왜 아직 이런 세계를 몰라서 그래? 근데 실은 내가 아니라 윗분이야! 오늘 출연한 방송의 연장이라 생각하고 최고의 가창력과 무대 매너를…! 아니 섹시퀸이 돼 보라구! 부탁할께! 하하하!"

이윽고 '뮤직뮤직' 담당자가 최고급 레스토랑의 밀실 도어를 열고 나가자, 잠시 후에 윗분이 들어왔다.

"오늘 방송 잘 봤어요."

그는 구면처럼 자연스레 하이나의 곁에 와서 털썩 주저앉았다.

"감사합니다!"

이미 습관이 돼 버린 그녀가 고개를 숙여 인사하자, 그가 양주 술잔을 들며 따라주기를 기다렸다. 그리고 원샷으로 마신 후 그녀에게 잔을 내밀었던 것이다.

"전 맥주 체질이라서요. 죄송해요."

이렇게 시작된 술판이 끝나자 윗분은 하이나를 바로 쪽문 하나로 연결된 옆 침실로 이끌었다. 하지만 하이나는 망설이거나 두렵지 않았다.

이미 몇 년 전에 박 홍보이사에게 실습(?)을 받았기 때문이랄까? 아니 어차피 이쪽 판에서 놀자면 그건 피하기 힘든 관문이 아닌가? 그렇다면 정말로 이 일은 그녀가 무대에 올라 노래를 부르듯 혼신의 열정을 다 쏟아야 할 것이었다. 그녀는 윗분의 옷을 한 꺼풀씩 벗겨낸 다음에 물수건을 만들어 마치 염을 위해 영안실의 시체를 닦아내듯 정성스럽게 씻었다.

"아아! 너 선수니? 솜씨가 장난이 아닌데…? 흐흐!"

그동안 쌓인 스트레스가 싹 풀리는 듯 윗분이 신음처럼 내뱉었다.

"호호! 이런 경험이 많으신가보죠? 전 지금 무대에서 노래를 부른다고 생각하걸랑요."

"뭐? 무대에서 노래를…?"

"네! 저의 열정을 다해 노래하듯 이 순간에도 최선을 다 하는 거라구요."

그리고 그녀는 오늘의 무대의상과 화장을 한 채로 입술과 혀로 윗분에게 딥키스를 퍼붓고 나서, 목을 지나 가슴에 맺힌 젖꼭지와 더 내려가 배꼽을 농락하다가, 그 아래 간헐적으로 헐떡대는 생명체를 입안에 가득 베어 물었다가 내뱉기를 반복했다.

"으윽! 오늘 네가 부른 노래가 '사랑에 미쳤나봐!'였지? 정말 그런 기분인데…!"

그가 온몸을 비틀며 몸부림칠수록 하이나도 노래의 클라이맥스를 향해 열창하듯 그녀의 행위를 고조시켰다. 그랬다. 정말로 침대는 화려한 조명이 번쩍이는 무대가 되었고, 두 몸뚱이가 빚어내는 섹스는 그녀와 무용수가 함께 격렬하게 이어가는 노래와 춤과 다를 바 없었던 것이다. 이윽고 한바탕 태풍이 무대를! 아니 침대를 휩쓸고 지나가자 윗분이 기진맥진해서 중얼거렸다.

"연예인 중 최고는 뭐니 뭐니 해도 가수라더니, 진짜 그렇네! 하악! 하악!"

"저도 마치 오늘 뮤티즌 1위곡인 제 노래를 부를 때 같았어요. 호호!"

그녀는 지쳐 널부러진 윗분을 가느다란 팔과 긴 다리로 감아 조이며 끈적한 목소리로 속삭였다. 그러자 윗분이 가까스로 눈을 뜨며 악마처럼 대꾸했다.

"흐흐! 넌 이제부터 내가 부르면 무조건이야!"

"낮에도 좋아! 밤에도 좋아! 당신이 부르신다면! 인가요? 하지만 제가 무대에 출연하는 시간은 안 되는 것 아시죠?"

"에끼! 우린 상부상조하는 동일 업종인데 그야 당근이지! 하하!"

그로부터 며칠이 지난 뒤였다. 계속해서 방송사로 케이블로 각종 행사장으로 전국을 누비느라 초죽음이 된 하이나에게 또다시 박 홍보이사가 은밀한 지시사항을 내렸다.

"힘들지? 하지만 메뚜기도 한철이라고 인기는 한순간이란 말이야! 또 한번 바닥 친 인기는 회복하기가 데뷔 때보다 훨씬 어렵지! 왜냐하면 팬들은 항상 새로운 스타를 찾는 변덕쟁이들이거든! 그러니까 하이나도 초심을 잃지 말라구! 알았어?"

박 홍보이사는 위협적인 눈길로 하이나를 쳐다보며 이런 당조짐을 했던 것이다. 순간 그녀는 가슴이 덜컥 무너져 내리는 충격을 느끼며 얼른 겸손과 애교가 넘치는 대꾸를 했다.

"어머머! 박 이사님! 제가 어떻게 여기까지 왔는데요? 벌써 슬럼프에 빠질 것 같아요?"

"됐네! 이 사람아! 그래서 얘긴데 이번엔 해외에 다녀와야겠어."

"네에? 벌써 제가 중국이나 동남아 공연을 할 만큼 한류가수로 떴나요? 고마워요! 박 이사님! 호호!"

너무나 감격해서 어쩔 줄 몰라 하는 그녀에게 박 홍보이사는 어이가 없다는 듯 이렇게 힐책해왔다.

"하이나 가수! 넌 이제 겨우 방송가를 접수했을 뿐이야! 한류가 되는 게 그리 쉬운 줄 알아? 동방신기나 요즘 한창 인기 절정인 슈퍼주니어가 하루아침에 된 게 아니라구! 또 거기에 얼마나 투자했는지 알아?"

순간 하이나는 시건방을 떤 자신이 부끄러워 얼굴을 붉히며 얼른 박 홍보이사에게 사과를 드렸다.

"죄송해요! 박 이사님!"

"그러니까 내 말은 해외로 공연하러 간다는 건, 저번 같은 비지니스로 제주도에 간단 말이야!"

"아아! 알겠습니…."

"대답이 왜 그래? 싫어?"

"아…아뇨! 이제 겨우 시작인데…."

요즘 멀티 예능인이란 말처럼 연예계는 가수라고 해서 노래만 부르는게 아니었다. 때로는 예능프로에서 MC로도 나서는가 하면 TV 드라마에 탤런트로 출연하기도 한다. 심지어 영화나 연극에 전천후로 뛰기도 하는 것이 대세였던 것이다.

"나랑 동행하니까 딴 걱정 말고, 재벌급 황태자니까 즐거운 휴가라고 생각하면 좋을거야!"

그리하여 마침 스케줄이 없는 주말에 하이나는 박 홍보이사와 함께 제주도로 날아갔다. 그동안 각종 지방행사와 방송 출연으로 전국 방방곡곡을 거의 다 누볐지만, 아직 제주도는 초행이라서 그녀는 괜히 가슴이 설레었다. 그러나 팬들이 알아볼까 싶어 큰 차양의 모자를 눌러쓰고 검은 색안경을 써서 제주국제공항에 내렸을 땐 아무도 관심을 보이지 않았다.

"다행이야! 스타가 되면 별별 악소문과 스캔들이 터지거든! 하이나도 그걸 조심해야 돼!"

"알고 있어요. 박 이사님!"

"자! 그럼 현장에 가서도 주의하도록…! 알았지?"

"네에! 걱정마세요."

이리하여 하이나와 박 홍보이사는 할리우드 첩보영화의 주인공들처럼 민첩하고도 은밀하게 황태자와 약속한 장소로 이동했다. 한라산이 손에 잡힐 듯 건너다보이는 최고급 펜션빌리지는 이국적인 제주도여서인지 진짜로 해외에 나온 것처럼 느껴졌다.
"여긴 아무나 오는 곳이 아니야! 특별한 계층의 사람들만 출입한다구. 그러니까 오늘 좋은 경험을 한다 생각하고 즐기란 말야! 이런데서 불러주는 졸부들이 있는 것도 반짝세일 같은 것이니까…"
LA에서 할리우드 스타들의 단골 술집을 벤치마킹해서 오픈했다는 펜션빌리지의 카페는 손님들마저 거의 외국인들로 내국인들조차 대부분 영어로 대화를 나누는 것이었다.
"봤지? 하이나도 빨리 영어 중국어 일어 회화 정도는 할 줄 알아야 된다구. 그러니까 이번에 올라가면 개인교습이라도 받아야지!"
그때 그녀는 신인가수로 데뷔하여 텔레비전의 첫 방송에 출연할 때처럼 가슴이 벅차왔다. 스타! 즉 밤하늘의 별처럼 빛나는 연예계의 스타가 되려면 이젠 그야말로 멀티하고도 글로벌하지 않으면 안 되는 것이다. 그러기 위해서는 더욱더 노래뿐 아니라 외국어 실력도 갈고 닦아야 한다. 그녀가 이런 생각으로 들떠 있을 때 바로 앞에 황태자가 나타났다. 순간 그녀는 지난번 KMS TV의 인기가요 프로 '뮤직뮤직'의 담당자를 만났을 때처럼 깜짝 놀라지 않을 수 없었는데…! 황태자는 바로 연예계의 스타 사냥꾼으로 이미 소문난 30대 초반의 남자였던 것이다.
"최근 가요방송에서 인기 정상의 스타 가수라구여? 이거 방가방가해염. ㅋㅋㅋ!"
나이와 외모와 달리 철없는 N세대처럼 인터넷식 말투로 지껄여대는 그가 너무도 황당한 듯 박 홍보이사가 헛웃음을 터뜨리며 말했다.

"후후후! 반갑습니다. 전 M&S엔터테인먼트의 홍보이삽니다."

박 홍보이사의 명함을 들여다 본 그가 대꾸했다.

"난 명함을 안 가지고 다닙니다. 양해 바래여!"

"천만에요. 좋습니다. 그럼 전 이만…."

박 홍보이사가 자리를 비켜주자, 눈짓으로 하이나를 자신의 옆으로 오게 했다. 그녀가 퉁기듯 옮겨 앉자 남자는 스스로 술을 따라 마시고 나서 하이나의 잔에도 맥주를 가득 따라 건네왔던 것이다.

"난 뭐든 받기보다 주는 걸 좋아한다구여! 울 아버지가 기업을 하면서 수많은 직원들에게 월급을 주고, 정치인들에게 정치자금을 주고, 재난이 나면 구호의연금을 내놓는걸 보면서 살아온 탓인지 몰라염! 그러니까 오늘밤 스타에게도 난 머니를 줄꺼니까 부담 없이 받아 달라구여. ㅋㅋㅋ!"

'아! 이 남자는 어쩌면 나와 똑같지 않은가?'

순간 하이나는 반가움에 소리라도 지르고 싶어졌다. 가수가 되기 위해 길거리 캐스팅을 해준 박 홍보이사에게 벌써 오래 전에 남몰래 순결을 주었고, 며칠 전에는 방송국 가요 담당 윗분에게 역시 아낌없이 몸을 주지 않았던가!

"좋아요! 저도 누구에게 주기를 좋아하걸랑요."

그녀가 생글생글 미소를 날리며 말하자, 황태자가 이번엔 양주를 시키더니 폭탄주를 만들어 마시고 나서 말했다.

"그거 잘 됐군여. 우리 같은 사람끼리 만나서…! 하지만 오늘은 스타가 특별히 양보해서 내가 주는 걸 받고, 다음엔 내가 특별히 양보해서 스타가 주는 걸 받을께염. 생각해보니까 주기만 하는 것도 좋지만 서로 주고받는 것도 괜찮겠는데염."

그리하여 그날 밤에 하이나는 지난번 인기가요 프로담당 윗분과는 정반대로 황태자와 무대공연을 펼쳤는 바, 그녀는 에덴의 이브가 될 때까지 그가 옷을 벗겨주는 대로 온몸을 맡겼으며, 그녀의 뜨거운 육체가 재만 남을 때까지…! 황태자는 그녀의 혀뿌리까지 뽑아낼 듯 딥키스와 그녀의 귓바퀴 속을 역시 혀끝으로 소름이 끼치도록 후벼주더니, 그는 갑자기 피에 굶주린 뱀파이어가 되어 그녀의 목덜미와 유방을 이빨과 입술로 선명한 자국과 핏멍울이 맺히도록 물어뜯고 빨아주다가, 늘씬하게 펼쳐진 뱃가죽을 타내려 움푹 패인 배꼽을 다시 그의 혀끝으로 온몸이 자지러지도록 간지럼을 태워주었던 것이다. 그리고 잠시 쉬었다가 도톰하게 솟은 그녀의 잔디밭에 숨겨진 샘을 찾아 사막의 갈증난 카라반처럼 그녀의 이슬을 남김없이 마셔주었다. 그 다음에 황태자는 무릎을 꿇어 경건한 자세를 취하더니, 곧 그녀의 몸뚱이 위로 자신을 밀착시키면서 그의 육체에서 가장 예민한 반응으로 팽창된 부분을 하이나의 몸 안에 삽입해 주었다. 그리고 그의 격렬한 행위가 이어지자 하이나는 비명을 지를 정도의 고통과 환희에 빠졌다. 평소에 배설의 용도로만 쓰이던 곳에 그와 반대로 남자의 심벌이 파고드는 상황이 벌어지자, 그만큼 충격적 아픔과 미칠 듯한 쾌감이 교차되었던 것이다. 그런데 흔히 남자들은 여자와의 이런 행위를 가리켜 '따먹었다'고 자랑하는데, 지금은 반대로 그녀가 그를 '따먹었다'고나 할까? 왜냐하면 분명히 그녀는 그의 성기를 질벽까지 깊숙히 흡인하여 현란한 기교로 항복의 눈물까지 흘리게 했기 때문이다. 암튼 그녀는 그날 밤에 황태자가 온갖 열정을 바쳐 베풀어 주는 섹스 파티를 즐겼던 것이다.

"근데 스타는 너…너무 이쪽으로 고…고수인 것 같아염! 아마도 겨…경험이 많은가봐여?"

이윽고 이마에 땀방울까지 흘리며 가쁜 숨을 내쉬던 황태자가 하이나에게 쑥스러운 듯 더듬는 말투로 물어왔다. 그녀는 문득 떠오르는 생각에 살짝 미소를 지으며 대답했다.

"저의 예명 하이나가 뭔지 아세요? 사자의 사냥감도 뺏어먹는다는 하이에나에서 따왔다구요. 그러니까 사자보다도 한 수 위의 사냥꾼이라고나 할까요? 호호!"

"와아! 그러니까 어쨌든 고수는 고수네염! 요런 깍쟁이 같은 하이에나! 아니 하이나에게 난 몸도 머니도 다 주는 바보 사자구여? ㅋㅋㅋ!"

다음 순간 황태자는 거꾸로 그녀의 발가락부터 시작해서 두 종아리와 허벅지를 거쳐 숲속을 헤쳐 다시 갈증을 채우더니, 그녀의 양쪽 골반을 마구 물어뜯다가는 뒤집에서 등줄기를 마사지하다가 다시 원상으로 돌려놓고 배꼽에 혀끝을 굴리다가, 그 위의 검붉은 두 봉오리를 마치 아기처럼 입에 담고 투정을 부리더니, 끝으로 입술과 혀로 딥키스를 해대는 다재다능한 뒷풀이를 해주었던 것이다. 그러자 하이나는 요즘 방송가를 휩쓸고 있는 그녀의 인기 히트곡인 '사랑에 미쳤나봐!'를 흥얼대기 시작했다.

나 지금 사랑에 미미미 미쳤나봐! 사랑에 미쳤나봐!
마음이 싱숭생숭! 가슴이 두근두근! 얼굴이 화끈화끈!

가면의 세상

나 정말 사랑에 봐봐봐 미쳤나봐! 사랑에 미쳤나봐!
첫눈에 필 꽂히면 사랑인데 내가 내가 내가 그 꼴이야!
처음 만나 핸번 찍고 두번 만나 포옹하고 세번 만나 키스했어!
하루만 못만나면 그리워서 보고파서 안절부절이야!
나 지금 사랑에 미미미 미쳤나봐! 사랑에 미쳤나봐!
마음이 싱숭생숭! 가슴이 두근두근! 얼굴이 화끈화끈!
나 정말 사랑에 봐봐봐 미쳤나봐! 사랑에 미쳤나봐!

나 지금 사랑에 미미미 미쳤나봐! 사랑에 미쳤나봐!
윙크하면 아찔아찔! 손잡으면 짜릿짜릿! 안아주면 콩당콩당!
나 정말 사랑에 봐봐봐 미쳤나봐! 사랑에 미쳤나봐!
첫눈에 필 꽂히면 사랑인데 내가 내가 내가 그 꼴이야!
처음 만나 핸번 찍고 두번 만나 포옹하고 세번 만나 키스했어!
하루만 못만나면 보고파서 그리워서 안절부절이야!
나 지금 사랑에 미미미 미쳤나봐! 사랑에 미쳤나봐!
윙크하면 아찔아찔! 손잡으면 짜릿짜릿! 안아주면 콩당콩당!
나 정말 사랑에 봐봐봐 미쳤나봐! 사랑에 미쳤나봐!

하이나가 제주도 해외공연(?)으로부터 돌아오자, 또다시 방송과 각종 행사와 다른 선배가수 콘서트의 찬조 출연과 M&S의 소속 가수들의 합동공연 등 그야말로 눈코 뜰 새 없는 스케줄이 밀려들었지만, 그녀는 이를 악물고 모두 소화해냈다. 한번 바람 탄 인기의 풍선이 자칫 터져버리면 다시는 꿰맬 수 없음을 그녀는 너무나 잘 알고 있었던 것이다.

한때 가수들의 앨범이 밀리언 단위로 수백만 장씩이나 팔렸던 시절에, 그토록 인기 절정이던 스타 가수들이 지금은 어디에서 무엇을 하는지 종적조차 묘연한 경우가 얼마나 많은가?

"가수가 왜 파멸하는 줄 뻔히 알면서도 초(대마초)나 뽕(히로뽕)의 유혹에 빠지는 줄 알아? 그 화려했던 무대의 환상 때문이라구! 미친듯 질러대는 팬들의 환호와 박수 소리! 천둥 번개처럼 요란하게 번쩍이는 조명을 받으며 무대에서 노래하고 춤추던 순간을 어찌 잊을 수가 있겠니? 결국 이를 환상으로나마 느끼게 해주는 초나 뽕에 빠질 수밖에…! 이런 가수들의 로드매니저인 나조차도 그런 유혹에 흔들릴 때가 한두 번이 아니거든!"

언젠가 지방공연을 마치고 밤늦게 귀경하는 밴차 속에서 하이나에게 솔직하게 털어놓던 로드매니저 미스터 마발의 하소연 섞인 푸념이 아니라도, 요즘 들어 그녀 역시 가끔씩 주체하기 힘든 허전함과 외로움이 밀려들곤 했던 것이다.

하이나! 너 그래선 안 돼! 어떻게 가수가 되어 이 자리에 오른건데… 정신 바짝 차리라구! 네 히트곡 제목 '사랑에 미쳤나 봐!'처럼 넌 노래에만 미쳐야 해!'

그리하여 하이나는 시도 때도 없이 자신을 향해 이런 다짐과 경고를 하지 않을 수 없었다.

"하이나! 오늘은 아주 특별히 잘 해야 돼!"

번갯불에 콩 구워 먹듯 정신없이 바쁘게 돌아가던 한 해도 저물어가는 12월의 어느 날이었다. 로드매니저 미스터 마발과 함께 나타난 박 홍보이사가 역시 은밀히 그녀에게 건네 오는 말이었다.

"어떤 고객인가요? 박 홍보이사님!"

그러지 않아도 요즘 들어 뜸해진 그의 부탁에 왠지 불안감을 느끼던 하이나는 반가운 얼굴로 물었다. 가수의 인기란 메뚜기도 한철이듯 순식간에 사라지는 것을 그녀는 너무나 잘 알고 있었던 것이다.

"바로 우리 사장님의 대학 동창이라니까 VIP라고 해야겠지? 그분이 다음 총선에 공천을 따려고 실세의 정치인과 만나는 접대 자리래!"

그리하여 하이나는 아직도 6·70년대처럼 전혀 개발 붐을 타지 않은 정릉 골짜기의 흡사 절간 비슷한 커다란 한옥집으로 안내되었던 것이다. 마침 첫눈이 온 천지를 하얗게 색칠해서, 그곳은 마치 한 폭의 동양화처럼 고즈넉한 풍경이었다.

"이런 곳은 나도 난생 처음인데…! 바로 여기가 한때 우리나라의 거물 정치인들이 드나들던 마지막 남은 비밀요정이라고 박홍보이사가 귀띔해 주시드라. 그러니까 오늘은 춘향이가 이몽룡을 꼬시던 방법으로 하면 되지 않을까? 하하!"

로드매니저 미스터 마발이 밴차를 세우면서 건네 오는 농담에 하이나가 재치 있게 대꾸했다.

"근데 지금 만날 고객은 변사또 아녜요? 호호!"
"그야 변사또든 이몽룡이든 사내놈들이란 다 마찬가지 아니겠어? 좌우간 잘해 보라구…! 하이나 스타 가수님! 흥!"

그런데 웬일로 미스터 마발은 무슨 심통이 났는지 비웃음의 콧방귀를 뀌었던 것이다.

"매니저 오빠! 왜 그래? 내가 이런 일 많아야 회사도 우리도 함께 사는 거 아녜요?"

"그래? 됐네! 이 사람아! 약속시간 다 됐으니까 어서 들어가자구!"

이윽고 미스터 마발이 육중한 대문의 초인종을 누르자, 잠시 후에 경비원인 듯한 아저씨가 나와 약속된 장소로 안내했다.

마치 사극에 등장하는 궁궐의 중전마마 침전처럼 기품이 있으면서도 화려하게 꾸며진 방에는 70대 노정객과 사업가로 돈벼락을 맞아 이젠 권력의 칼마저 거머쥐려는 욕망의 화신처럼 보이는 40대의 사나이가 이미 거나하게 취한 듯 호탕한 웃음을 터드리며 하이나를 맞았던 것이다.

"하하하! 어서 와요! 조대박 동창 친구가 데리고 있다는 아가씬가? 참 이름이 뭐랬더라?"

40대 사나이가 흡사 조폭처럼 우렁찬 목소리로 그녀를 향해 묻자, 70대의 노정객이 인자한 할아버지가 손녀딸을 대하듯 잔잔한 미소를 띠우며 입을 열었다.

"어허! 이 사람아! 샥시가 놀라 도망치겠네! 좀 다정하게 말하게나."

"어이구! 선상님! 제가 늘 수백 수천 명의 회사와 공장에서 일하는 부하들에게 연설하다보니까 저도 모르게 목소리가 커졌습니다. 하하하!"

"그래? 하긴 나도 한때 수만 수십만 명의 유권자들 앞에서 선거를 위해 유세를 할 땐, 백두산 호랑이가 꽁무니를 뺄 정도로 기염을 토했구만! 흐흐흐!"

"암요! 네에! 70년대에 선상님께서 현역 국회의원으로 각하를 모시고 전국 방방곡곡 유세를 다니실 때의 모습은 대단하셨죠!

제가 오늘날 정계 진출을 꿈꾸게 된 것도 다 그런 선상님의 탓이니 책임을 지셔야 합니다. 하하하!"

사람을 불러다 놓고 계속 자기들끼리만 떠들어대서 하이나는 기분이 언짢았지만, 항상 팬들을 먼저 생각해야 하듯 고객이 우선이므로 참고 기다릴밖에 없었다.

"아참! 아가씬 이름이 뭔가? 오늘 선상님을 잘 모셔야 하네!"

이윽고 그제야 생각난 듯 40대 사나이가 그녀를 바라보며 다시 물어왔다.

"안녕하세요? 가수 하이나예요. 잘 부탁드립니다."

"하이나? 요즘 아가씨들은 이름부터 서양애들 같다니까요! 선상님! 마음에 드십니까? 그저 회춘하시려면 이런 영계가 최곱니다. 하하하!"

40대 사나이는 안하무인한 태도로 그녀를 70대 노정객에게 진상을 했다.

"에끼! 이 사람아! 이런 술자리에선 샥시가 산삼인게야! 소중하게 대해야지!"

그러자 노회한 왕이 절색의 후궁을 가지고 놀듯 70대의 노정객이 은근한 추파를 던지며 하이나를 그의 눈동자 안에 담았다.

"저… 제가 술 한 잔 올릴께요."

이때 하이나는 멋쩍고 면구스러워서 상감청자 같은 술병을 들어 두 사람의 술잔에 따랐다.

"잠깐! 술은 황진이 같은 명기가 따라야 제맛이지! 샥시! 옆방에 가면 한복이 있을게야. 좀 갈아입고 오지 않겠나?"

"네에? 선상님! 이 집이 단골인 줄은 압니다만…"

150

"어이! 박상도 사장! 앞으로 국회에 진출해 국사를 논하려면 그만한 풍류를 알아야지. 내가 옛날에 각하를 모시고 다닐 때엔 정말로 변사또가 부럽지 않았다네! 가야금 풍악을 울리며 미스코리아도 울고 갈 미녀들이 따르는 술잔에 아주 익사할 지경이었다니까? 역시 큰 정치는 그리 해야 돼! 그러니까 그분께서 이 나라를 근대화시켰고, 오늘날 세계경제 10위권을 이루는 초석을 놓으신 게지!"

하이나가 70대 노정객의 일장연설에 잠시 머뭇거리자, 40대 박상도 사장이 고개를 주억이며 그녀를 향해 호통쳤다.

"이 가시나야! 뭐하고 있어? 어서 옷 갈아 입고 선상님께 술을 따라 올려야지!"

그 바람에 그녀는 옆방으로 건너가 가장 화려한 한복을 골라 입고서 70대 노정객과 40대 박상도 사장에게 전통명주를 따르자 박 사장이 호기 있게 말했다.

"선상님! 이 가시나는 선상님꺼이오니, 맘대로 하십시오! 자고로 영웅호걸은 색을 밝힌다지 않았습니까?"

"좋아! 그럼 늙은이가 박 사장 앞에서 주책 좀 부려 볼까?"

"예에! 술에 취하셨으니 주책은 당연하시죠. 하하하! 아가씰 맘대로 갖고 노시라고 제가 불렀다니까요!"

"하하! 좋아! 그럼 샥시! 계곡주 한 잔만 주시게나!"

"…?"

무슨 뜻인지 몰라 어리둥절하는 하이나에게 박상도 사장이 벌컥 역정을 내며 소리쳤다.

"이봐! 계곡주도 몰라? 어서 홀랑 벗고 너의 유방골에 술을 부어 거시기로 흐르는 술을 받아서 올리란 말씀이야!"

아아! 세상에 그런 희한한 술놀이도 있구나! 역시 우리 옛어른들은 차원이 다른 풍류객들이 아닌가? 그러나 사실은 소위 미아리 텍사스 같은 곳에서는 이미 고전이 돼 버린 풍습인데, 요즘 신세대인 하이나는 아직 이를 몰랐을 뿐이었다. 하지만 암튼 오늘밤의 고객은 조대박 사장이 부탁한 특급 VIP이므로, 그녀로서는 박상도 사장의 명에 순순히 따라야 했다. 따라서 오늘밤 공연이야말로 가요판의 섹시퀸으로 불리우는 그녀의 진면목을 유감없이 보여줄 수 있게 된 셈이었다.

"하하하! 선상님! 어서 술잔을 받으십시오! 아마 당장 10년은 젊어지실 겝니다. 저 계곡에 무성한 불로초를 보시라구요!"

"허허! 늙은이한테 성희롱하면 벌을 받는다네!"

말은 그러면서도 70대 노정객은 그녀가 만든 계곡주를 받아 단숨에 마셔버렸던 것이다.

"하하! 흔히 정치판에서 성희롱 사건으로 시끄러운데, 정말 저도 선상님 앞에서 성희롱을 한 것 같아 송구합니다. 그나저나 선상님! 제 문제가 언제쯤 결판날까요?"

"에끼! 술맛 떨어지게 웬 걱정인가? 공천의 칼을 쥐고 좌지우지하는 그 실세가 나의 국회의원 시절에 보좌관이었다니까…! 내 덕으로 이만큼 컸으면 그 은혜를 저버리진 않을 걸세!"

"예에! 그저 선상님만 철썩 같이 믿겠습니다! …근데 이름이 하… 뭐라구 했지?"

술을 마시면 건망증이 생기는지 박상도 사장이 다시 그녀에게 물어왔다.

"하이나예요. 예명으로 하이에나란 동물에서 한 글자를 뺀 이름이죠."

"하이에나에서 따온 예명이라구? 샥시! 그 이름 참 좋구만!"
그러자 70대 노정객이 고개를 끄덕이며 그녀에게 말했다.
"네? 저의 예명이 좋다구요?"

"으음! 샥시의 관상이 표범상인데 하이에나야말로 썩은 고기도 먹는 짐승이 아닌가? 그러니까 가수로서 인기를 위해서라면 하이에나처럼 물불 안 가리고 덤빌테구…! 물론 그래서 최고의 인기가수가 됐겠지! 내 얘기가 맞지 않는가?"

70대 노정객이 40대 박상도 사장을 향해 동의를 구하자 그가 손뼉을 치며 떠벌렸다.

"야아! 아가씨! 아니 하이나 가수! 얼른 선상님께 큰절을 올려라! 너나 나나 이제 성공가도를 달리게 됐으니 감사를 드려야지!"

말을 마치자 40대 박상도 사장이 벌떡 일어나 넙죽 큰절을 했던 것이다. 그래서 그녀도 따라하지 않을 수 없었다.

"자! 그럼 나도 하이나에게 술 한잔 주겠다. 네가 우리 선상님께 계곡주를 올렸으니까, 나는 너에게 특별히 폭포주를 줄 것이다!" 하더니 거대한 몸을 일으켜 양복저고리를 벗고 넥타이를 풀고 이어서 와이셔츠의 단추를 따내리더니, 다음엔 혁대를 풀어 양복바지와 내복 속의 팬티까지 한꺼번에 벗어젖히는 게 아닌가? 그리고는 술잔 대신에 그릇을 비워 그의 가랑이 사이에 끼고 술병을 들어 그녀가 계곡주를 만들 때처럼 가슴 골짜기에 부어 배꼽 아래의 검은 잔디 속에 우람하게 뻗은 남근석을 적시며

가면의 세상

쏟아지는 술로 폭포주를 만들었다.

"감사합니다! 사장님!"

하지만 하이나는 놀라거나 거부하지 않고 그로부터 폭포주를 받아 원샷으로 마셔버렸던 것이다. 가수로서의 생명과 인기를 지키는 일이라면 그녀의 몸뚱이뿐 아니라 독약이라도 피해서는 안 되기 때문이었다. 그때 70대 노정객이 눈을 크게 뜨더니 이렇게 말했다.

"으음! 박 사장! 이 샥시를 잘 봤지? 바로 이걸세! 큰 정치인이 되자면 이런 배포가 있어야 하네! 샥시는 나이 먹어서 가수 생활을 접게 되거든 정치판으로 입문하게! 내가 우리나라엔 언제쯤 여대통령이 탄생할까 기다렸는데, 바로 지금 그 후보감을 만났단 말야! 허허허!"

"예에! 선상님! 저도 이 아가씨한테 정말 놀랐습니다. 하하!"

40대 박상도 사장이 벗었던 옷을 다시 입으며 아직도 놀란 입을 다물지 못했다.

"자! 그러면 공천은 내 전화 한 통이면 될 것이니까 걱정 말고, 정치 지망생이 갖춰야 할 3대 덕목을 말함세."

이윽고 70대 노정객이 무협소설의 사부처럼 엄숙하게 말했다.

"첫째가 줄서기를 잘 해야 하네! 여당이냐? 야당이냐? 무소속이냐? 줄을 잘못 서면 아무리 돈을 써도 낙동강 오리알이야!"

"물론 저같이 사업하는 사람은 여당에 줄을 서야죠!"

"천만에! 앞으로의 선거판은 한나라당이 대구에 출마하고, 민주당이 광주에 출마해도 낙선할 수가 있어! …에헴! 두 번째는 가면을 잘 써야 한다구!"

"네에? 가면을 잘 쓰다뇨? 선상님!"

"어허! 정치란 함부로 자신을 다 까놓으면 안 돼! 알아도 모른 척! 싫어도 좋은 척! 미워도 고운 척! 좌우간 백성들! 아니 유권자의 비위를 맞춰 가면을 열 개쯤 준비했다가 능수능란하게 바꿔 써야만 정치생명을 이어갈 수 있단 말일세! 옛날 내가 원내총무를 할 때는 낮에는 여당 총무! 밤에는 야당 총무를 했다네!"

"선상님! 그게 무슨 말씀입니까?"

"허허! 밤에는 야당 당수의 집을 은밀히 방문해서 우리 여당 총재님의 속내를 전하고, 야당 의원들과도 이런 술자리를 자주 만들어 술독에 빠뜨리곤 했으니까 말일쎄!"

"하아! 그런 정치 시절도 있었습니까?"

"물론 그때도 국회의사당에서 멱살잡이를 하고 단식투쟁도 불사했지만, 야당 당수가 그러면 여당 총재는 남몰래 원내총무인 나를 보내어 산삼 달인 물을 전했다네! 그러니까 그 양반이 한 달 가까이나 단식하고도 목숨을 부지했지! 허허허!"

"예에! 선상님! 요즘은 꺼떡하면 인터넷에 뜨고, 좌파우파니 보수진보니 해서 서로 죽자사자로 으르렁대는 꼴을 보면, 참 호랑이 담배 피던 시절의 전설을 듣는 것 같습니다!"

"셋째는 백성을 하늘같이 알면 아무 일도 못한다네! 예로부터 왕은 하늘이고 백성은 땅이거늘, 진정한 정치인이라면 백성의 하늘 노릇을 해야 한단 말이야!"

"무슨 말씀이신지…?"

세상의 돈을 끌어 모으는 데는 비상한 재주를 가진 졸부 9단이나, 7선의 70대 노정객으로서 아직도 공천 브로커를 할만큼 정치 9단인 이 어르신의 선답(仙答)을 깨닫기란 40대 정치지망생인 박상도 사장에게는 무리였다고나 할까?

"내가 우리 총재님! 아니 각하를 모실 때 경부고속도로를 뚫는다니까, 야당 당수는 그 길에 나자빠져 포클레인으로 자기를 깔아뭉개고 가라며 아우성쳤다네! 하지만 이 나라 백성과 산업발전을 위해 기어히 강행한 각하였다고! 요즘 4대강이니 뭐니 사사건건 여야가 부딪혀 국론분열로 갈팡질팡하는걸 보면, 왜 정치가 백성들 눈치만 보는지 모르겠단 말이야!"

이처럼 끝없는 정치론을 설파하던 70대 노정객이 문득 하이나를 바라보며 말했다.

"샥시! 이젠 됐으니까 먼저 가시게나. 우리끼리 더 나눌 얘기가 있으니…."

"선상님! 그러시겠습니까? 그럼 하이나 가수는 가도 좋아요! 거시기는 동창인 조 사장에게 이미 계산했으니까…."

결국 그녀의 오늘밤 공연은 무대에 오르지도 못하고 끝나버렸지만, 두 사람의 대화에서 얻은 지혜와 비결은 평생을 두고 써먹어도 좋을 것이었다. 아니 이미 하이나는 그것을 실천해 왔다고나 할까?

그렇다! 그녀는 이름부터 가명에 전혀 딴사람으로 바꾸는 화려한 의상과 가면을 쓴 듯한 짙은 화장을 하고서, 남이 작사 작곡해 준 노래를 부르며 춤추는 가면의 세상에서 살고 있지 않은가?!*

7

너는 가수다

스토리 라인 - 종편 방송의 신인가수 오디션 프로에 출전했다가 PD를 사칭하는 사기꾼을 만나 큰 상처를 입은 나영의 앞에 새로운 사기꾼을 자처하는 박태성이 나타나 그녀는 목포에서 열리는 〈난영가요제〉에 도전하게 된다. 그런데 박태성은 대학 시절에 낮도깨비 같은 〈남도〉 선배를 만나 상상초월한 경험을 하고 출전곡을 받아 은상을 수상하는데, 이런 경험을 살려 난영가요제에 출전한 나영이는 대상을 확신했지만 입상도 못하고 만다. 하지만 박태성은 오히려 그녀에게 〈너는 가수다!〉라고 외치는데…!

창작 메모 - 나는 가수를 꿈꾸는 여러 대학생들을 만나 지도한 적이 있는데 이때의 경험을 가장 소설적으로 살려 완성도 있게 집필한 작품이 이 소설이라고나 할까?

"헤이! 미스 아가씨! 잠깐 나랑 얘기 좀 할까요?"

거리의 가로수 플라타너스 낙엽이 바람개비처럼 맴돌며 저만큼 보도 위에 추락한다. 넋이 빠진 듯 경황없이 걷던 나영은 마치 자신의 모습처럼 느껴졌다. 바로 이때 누군가 그녀의 뒤에서 말을 건네 왔던 것이다.

"누구시죠? 전 지금 시간이 없다구요!"

나영은 낯선 남자에게 이렇게 대꾸했지만 말투는 당장 싸움이라도 걸듯이 사납게 쏘았다.

"하하! 내가 부른 미스 아가씨란 '미래 스타 아가씨'란 뜻이에요! 그러니까 잠깐 10분만! 아니 5분도 좋아요!"

"뭐라구요? 그럼 아저씨도 사기꾼이에요?"

순간 나영은 남자의 앞으로 다가서며 날카롭게 외쳤다.

"뭐라구? 날더러 사기꾼…? 하하! 그걸 어찌 알았지? 좋아요! 그럼 잠깐만 사기꾼 얘길 들어봐요!"

그러자 40대 후반으로 보이는 남자가 앞장을 서며 나영을 바로 골목 안에 숨어 있는 〈7080 추억호프〉로 이끌었던 것이다.

"…그래, 제게 하실 말씀이 뭐죠?"

이윽고 서빙하는 알바생이 호프 500짜리 둘과 마른 안주를 통짜나무 테이블에 내려놓고 가자 나영이 역시 날카로운 말투로 물었다.

"요즘 인터넷 세대들은 피망증(피해망상증) 세대인가 봐! 우선 한 잔 하고서 얘기하자구…!"

그가 먼저 호프잔을 들어 기울이는 바람에 나영도 어쩔 수 없이 보조를 맞추었는데, 이윽고 빈 잔을 쾅 소리 나게 내려놓은 남자가 다시 입을 열었다.

"미스 아가씨! 난 미스타 박! 박태성이란 가수 겸 작곡가 겸 매니저예요. 근데 내 경우 미스타란 '미수에 그친 스타'란 뜻이구…! 하하!"

그의 장황한 자기소개에 나영이 순발력 있게 받아쳤다.

"그러니까 절 미래의 스타로 만들어 주겠단 감언이설인가요?"

"어? 그리 감동 없이 말하는 걸 보니까, 정말로 미스 아가씬 사기꾼한테 당했나보군?"

그러자 박태성이 난처한 표정을 지으며 잠시 침묵을 했다가 나영에게 엄숙한 어조로 질문을 해왔다.

"미스 아가씨! 또 한번 속는 셈치고 '난가페'에 나가보지 않겠어요?"

"네에? '난가페'라구요?"

"으응! 목포에서 가을에 열리는 '난영 가요 페스티벌'인데, 내가 왕년에 MBC 대학가요제 은상 출신이걸랑! 그래서 신인 발굴을 하고 싶어서…!"

"흥! 어쩜 내가 만난 가짜 PD랑 똑같은 얘기네요?"

"아하! 그래서 아까 날더러 사기꾼이라고 했군? 암튼 좋아요! 그쪽 사기꾼한텐 어떻게 당했는지 모르지만 대신 나한테 복수해 봐요! 이번엔 미스 아가씨! 그래서 진짜 미래의 스타가 돼 보라구! 하하!"

이곳에 따라올 땐 5분도 길다고 여겼는데 나영과 박태성은 벌써 20분 가까이 대화를 이어가고 있었다.

"네! 지피지기면 백전백승이라죠? 아저씨! 아니 박 가작매(가수, 작곡가, 매니저) 쌤에게 한번 더 속아드릴게요! 호호!"

나영은 웃음으로 말끝을 맺으며 문득 지난 날 그 치욕스런 사기 사건의 추억에 잠겼다.

× × ×

"공부는 천재가 아니라도 노력만 하면 우등생은 되는겨! 그래서 에디슨도 말했잖니? 자신의 성공은 99%의 땀으로 이루어진 것이라고…! 하지만 가수는 달라! 타고난 소질이 있어야지!"

바로 나영이 중학교 때부터 하란 공부는 안 하고 가수의 꿈에 미쳐 날뛰자, 그녀의 어머니가 마치 계모처럼 미워하며 꾸중하는 말이었다.

"엄마! 바로 내가 가수의 소질을 타고 났다구요! 한번 해볼까?" 하면서 나영은 중학교 때 한창 인기가수이던 보아의 노래 '넘버원'을 부르며 춤까지 추었다. 그러자 어머니가 기가 막혀 소리쳤다.

"이년아! 가수는 아무나 하는 줄 알아? 잘못 하면 돈 날리고 몸 더럽히는 게 가수란 말야!" 하고 이런 끔찍한 말을 아무렇지 않게 내뱉았던 것이다. 그런데 바로 그런 예언 탓이었을까? 기어이 그녀가 어머니의 뜻을 꺾고 예대(藝大) 실용음악과에 입학하여 가수의 꿈에 넋이 빠졌을 때 가짜 PD가 그물을 쳐온 것이었다.

"이나영 학생! 나 이런 사람인데…!"

실용음악과의 전통에 빛나는 음악동아리의 회원이 되어 노래 연습을 마치고, 막 캠퍼스의 교문을 나선 그녀 앞에 30대 초반의 남자가 다가와 말을 건네 왔다.

"네? 누구신데 저를 아세요?"

"아! 한국예대 실용음악과의 이나영을 모르는 방송국 PD라면 그건 가짜라구! 학생이 얼마나 노래 잘 한다구 방송가에 소문난지 알아?"

"뭐라구요? 그게 정말이에요?"

그때만 해도 나영은 순진하고도 어리석은 가수 지망생에 불과했다고나 할까? 이런 한 마디에 홀딱 넘어가 그 남자가 내미는 명함을 소중히 받아들고 그를 우러러 보았던 것이다.

"요즘 우리 케이블 TV에서 대박난 프로 '슈퍼가수 M' 알지? 내가 그 프로의 PD라구! 그래서 은밀히 슈퍼가수로 띄울 후보를 찾고 있다구…?"

"네에? 그건 지망생들끼리 경합하는 프로가 아닌가요?"

"이런! 그런 지망생 애들은 모두 오합지졸이야! 진짜 산삼 같은 숨은 스타감은 나처럼 찾아다녀야 한다구…!"

"아! 그렇군요? PD 선생님! 고맙습니다!"

그때 나영은 벌써 인기 연예인이라도 된 듯 PD라는 사람에게 허걱 덤벼들었던 것이다.

"근데 나영이를 슈퍼 가수로 띄우려면 충전비가 필요해!"

이윽고 귀신에 홀린 듯 몇 번 그와 만나는 동안에 나영은 정말로 전국 예선에서부터 계속해서 합격자로서 승승장구했다. 그때마다 가짜 PD는 케이블 TV방송국으로 불러 은밀한 지시와 정보를 줌으로써 나영에게 사이비 교주처럼 군림했던 것이다. 그러던 어느 날 이런 요구를 아주 당당하게 해왔다.

"PD님! 충전비라뇨?"

"야! 풍선이 그냥 하늘로 떠오르냐? 가스를 넣어야지! 슈퍼 가수도 마찬가지란 말야!"

"아아! 네에! PD님!"

결국 나영은 평소에 남몰래 저축했던 비자금과 어머니에게 최대한 이쁜 딸도둑년이 되어 털어낸 거금을 홀딱 날리고 말았던 것이다. 그리고 석 달이나 지났지만 나영은 아직도 충격의 후유증에서 벗어나지 못하고 있었다. 한데 또 이 남자의 유혹에 빠져드는 건 아닐까? 나영은 벌써 두 잔째의 호프를 입안에 쏟아붓고 나자 알코올의 반응을 느끼면서 박태성을 쏘아보았다.

"하하! 왜…? 이번엔 절대로 안 속겠단 말이지? 하지만 예술가는…! 아니 가수가 되려면 바보가 돼야 한다구! 누가 뭐래도 가수가 될 수 있다면 무조건 미쳐야 그 꿈을 이룰 수 있단 말야! 내가 MBC 대학가요제에 출전해서 은상을 받을 땐 어떤 일이 있었는지 알아? 그때 나도 한 사기꾼! 아니 선배를 만났는데…!" 하면서 박태성은 그녀 앞에서 20여 년 가까운 세월 너머로 멀어진 대학 시절의 캠퍼스 추억 속으로 달려갔다.

× × ×

'아! 난 언제나 저 탑에서 날아볼 수 있을까?'

태성은 캠퍼스의 벤치에 앉아 남산 타워를 바라보면서 혼잣말로 중얼거렸다. 바로 그가 다니는 대학의 뒷산이 남산이요, 그곳에 우뚝 서 있는 남산 타워에는 각 방송국의 송신탑이 설치되어 있는 것이다. 그러니까 태성이 가수가 된다면, 그는 전파가 되어 남산 타워에서 쏘아질 것이 아닌가? 이런 상상에 빠져 있는 태성에게 뒤에서 어깨를 툭 치는 선배는 〈남도(남산 도깨비)〉란 별명을 가진 실용음악과의 늦깎이 복학생이었다. 그래서 그는 외모로

만 보면 강사, 아니 교수님으로 착각할 만했다.

"야! 아후(아끼는 후배)야! 뭘 그리 보나? 하늘에 UFO라도 떴냐?"

〈남도〉 선배의 말에 태성은 그제야 시선을 돌리며 대답했다.

"형! 대낮부터 웬일이세요?"

"하하! 짜샤! 낮도깨비도 있잖나?"

"하긴 금방 비가 내릴 것 같네요! …근데, 형은 강의 없으세요?"

"얌마! 10년 도깨비가 강의 받을 게 뭐 있겠노? 너도 공강(空講)이면 날 따라 온나!"

"땡큐! 써!"

태성은 벤치에서 벌떡 일어나 〈남도〉 선배를 따라나섰다. 그리고 이 대학 학생들의 아지트인 〈동굴집〉으로 향했다. 술을 사는 건 〈남도〉 선배지만, 태성이 앞장선 것은 그만큼 둘이는 여러 번 그곳에 함께 갔던 것이다.

"자! 앉으라잉!"

마침 올 때마다 같은 테이블이 비어 있어서, 오늘도 태성과 〈남도〉 선배는 똑같은 자리에 마주 앉았다.

"마담 형! 여기 술과 안주 줘잉!"

주인이 〈남도〉 선배와 나이가 비슷한 터여서 〈남도〉 선배는 이렇게 주문했다.

"오우! 예스! 〈송강주〉로 할까잉?"

여기서 〈송강주〉란 국문학사에 나오는 송강 정철이 〈장진주사〉에서 〈꽃꺾어 산놓고, 무진무진 먹세 그려!〉한 것처럼, 술을 여러 병 마시겠느냐는 뜻이었다.

"아후(아끼는 후배)랑 왔으니까, 물론이지잉!"

두 사람은 말꼬리마다 ㅇ(이응)을 붙여 주고받았다. 그리고 술이 오기가 바쁘게 서로 상대방의 잔에 따라서 마치 시합이라도 하듯이 들이켰던 것이다.

"헤이! 태성아! 너 그리도 빨리 가수가 되고 싶냐?"

술잔이 서너 번 오갔을 때, 〈남도〉 선배가 태성의 눈을 쏘듯이 바라보며 물어왔다.

"형처럼 7수8수 할 수는 없다구요!"

〈남도〉 선배는 군대에 있을 때를 빼놓고, 해마다 연례행사처럼 MBC 대학가요제에 출전했다지 않던가? 그래서 태성이 이렇게 야유성 대꾸를 했지만, 〈남도〉 선배는 오히려 기다린 대답이었다는 듯이 미소로 받아주었다.

"좋았어! 그럼 우리 합작 한번 해 볼래잉?"

"합작이라뇨? 형이랑 나랑 듀엣? …음! 그럼 팀 이름을 뭐라고 짓죠? 〈낮도깨비와 테리우스〉?"

태성이 이렇게 대답하자, 〈남도〉 선배는 팔을 내저으면서 말했다.

"얌마! 칠전팔기(七顚八起)는 복싱에서나 써먹는 말이구! 가수 스물아홉은 환갑이야! 그러니까 난 노래를 만들고, 네가 싱어로 출전하란 말야!"

"우와! 〈남도〉 형! 저를 그리 평가하시는 걸 보니까, 벌써 꽤나 취해셨나 봐잉!"

태성은 기쁜 마음이면서도, 짐짓 〈남도〉 선배의 말투를 흉내

내어 대답했다.

"짜슥! 이제부턴 내 말을 하느님으로 알고 복종해! 알았제잉?"

그러면서 〈남도〉 선배는 갑자기 엄숙한 얼굴로 태성의 잔에 술을 따랐고, 태성 역시 진지한 태도로 〈남도〉 선배의 잔을 채웠던 것이다. 그리고 그들은 정말로 정철처럼 〈송강주〉로 마셔댔다. 태성은 결국 집에 들어가지 못하고 〈남도〉 선배의 자취방에서 하룻밤 묵는 신세를 졌다.

"…내 자취방이자 작업실이라서 엉망이다! 흉보지 말라잉!"

〈남도〉 선배는 무척 취했으면서도 이렇게 태성에게 양해를 구했고, 아닌 게 아니라 그의 자취방은 마치 이삿짐을 풀어놓은 것처럼 난장판이었다.

"아휴! 형! 정말 도깨비네잉! 하하!"

너무 기가 막혀 웃는 태성에게 갑자기 〈남도〉 선배가 달려들면서 소리쳤다.

"야! 이 짜슥아! 넌 꼭 대학가요제에 입상해야 한다잉! 그래서 내 지난날의 꿈을 네가 대신…! 으흐흑!"

〈남도〉 선배는 더 이상 말을 잇지 못하고 갑자기 울음을 터뜨려, 태성을 당황스럽게 만들었다. 그때 태성도 왠지 가슴이 북받쳐서 마주 〈남도〉 선배를 끌어안고 이렇게 외쳐댔다.

"그래! 형! 나 기어이 금년 대학가요제에 출전해서 입상을 할 거야! 그러니까 형이 좋은 노래만 만들어 줘요!"

"좋은 노래? 그건 내가 만드는 게 아니야!"

그런데 이때 〈남도〉 선배는 뜻밖에도 이런 대꾸를 하는게 아닌가?

"아니! 형! 아까 〈동굴집〉에서 분명히 형이 내 출전곡을 만들어 준다고 했잖아요?"

"물론 그랬지! 하지만 아기를 낳으려면 어떻게 해야 하지?"

"으응? 그건 또 무슨 얘기우?"

의아해서 묻는 태성에게 〈남도〉 선배가 옷을 훌훌 벗어던지면서 대답했다.

"에헴! 그건 샤워 하고 와서 가르쳐 줄께!"

그러면서 〈남도〉 선배는 그의 버릇인 듯 나체로 화장실을 향해 걸어갔다. 태성은 어지러움에 하나뿐인 침대로 가서 쓰러지고 말았다. 얼마나 시간이 흘렀을까?

"얌마! 너도 씻고 오라잉! 어린 게 웬 수컷 냄새람!"

별수 없이 태성도 샤워를 하고, 두 사람은 한 침대에 누워 수면용 조명등을 켰다. 갑자기 방안이 푸른 세상으로 바뀌자, 〈남도〉 선배가 정말로 〈남산 도깨비〉처럼 기괴한 모습으로 변했다.

"와아! 형이 왜 〈남도〉인가 했더니, 이제 보니 정말이네? 히히!"

그래서 태성이 이렇게 놀려대자, 〈남도〉 선배는 두 팔을 뻗어 태성의 얼굴을 끌어당기고는 마치 주문을 외듯이 속삭였다.

"노래가 뭔지 알아? …그건 죽음이야!"

그의 눈빛은 SF영화의 외계인처럼 번뜩였다.

"형! 노래가 죽음이라뇨?"

어처구니가 없어 묻는 태성에게 〈남도〉 선배는 혼잣말처럼 중얼거렸다.

"그래! 목숨을 걸고 도전해야 하는 것이 노래니까! 그런데 난 소질만 믿고, 겨우 취미삼아서 했으니까 여지껏 안 됐지!"

그러면서 〈남도〉 선배는 침대에서 벌떡 일어나 머리칼을 쥐어뜯었다. 그의 이런 처참한 모습은 태성에게 정말로 도깨비를 만난 듯 황당스럽기만 했다. 하지만 태성 역시 그의 심정을 너무나 잘 이해할 수 있었기에, 그냥 바라만 볼 수밖에 없었다.

"형! 이제 그만 자요!"

이윽고 태성이 〈남도〉 선배를 향해 애원하듯 말하자, 그제야 다시 침대에 그의 알몸을 눕혔다.

"태성아! 오늘밤 나의 모습을 기억해 둬! 넌 나와 같은 아픔을 되풀이해선 안 되니까…!"

"…참! 형! 아까 샤워하고서 가르쳐 준다던 건 뭐지?"

이윽고 태성이 궁금증이 생각나서 묻자, 그제야 마음이 진정된 듯 〈남도〉 선배가 차분한 목소리로 대답했다.

"물론 내가 노래를 만들지만, 그 노래를 부를 태성이 얼마나 열망하느냐에 따라, 내 안에서 작사와 작곡이 나오게 된단 말야!"

"…?"

"아직도 이해가 안 가니? 노랫말과 작곡과 노래는 따로 떨어진 게 아니라 하나라구! 즉 생명체와 같단 말야! 그러니까 남녀가 아기를 만들 때처럼, 너와 나는 한마음 한몸이 돼야 하는 거지!"

"점점 어려워요!"

"바보 같은 짜식! 얌마! 너의 노래에 대한 목숨 건 처절한 열망이 내 마음속에 전달돼야만, 내가 그와 같은 작사와 작곡을 해

낼 수 있을 게 아냐?"

"아! 이제야 알 것 같아요! 형의 말뜻을…!"

그 순간 태성은 〈남도〉 선배의 마음! 아니 그의 영혼이 만신창이가 되어 몸부림치는 걸 보았다. 그와 동시에 자신도 같은 모습이 되어 나뒹굴었다.

"사랑한다잉! 너의 노래를…!"

"저두요! 형의 모든 것을…!"

이윽고 두 사람은 떨리는 목소리로 주고받으며, 서서히 한마음 한몸이 되어가고 있었다. 그것은 태성이 난생 처음하는 야릇한 체험이었다. 그런 탓인지 밤새도록 꿈도 이상스럽게 꾸었다. 다만 안타깝게도 그 꿈의 내용이 모조리 잊혀서 기억나지는 않았지만, 암튼 황홀하고도 행복했던 것만은 분명하다고나 할까?

× × ×

"태성아! 너 오늘부터 나랑 〈영혼 주고받기〉를 해야 한다잉!"

다음 날 태성이 눈을 떴을 때, 〈남도〉 선배는 이미 아침식사까지 다 챙겨 놓고 활기 넘치는 목소리로 말을 건네왔다.

"어떻게요?"

"대학가요제에 출전할 너의 노래가 빨리 만들어지도록 재촉하는 메시지를 나의 삐삐에 수시로 보내는 거야!"

"아니! 형은 아직두 삐삐를 쓰우?"

"으응! 핸드폰은 내 작업을 방해할 수가 있거든! 019-233-4540이니까, 알았지?"

"오케이! 밤낮 불문하고 지겹도록 할 테니까, 빨리 작업이나 끝내줘요잉?"

태성은 이렇게 약속하고, 〈남도〉 선배가 차린 아침식사를 후딱 비워버렸다. 그리고 오전 강의가 첫 시간부터 있어서 먼저 학교로 왔던 것이다.

〈형! 어젯밤에 교향악을 연주했어요! 무슨 코를 그리 골우? …참! 나 삐삐친 사연 아시지잉? 내 노래! 우리 이미 한 마음 한몸이 됐으니까, 작사 작곡이란 쌍둥이를 임신할 수 있겠죠잉? 히히! 형을 무지 러브하는 태성이 띄웁니다! 하하! 참 제 핸드폰은 아시죠? 답신도 부탁해요잉!〉

첫번째 메시지라서 무척 고심하다가, 태성은 낯이 좀 뜨거웠지만 〈남도〉 선배의 삐삐에 이런 내용을 되도록 분위기를 잡고 목소리를 깔아 전송했다. 한데 이상하게도 〈남도〉 선배는 하루! 이틀! 사흘이 지나도록 태성에게 아무런 답신이 없었다.

〈형! 뭐야잉! 외로운 나 혼자 놔두고 무슨 딴 꿈을 꿔요? 내 노래는 어찌 되고 있어요잉?〉

짐짓 화가 난 투로 태성이 다시 〈남도〉 선배의 삐삐에 메시지를 입력시켰지만, 역시 무소식이었다. 그뿐 아니라 〈남도〉 선배가 수강하는 실용음악과의 강의시간에도 찾아가 보았으나, 그의 모습조차 사라져 버렸다.

'무슨 일이 생긴 건 아닐까?'

태성은 불길한 예감까지 들었지만, 그렇다고 불쑥 〈남도〉 선배의 자취방까지 찾아갈 수는 없었다.

"아후(아끼는 후배)야! 네 맘대로 다시 여기에 와선 안돼! 닭도 알을 낳을 때에는 혼자 있어야 한다구! 알았지잉?"

그날 아침에 태성이 〈남도〉 선배의 자취방을 나설 때, 그는 다짐하듯 이런 당부를 해왔던 것이다.

〈혀엉! 너무해! 날 잊었우? 아니면 버린 거야? 노래는 나중 문제고, 핸드폰이나 한 번만 때려줘요잉! 흐흑!〉

정말 태성은 화도 나고 걱정을 지나 의혹도 생겨서, 〈남도〉 선배의 삐삐에 이렇게 아우성을 쳐댔다. 그리고 〈남도〉 선배가 태성의 핸드폰을 타고 달려온 것은 그때였다.

"태성이니? 오래 기다렸지잉?"

"와아! 심했어잉? 형! 살아는 있었구려?"

"미안해! 근데 큰일 났다!"

"무슨 큰일?"

"짜샤! 좋은 노래를 만들려면, 너의 삐삐를 백 번쯤은 받아야 하는데, 오십 번도 안 받았으니, 작품이 미숙아가 됐지 뭐노? 안 그래?"

"왓? 벌써 노래가 완성됐단 말이우? 거기 어디예요? 형 자취방…? 당장 갈께요!"

그러나 태성은 조급한 마음에 이렇게 외치며, 핸드폰을 끄고 캠퍼스 교문을 향했다. 그리고 택시를 잡아타고 단숨에 〈남도〉 선배의 자취방으로 달려갔다.

"얌마! 너 총알이냐? 하하!"

태성이 곧장 〈남도〉 선배의 자취방 문을 열고 들어서자, 〈남도〉 선배는 말은 그리 하면서도 반가운 얼굴로 맞았다.

"형! 악보나 봐요!"

"얌마! 테리우스! 성질도 급하긴…! …그래! 이 작품은 네가 쓴거나 마찬가지야! 너의 간절한 소망이 내게로 왔으니까!"

다음 순간 〈남도〉 선배는 한 손으로는 태성을 얼싸안고, 다른 손으로는 악보를 들고 기타를 찾았다. 태성은 빼앗듯이 악보를 받아서 〈바보같은 사랑이야〉란 노래의 가사를 읽어보았다.

아하! 아하! 나는 나는 바보인가봐!
처음 만난 사이라도 좋아지면 사랑인데!
아하! 아하! 나는 나는 바보인가봐!
처음 만난 사이라도 맘에 들면 사랑인데!
만났을 땐 말 못하고 가슴만 애태우며
딴청쓰고 시침떼고 헤어져선 후회하고
한숨난 뿜어대는 바보 같은 사랑이야!
바보 같은 사랑이야!
아침에는 전화 번호 돌려놓고
신호가면 용기없어 내려놓고
밤이 오면 사랑한다 편지써선
찢고마는 바보 같은 사랑이야!
바보 같은 사랑이야!
아하! 아하! 나는 나는 바보인가봐!
처음 만난 사이라도 좋아지면 사랑인데!
아하! 아하! 나는 나는 바보인가봐!
처음 만난 사이라도 맘에 들면 사랑인데!

"형! 바로 제가 짝사랑한 추억과 딱이야! 너무 가슴에 와닿아요! 고마워잉! 혀엉!"
그때 태성은 눈물까지 글썽이며 〈남도〉 선배를 와락 끌어안고 이렇게 외쳤던 것이다.

× × ×

 "그런데 그때 놀라웠던 일은 〈남도〉 형이 내가 MBC 대학가요제에서 무슨 상을 받을 것인지도 귀신같이 알아맞혔단 말야!"

 이윽고 대학 시절 가요제에 출전했던 추억에서 돌아온 박태성은 아직도 마술에서 풀리지 않은 해리포터의 주인공 같은 표정으로 나영을 바라보며 말했다.

 "네에? 정말요? 어떻게요?"

 "글쎄 본선에 뽑힌 출전자들이 한 달 가까이 합동연습을 했는데, 날더러 누가 노랠 제일 잘하냐구 묻더라구…?"

 "그래서요?"

 "당시 내 생각엔 '지금 그대로의 모습으로'를 부른 유열과 '첫눈이 온다구요'의 이정석이 아무래도 큰 상을 받을 것 같았는데, 드디어 잠실 체육관에서 생방송으로 MBC 대학가요제가 열리던 날 〈남도〉 선배가 응원 차 나온 거야! 그리고 드디어 내 차례가 되어 무대로 나가려는 순간 대기실에서 매니저 노릇을 하던 〈남도〉 형이 글쎄 나에게 종이쪽지를 쥐어주면서 '넌 무조건 상을 탈 테니까 걱정 말고 이 부적을 꼭 쥐고 노래를 부르라'는 거였어."

 "네에? 부적이라고요? 호호!"

 "으응! 근데 노래를 마치고 내려와서 살짝 종이쪽지를 펴 보니까 뭐라 쓰였는지 알아? 세상에! '금상 아니면 은상'!"

 "그래 맞았나요?"

 "아암! 난 은상을 받았거든!"

 "그럼 대상과 금상은요?"

"대상은 유열의 '지금 그대로의 모습으로'였고, 금상은 이정석의 '첫눈이 온다구요'였는데, 〈남도〉형이 말한 이유가 또 기가 막혔어요. 유열이 대상인 것은 그 해 MBC 대학가요제가 10회였는데 열과 열이 만났으니 장땡이라서 최고상인 대상이 된 거고, 이정석이 금상인 것은 노래 제목이 '첫눈이 온다구요'인데 그날 정말로 체육관 창밖으로 첫눈이 펑펑 내리는 게 보이는 거야! 그러니까 이정석 노래 제목과 기가 막히게 맞아떨어졌던 거지! 결국 그런 천우신조(天佑神助)! 아니 천우이치(天佑理致)로 대상과 금상이 정해졌고, 나는 작사 작곡자인 〈남도〉 선배의 본명인 최은휴(崔銀休)란 이름에 은(銀) 자가 들어가 은상을 받을 수밖에 없었대나…?"

× × ×

이러한 별난 사연을 가진 박태성을 만난 덕택에 나영은 사기를 당하고도 또다시 〈난영 가요 페스티벌〉에 출전하게 되었는데, 과연 결과는 어찌되었던가? 바로 다음 날부터 출전일이 100여 일밖에 남지 않았으므로 〈100일 작전〉에 들어간 두 사람은 매일 박태성의 기획사에서 고시 공부하듯 스파르타식의 훈련에 돌입했던 것이다.

"노래가 뭔지 알아? 스포츠야! 그러니까 체력부터 키워야 해!" 하면서 헬스장에 데리고 가서 체력을 다졌다.

"노래는 수영 같아! 노래를 잘 하려면 호흡이 짧아선 안돼!" 하면서 노래 일 절을 다 부르도록 숨을 쉬지 않는 훈련을 시키기도 했다.

"가수는 개성이야! 너만의 색깔을 가지라구!" 하면서 가수 싸이가 '챔피언'을 부를 때처럼 오도방정을 떨던지 미친 지랄을 해도 좋다고 했다.

"가수는 매력 있어야 해! 걸그룹처럼 예쁘든지 방실이처럼 풍땡이라도 뭔가 사람 끄는 매력이 있어야 한다구!" 하면서 온갖 느끼한 표정과 몸짓도 서슴지 말라고 가르쳤다.

"가수는 혼이 담겨야 최고수 가수가 되는 거야! 온갖 고통과 절망을 겪은 후에 부르는 노래! 그런 혼이 담겨야 관객을 감동시킨다구!" 하면서 소리꾼 장사익의 공연을 관람시키기도 했고, 피를 토하듯 열창하는 조용필의 '한오백년'과 임재범이 '나가수'에서 부른 윤복희의 노래 '여러분'을 들려주기도 했다. 이때 노래를 듣던 나영이 자신도 모르게 눈물을 흘리자 그제야 제대로 노래의 교육이 됐다며 흡족해했던 것이다.

"미스(미래 스타)야! 이젠 현장 답사를 나가자!"

〈난가페〉가 한 달쯤 남았을 때 갑자기 박태성이 나영에게 말했다.

"네에? 현장 답사라뇨?"

"이번 행사가 목포에서 열리잖냐? 그러니까 목포로 현장 답사를 가잔 말이야!"

그리하여 나영은 박태성과 서울 반포터미널에서 고속버스로 목포를 향해 출발했다. 그런데 서해안고속도로로 달리니까 생각보다 빨리 도착했다. 물론 나영에게 목포는 초행이었다. 가수 이난영의 노래 〈목포의 눈물〉과 이순신 장군이 임진왜란 때 목포의 노적봉으로 승리를 거두었다는 얘기 정도밖에 모르는 그녀였지만, 서해와 남해의 남단에 위치한 목포는 너무나 아름다운 항구였다.

　목포에 도착하여 택시를 불러 관광지를 부탁했더니, 유달산 조각공원, 낙조대, 갓바위, 삼학도, 유달산 유원지, 춤추는 바다분수, 유달산 예술공원 등을 두루 친절하게 안내해 주었다.
　"기사 아저씨! 목포란 이름에 포(浦) 자가 들었으니 항구인 줄은 알겠는데요, 목포란 지명의 유래는 어디서 온 겁니까?"
　이윽고 관광을 마치고 숙박할 모텔로 오면서 묻자 택시 기사가 기다렸다는 듯이 대답했다.
　"예! 목포란 이름은 나무가 많아서라우! 또 목화가 많이 나서 그리 불렀다는 얘기도 있지라우! 하지만 서해 끄트머리에서 육지로 들어오는 중요한 길목이라서 목포라고 했다는 게 아무래도 가장 정설이지라우!"
　목포에서 과히 크지는 않으나 친절하고 청결한 모텔에서 일박을 하고 난 나영과 박태성은 아침식사 후에 목포에서 태어난 '눈물의 가수' 이난영(1916-1965) 여사를 기념하는 난영공원 대삼학도로 갔다. 약 1천여 평의 부지에 조성된 공원에는 '목포의 눈물'과 '목포는 항구다'의 노래비와 우리나라 수목장 1호라는 이난영 가수의 수목장이 있었다. 수목장이란 죽은 유해를 화장한 뒤 뼛가루를 나무뿌리에 묻어 자연친화적인 장례 방식이라 하겠다. 2006년에 경기도 파주 공원묘지에 있던 이난영 여사의 묘를 이장한 후 유해를 목포로 운구해 삼학도의 20년생 백일홍 나무 밑에 화장한 유골을 묻는 절차로 수목장 안장식을 했다고 한다. 그녀가 세상을 떠난 지 41년만에 수목장으로 안장식을 하고 기념공원을 조성한 것이다. 이난영 가수의 혼이 살아 숨쉬고, 넓고

쾌적한 녹지공간과 시민의 편의시설 등이 설치된 이 공원은 목포의 관광명소로 자리 잡았다.

"'목포의 눈물'로 유명한 이난영은 집안 형편이 어려워 목포공립보통학교 4학년을 중퇴하고 조선면화주식회사에서 여공 생활을 하다가 16세가 되던 해에 태양극단에 입단하여 무명가수로 활동했다고 해! 그러던 중 1934년에 OK레코드사에 발탁되어 전속가수가 되었는데, 손목인이 작곡한 '불사조(不死鳥)'를 취입함으로써 가요계에 데뷔한 요즘 말로 하면 전설의 가수야!"

"황금심, 백설희 같은 우리나라 1세대 가수죠?"

"으응! 나영인 역시 트롯가수 체질인가 봐? 그런 왕선배 가수들을 꿰고 있는걸 보니…! 하하! 암튼 그때부터 차츰 이름이 알려지기 시작했을 때, 도쿄 히비야공회당에서 열린 '전국 명가수 대회'에서 다시 한 번 재능을 인정받게 됐는데, 특히 이난영이 〈목포의 눈물〉을 발표했을 때는 삽시간에 선풍적인 인기로 전국을 휩쓸게 됐어요! 지금도 '목포의 눈물'은 아마 가요무대 프로에서 단골 레퍼토리가 될걸?"

그 순간 나영은 서울에서 태어나 햄버거나 피자를 즐겨 먹고 고생이라곤 등하교 때 버스나 전철에서 승객들에게 떠밀린 기억밖에 없으니, 이난영이 여고생 나이에 여공을 하면서 가수를 꿈꾸었다는 사실이 도무지 상상되지 않았다. 하지만 이난영의 노래비에서 흘러나오는 '목포의 눈물'을 듣는 순간 그녀의 목소리가 어찌나 애조를 띠었는지, 가슴을 에이듯 스며들어와서 나영은 눈시울이 시큰해지고 말았던 것이다.

× × ×

목포에서 1박2일의 현장 답사를 마치고 서울로 돌아온 박태성과 나영은 〈나가페〉에 출전할 곡목을 결정하기 위하여 토론을 벌였다.

"이난영의 노래로만 출전할 수 있으니까, 기왕이면 잘 알려진 '목포의 눈물'이 어때요?"

먼저 난영이 묻자 박태성이 고개를 좌우로 흔들면 대꾸했다.

"얌마! 수많은 출전자 중에 그 노래 선택할 사람은 너무 많을 거야!"

"그럼 잘 안 알려진 노래를 찾아봐요?"

"그것도 불리해! 사람들이 모르는 노래는 막상 본선에 나갔을 때 청중들의 반응이 시원찮을 테니까…!"

"그럼 어떤 노래로 하죠?"

"얌마! '목포는 항구다'가 있잖아?"

"그건 또 왜요?"

"요즘 '나는 가수다'! 즉 '이거는 저거다'가 대세잖아? 하하하!"

이리하여 나영의 출전곡은 '목포는 항구다'로 정했는데, 인터넷에서 이난영의 노래를 들어본 나영과 박태성은 고민에 빠지고 말았다. 대체 어쩌면 저리도 노래의 맛과 멋을 그처럼 가슴 저린 슬픔과 한으로 표현할 수가 있단 말인가? 요즘 K-POP 세대인 그녀로서는 도저히 흉내조차 낼 수가 없었던 것이다. 그래서 나영은 20여 년의 삶속에서 아픔을 끄집어내려 애써 보았으나 허사였다.

"초등학교 4학년 때 중퇴할만큼 가난했던 소녀가 가수로 데뷔하여 파란만장한 삶을 살면서 결혼도 두 번씩이나 했던 아픔은 얼마나 컸을까? 그런 그녀에게 어쩌면 노래는 구원이었을지 몰라! 바로 그 처절했을 이난영처럼 나영도 노래를 생명줄로 여기고 붙잡아 보라구! 그리고보니 이름도 받침 하나만 틀리네! 하하하!"

박태성은 농담처럼 말했지만 나영에겐 비수처럼 파고드는 질책이었다. 결국 그런 고통스러운 과정 끝에 어느덧 〈난가페〉 행사 날을 맞게 되었고, 노적봉 예술공원 특설무대에서 KMS TV의 생방송으로 진행되었다.

"남도의 예향! KMS TV 주최로 서남해안 시대의 관문인 목포에서 화려하게 펼쳐드리는 〈난영 가요 페스티벌〉! 정말 뜨거운 열기 속에 진행되고 있는데요, 드디어 오늘의 마지막 출연잡니다. 걸그룹의 멤버로 착각할 만큼 미모와 댄스 실력을 겸비했는데요, 우리의 전통가요에 푹 빠졌다고 하네요! 〈목포는 항구다〉를 부를 이나영 양입니다. …어? 근데 이난영 가수와 너무 비슷한 이름이죠? 하하!"

수다 버전인 MC의 소개가 끝나자 이난영 가수의 인기 절정 때 모습인 흰색 저고리와 검정치마로 분장한 나영이 역시 이난영이 부른 원곡 버전의 반주로 다소곳이 무대에 나와 〈목포는 항구다〉의 1절을 불렀다.

    영산강 안개 속에 기적이 울고
    삼학도 등대 아래 갈매기 우는
    그리운 내 고향 목포는 항구다

목포는 항구다 똑딱선 운다.

그런데 노래의 1절이 끝나고 간주로 접어들자, 갑자기 현대적 감각의 트롯메들리 반주로 바뀌면서 무대복도 앙드레 킴의 화려한 한복의상으로 순식간에 갈아입고 나와 〈신사동 그 사람〉의 주현미와 〈밧줄로 꽁꽁〉의 김용임을 섞어찌개한 듯한 버전으로 신바람 나게 불러 젖혔던 것이다.

유달산 잔디 위에 놀던 옛날도
동백꽃 쓸어 안고 울던 옛날도
그리운 내 고향 목포는 항구다
목포는 항구다 추억의 고향

그러자 잠시 어리둥절했던 관중들이 웃음을 터뜨렸고 박수갈채가 쏟아져 나왔다. 그런데 2절이 끝나고 다시 시작된 간주는 정말로 상상을 초월했으니, 글쎄 이번엔 걸그룹 '소녀시대'의 멤버같은 하의실종과 파격노출로 바꾸어 떼거리 아이돌 무용팀과 함께 K-POP으로 편곡된 3절을 불렀던 것이다.

여주로 떠나갈까 제주로 갈까(말까 갈까)
비 젖은 선창 머리 돛대를 달고(내리고 달고)
그리운 내 고향 목포는 항구다(아름다운 항구다)
목포는 항구다 이별의 고향(타향 고향)

이렇게 노래가 반전되자 행사장은 발칵 뒤집어질 정도로 폭소와 박수와 함께 함성이 쏟아졌고, 이윽고 불꽃 조명과 꽃종이 폭탄이 터지는 가운데 나영의 엔딩 춤이 마무리되자 마치 대상 수상자 같은 분위기가 연출되었다. 하지만 요즘 최고 인기 절정인 아이돌그룹과 걸그룹 그리고 인순이의 축하공연이 끝나고 막상 심사 결과가 발표되었을 때, 인기상, 특별상, 동상, 은상, 금상 수상자가 호명될 때까지 제발 자신의 이름이 불리워지지 않기를 기도했던 나영은 드디어 대상이 발표되는 순간 하마터면 졸도할 뻔했다.

"오늘의 대상은… KMS TV 주최 〈난영 가요 페스티벌〉! 한국가요 100년 '가요계의 여왕' 이난영을 추모하는 오늘의 대상은…! 첫 번째 출연자인 황금산 군입니다! …아! 좀 의외인데요! 남자 가수가 '난영 가요 페스티벌'의 대상을 먹었으니까요! 하하!"

MC가 그 뒤에도 뭐라고 떠들었지만 나영의 귀에는 아무 소리도 들리지 않았다. 다만 폭포수처럼 쏟아지는 눈물 속에 비틀비틀 무대를 내려왔을 뿐이었다. 이윽고 얼마나 시간이 흘렀을까? 그 많던 관중들이 마치 목포 앞바다의 썰물처럼 빠져나가고, 스산한 가을 밤바람만 행사장을 휩쓸어갔을 때 누군가 나영의 앞으로 다가왔다. 그리고 그녀의 어깨를 토닥이며 조용히 속삭여왔다.

"나영아! 슬퍼하지 마라!"
"선생님! 으흐흑! 허억! 크크크윽! 죄송해요! 으흐흑!"
그녀는 박태성의 가슴에 무너지듯 쓰러졌다.
"이제야 나라를 빼앗기고 사랑에 상처받으며 노래 부른 이난영 가수의 아픔과 슬픔을 이해할 수 있겠니? 바로 그걸 깨달았다면 넌 진정한 가수가 된 거야! 그러니까 '너는 가수다'!"

"제가 가수라고요? 이렇게 처참하게 떨어졌는데두요?"

나영이 믿을 수 없다는 듯, 아니 도저히 믿어지지 않아 이렇게 묻자 박태성이 미소를 띠우며 대답했다.

"으응! 이제야 내가 MBC 대학가요제에 나갔을 때 〈남도〉 선배가 은상을 받을 걸 예언한 이유를 알겠다. 오늘 대상을 받은 황금산은 이름이 좋았던 거야. 황금으로 산…! 그렇잖니?"

"…아! 이젠 아무래도 좋아요! 선생님이 저를 가수로 인정해 주셨으니까요! 그리고 제가 무대에서 내 스타일대로 개성과 매력과 혼을 담아 원 없이 노래를 불렀으니까요."

"그래서 '너는 가수다'!"

"맞아요! '나는 가수다!'…전 오늘 진정한 가수로 태어났다구요!"

얼굴은 웃고 있어도 눈물범벅이 된 나영이 이렇게 대답하자, 박태성이 저 멀리 검푸른 밤바다의 수평선을 바라보며 말했다.

"나영아! 지금 노랫소리가 들리지 않니? 이난영의 '목포는 항구다'! 바로 네가 부른 그 노래가…!"

두 사람은 함께 귀를 기울였고 분명히 아까 나영이 부른 노랫소리가 메아리 되어 굽이쳐왔다.*

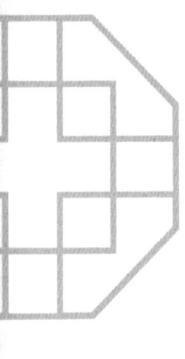
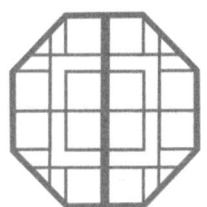
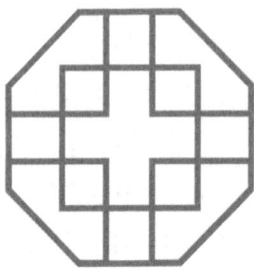

8

K-Pop Star 아이돌

스토리 라인 - 가수를 꿈꾸는 준이지만 극성맞은 엄마 앞에서는 모범생이 되어야 한다. 그래서 오늘도 아침부터 엄마의 잔소리 속에 등교를 하는데 진짜 공부를 잘하는 모범생 친구는 오히려 자신의 꿈을 가진 준을 부러워한다. 지옥 같은 학교 수업을 마치고 하교하는 준 앞에 어떤 아저씨가 스카우트 제의를 하고 준은 아이돌 그룹을 만들려는 그 아저씨의 노력으로 백댄서 무리인 규민 근수 왈배 등과도 만나 드디어 아이돌 그룹 〈에쎈〉이 결성되어 〈스타 탄생〉 프로에 첫 출연을 하게 되는데…!

창작 메모 - 요즘 K-Pop은 세계를 휩쓸어 BTS는 빌보드 차트 1위를 벌써 몇 번째나 올랐다. 이 소설은 초창기 K-Pop 그룹의 탄생기로 실제로 내가 아이돌 가수를 배출했던 경험을 토대로 썼다.

(1) 아! 지겨운 나날들이여!

오늘도 해가 떴다. 시계는 정확히 일곱 시를 가리키고 있다.

그러니까 일어나서 화장실에 가고, 세수를 하고, 밥을 먹고, 학교에 가야 한다.

"빨리 밥 먹지 않고 웬 딴전이야?!"

식탁 앞에서 생각에 잠긴 준에게 엄마가 쇳소리 꾸중을 날려왔다.

"알았어요!"

"알긴 뭘 알아? 이제 고2가 됐으면 대학갈 꿈도 꿔야지! 맨날 늦잠에 허겁지겁 학교 가서 공분들 제대로 되겠니! 엉?"

오! 저 엄마의 습관성 잔소리! 준은 이제 귀에 못이 박혀버린 엄마의 꾸중을 뒤로 하면서 방으로 들어와 책가방을 메었다.

"늦지 말고 들어와! 독서실에 간다는 거짓말은 이제 나한테 안 통하는 거 알겠지?"

"알았어요!"

그러니까 준도 역시 또 이런 습관성 대답을 하게 된다. 학교는 지하철로 두 정거장이지만 오늘은 왠지 걷고 싶다. 여름방학을 마치고 2학기가 되어 성큼 다가온 듯한 가을을 느끼고 싶은 기분 탓도 있었다.

"준아! 함께 가자!"

이때 누가 부르는 소리가 들렸다. 반장인 지운이가 등산이라도 가는 듯이 커다란 가방을 짊어진 채 뛰어왔다.

"야! 너도 걸어 다녀?"

준이 묻자 지운이 밝은 미소를 날리며 말했다.

"응! 차만 타고 다녔더니 체력이 떨어져서 그래! 아직 대학입시가 일 년 반 가까이 남았는데 벌써부터 지치면 안 돼잖아?"

역시 지운은 반장에 우등생다운 대답을 했다.

"그래? 그럼 난 앞으론 차를 타고 다녀야 하겠는데…! 내게 대학은 희망사항이 아니니깐!"

준은 머쓱해져서 지운에게 이렇게 건네었다. 실은 준에게 지금의 관심사는 오직 노래를 하는 것! 즉 가수가 되는 일이었던 것이다. 그러니까 준이 아침마다 가방을 메고 학교에 나가는 것은 하나의 위장술이었다.

"아니야! 준아! 너야말로 체력을 키워야 해! 공부보다 힘든 것이 가수의 길 아니겠니?"

지운이 의외로 얼굴에 진지한 표정을 지으면서 준에게 다시 말했다.

"정말 그렇게 생각해?"

"야! 난 네가 부러워! 넌 꿈을 위해 노력하잖아?"

"뭐야? 너 같은 범생이가 날 부럽다니…?"

"그래! 내가 S대를 목표로 공부하는 건 부모님과 선생님들이 정해 준 길을 따르는 것에 불과하니까…!"

그러면서 지운은 의외로 쓸쓸한 미소를 날렸다. 평소 다른 범생이들과 달리 준에게 친절하게 다가오던 지운의 마음을 이제야 알 것 같아, 준도 역시 미소로써 지운에게 건네었다.

"하지만 자신의 선택이야 어쨌건 나에게 주어진 일을 내 꿈으로 만들 때 좀 더 보람 있게 될 거야!"

"맞아! 해서 나도 스타가 되려고 해! 가수스타 대신 공부스타

말이야!"

"공부스타? 그것 참 멋진 말인데…? 그럼, 우리 함께 약속할래? 넌 S대에서 공부로 스타가 되고, 난 가요계에서 가수로서 스타가 되는 거야!"

그리고 준과 지운은 서로의 손을 굳게 잡았다. 이때 주변조회를 알리는 차임벨 소리가 싱그럽게 울려 퍼졌다.

"앗! 뭐자! 나 이번 주에 주변이야!"

준은 문득 이런 사실을 깨닫고, 지운을 뒤로 하고서 학교 교무실 복도를 향해 뛰었다. 하지만 주변은 벨을 울리기 3분 전에 집합! 대기해야 한다는 일방적 지시를 내리고, 이의 실천에 목숨을 건 체육과의 주변선생님은 숨차게 달려오는 준을 너무나 기쁘다는 얼굴로 맞아 주었다.

"어험! 야눔아! 3분 전에 집합하라고 했잖아?"

그러면서 체육과의 주변선생님은 엄포한 대로 준의 머리를 향하여 지휘봉, 일명 딸봉(학생들 은어로 딸딸이(자위)하는 성기 모양으로 생긴 막대기)을 휘둘렀고, 그 결과 순식간에 거의 밤톨만한 혹이 생겼다.

"쌩님! 이건 너무 심하잖아요?"

아프기도 했지만 너무나 화가 나서 준은 자신도 모르게 주변선생님에게 항의를 하고 말았다.

"뭐야? 이 쌔끼가 돌았나?"

그러자 주변선생님은 준보다도 훨씬 화가 난다는 듯이 소리쳤다.

"네! 선생님! 정말 제가 돌 것 같아요! 여기 좀 만져 보세요!"

"그래? 얌마! 아예 네 돌대가리를 뽀개놔야 입을 닥치겠어?"

드디어 체육과의 주번선생님은 악명 높은 그답게 길길이 날뛰며 준의 머리를 딸봉으로 후려쳤다.

"자! 그럼 지금부터 주번은 각 반 담당의 화장실로 가서 꽁초 사냥을 실시하고, 교실과 복도 청소를 한다. 알았나?"

준은 여전히 얼얼한 머리를 쓰다듬으면서 가방을 멘 채 화장실로 갔다. 언제나처럼 담배꽁초가 널려 있다. 이윽고 준이 교실로 들어오니, 이미 담임선생님의 감독 하에 자율학습이 진행되고 있었다. 그러나 사정을 모르는 담임선생님은 곱지 않은 눈으로 준을 흘겨보며 역시 호통을 쳤다.

"얌마! 넌 주번이 지각한 거야! 엉?"

"화장실 청소하고 왔어요!"

준은 또 자신도 모르게 퉁명스런 대꾸를 했다.

"그래? 무슨 화장실 청소를 여태 했단 말이야?"

"그렇게 믿기지 않으시면, 선생님께서 가 보세요!"

"이 짜슥이…! 말대꾸야?"

그러면서 담임선생님도 준에게 폭력을 행사하려 들었다. 순간 준은 정말 아마(머리)가 돌아 버릴 것 같았다. 평소에는 한없이 착하고 귀엽게 보이는 준이었지만, 오늘은 아침부터 엄마한테도 쪼이고, 정말 참을 수 없는 상황이 연달아 벌어지고 있는 것이다.

아무튼 요즘 학교에서는 이런 폭력교사들이 하도 많이 출몰(?)해서, 어느 고등학교의 교지에는 아래와 같은 시 아닌 시가 실리기도 했다.

매 좀 연기해 주세요!

선생님! 오늘 매맞는 벌은 다음 주로 연기해 주세요!
조회 시간엔 지각해서 출석부로 머리를 맞고!
첫째 시간엔 친구와 얘기했다고 뺨 맞고!
둘째 시간엔 질문에 대답 못해서 손바닥 맞고!
셋째 시간엔 체육복 안 가져와 엉덩이 맞고!
넷째 시간엔 졸았다고 종아리 맞아서!
오늘은 더 이상 매 맞을 자리가 없어요!

결국 준은 무조건 참기로 마음을 굳혔다. 어차피 학생과 교사의 전쟁에서는 언제나 학생이 패하게 되어 있기 때문이었다.
"그래! 준아! 잘한 방법이야!"
자율학습이 끝났을 때, 반장인 지운이 조용히 다가와 위로해 주었다.
"고마와! 사실 학꼴 때려칠까도 생각해 봤어!"
"그건 안돼! 너에겐 꿈이 있잖아? 가수가 되는…!"
"으응! 나도 알아! 고교생 가수가 훨씬 쉽게 인기를 얻을 수 있다는 것도…!"
그러니까 준은 아무리 힘겨울지라도 고교 재학생 신분을 지켜야 하는 것이다. 멋모르고 학교를 뛰쳐나가서 기획사를 쫓아다니다가, 충분한 재능을 인정받고도 가수의 꿈을 망친 학생들이 얼마나 많은가 말이다!
"그건 마치 재수로 일류대학에 가는 것처럼 어렵거든! 그러니까 졸업 때까지만 꼭 참으라구!"

지운은 다시 한 번 준에게 이런 다짐을 주면서 입술을 깨물었다. 실은 요즘 지운도 공부하기가 무척 힘든 모양이었다. 그래서 준을 통하여 자신의 결심을 확고하게 다지고 싶어, 그런 위로를 해오는 건 아닐는지?

"야! 주번! 뭐하냐? 첫 시간 수학이야! 교실 물걸레질 쳐야지! 그 변태한테 어떻게 당하려구 그래?"

이때 누군가 외치는 바람에, 준은 대걸레를 들고 화장실에 있는 수돗가로 갔다. 그러나 오늘따라 웬일로 단수가 되어 물이 나오지 않았다. 준은 하는 수 없이 교실에 되돌아오니 수업종이 울렸다.

"어흠! 주번이 어느 배라쳐묵을 놈이야? 퍼뜩 나오그레이!"

예상대로 수학선생님이 교탁 앞에서 눈을 부라리며 주번을 호출했다.

"선생님! 죄송합니다. 오늘은 수도가 단수되어 물걸레질을 못합니다."

"무시기야? 짜샤! 식당 앞에 물탱크가 있잖아? 잔말 말고 나오그라잉!"

하지만 수학선생님은 얼굴에 음흉한 미소까지 지으면서 준을 교탁 앞으로 불렀다. 그리고 당한 학생들만 아는 변태 행동을 시작했다.

"으으음! 아아악!"

준은 낮은 비명을 지르면서도 참아야 했다. 수학선생님은 어느새 한 손을 준의 바지 혁대 안에 집어넣고 한참이나 똘똘이(성기)

를 만지다가, 그곳에 우거진 잔디를 뽑아냈던 것이다.
 "어때? 맛이…? 이래도 교실에 물걸레질 안할 거야? 짜슥아!"
 수학선생님은 준의 거시기에서 뽑아낸 잔디를 코앞에 가져다가 냄새까지 맡으면서 호통을 쳤다. 이거야말로 변태 중에도 중증의 변태가 아닌가?
 "짜슥! 날라리 폼에 물건까지 크니, 공부가 머릿속에 들겠냐? 들어가!"
 준은 얼굴이 벌개진 채 가까스로 자리로 돌아왔다. 자신도 부끄러운 곳을 함부로 훼손당한 모멸감과 잔디가 뽑힌 자국의 아픔이 겹쳐서, 그만 교실 밖으로 뛰쳐나가고 싶은 충동을 간신히 참아야 했다.
 "우린 참아야 한다구 했잖아?"
 이때 반장인 지운이 쪽지에 이런 위로의 말을 써서 살짝 던져왔다.
 〈그래! 꿈을 위하여…!〉
 준은 지운을 돌아보면서 억지로 미소를 보내고는 수학책을 펼쳤다.
 "아하! 이제 겨우 첫째 시간이니, 오늘 하루가 언제나 가려나?"
 교실은 준뿐 아니라 모든 아이들이 똑같은 기분인 듯, 여기저기서 하품을 해대고 있었다.
 "야늠들아! 밥 처먹고 하는 일이 공부뿐인데 그렇게도 싫으니? 어휴! 이런 걸 자식이라고 학교에 보내는 느그들 부모가 불쌍하다이!"

이제는 수학선생님도 못 참겠다는 듯이 분필통으로 교탁을 꽝 쳐댔다.

(2) 스카우트 제의를 받다!

"저 학생! 잠깐 날 좀 볼까?"

준이 무거운 발걸음으로 하교하는 길이었다. 아침에 걸어서 등교했기 때문에 집에 갈 때에는 지하철을 타려고, 막 입구로 내려가려는데 등 뒤에서 어른의 목소리가 들려왔다.

"왜 그러시죠?"

"잠깐이면 돼! 학생은 스타! 아니 가수가 되고 싶은 생각 없어?"

"네에? 스타? 가수라고요?"

"으음! 생각 있으면 날 따라와!"

그래서 준은 그 아저씨한테 근처에 있는 룸카페로 끌려(?)갔던 것이다.

"미성년자라고 하면 아빠랑 함께 왔다고 해! 알았지?"

아저씨의 이런 당부와 함께 들어온 룸카페였지만, 오히려 친절한 안내로 환영을 받았다.

"자! 난 맥주 한 잔 할께! 학생은 무슨 음료수로 할까?"

이윽고 주문한 것들이 나오자, 아저씨가 맥주병을 내밀며 말했다.

"한 잔 따라 줄래? 참 학생 이름은 뭔가?"

"준입니다. 강준요!"

"좋아! 이름도 아주 가수답군!" 하고 아저씨는 무척 기분이 좋은 듯, 준이 따른 맥주잔을 단숨에 비웠다.

"저, 아저씨는 뭐 하시는 분이죠?"

이윽고 준은 궁금한 사항을 물었다. 왠지 그 아저씨가 금세 편하고 가깝게 느껴지는 것이었다.

"응! 나? 사기꾼이야!"

"네? 뭐! 뭐라구요?"

준이 너무나 당황하여 말을 잇지 못하자, 아저씨가 입을 열었다.

"준아! 길에서 우연히 만난 학생을 붙잡고, 가수를 시켜 주겠다는 사람은 십중팔구 사기꾼이란다. 그래서 해 본 소리야! 하하!"

"아! 네에!"

준이 고개를 끄덕이자, 아저씨는 진지한 어조로 말투를 바꿔 계속했다.

"난 너처럼 가수의 소질을 타고난 학생을 스카웃해서, 스타로 만드는 연예계의 싸부가 되고픈 사람이야!"

"하지만 제가 그런 꿈을 가진 걸 아저씨! 싸부님께선 어찌 아시죠?"

"그래! 좋아! 이제부터 날 싸부님이라 불러줘! …에, 그건 한눈에 척 보면 알지! 왜냐하면 너와 나는 영혼의 싸이클이 같으니까!"

"영혼의 싸이클이 같다고요?"

"으음! 준이라고 했지? 준이 넌 가수의 꿈을 꾸잖아? 그리고 난 스타 가수를 키우려는 꿈을 가졌으니까, 이렇게 우연히! 아니지! 필연적으로 만나게 된 거야! 자아! 그런 뜻에서 우리 축하주 한 잔 할까?"

그때 준은 싸부님(?)이 권하지 않더라도 맥주가 마시고 싶어졌다. 오늘 준은 아침부터 기분 상하는 일의 연속이 아니었던가?

"감사합니다!"

준은 다소곳이 두 손을 내밀어 싸부님이 따르는 맥주를 받았다.

"됐어! 가수는 우선 예절을 잘 지켜야 해! …준아! 너 언제부터 가수의 꿈을 가졌지?"

이윽고 싸부님이 그윽한 눈길로 건너다보며 준에게 물었다.

"그건 잘 모르겠어요! 중학교 때부터인지…! 아니! 초등학교! 유치원에 다닐 때에도 노래를 잘 불렀어요!"

"그럴 거야! 가수란 만들어지기 이전에 먼저 타고나거든!"

"아니! 싸부님께선 방금 전에 저를 가수로 만들고 싶다고 하셨잖아요?"

"으응! 아무리 타고났어도 이끌어 주는 길잡이가 없으면 어려우니까?"

"아! 네!"

"암튼 준은 나를 만났으니까, 우선 노래방에 가서 오디션을 좀 볼까?"

"지금요?"

준이 놀라서 묻자, 싸부님은 여전히 기분 좋은 목소리로 대답했다.

"왜? 쇠뿔도 단김에 빼랬잖아? 일단 준의 노래를 들어봐야지!

실은 넘어야 할 관문이 많다구!"
 그럼 그렇지! 이 아저씨를 만나자마자, 가수의 길에 들어설 수 있는 건 아니잖아? 준은 약간은 실망하면서도 그 아저씨를 따라 노래방으로 자리를 옮겼다. 바로 아래층이 노래방이어서 곧 오디션을 치르게 되었다.
 "우선 준이 네가 좋아하는! 잘 부르는 노래로 얼른 해 봐!"
 아저씨가 마이크를 건네주면서 재촉했다.
 "전 발라드보다 댄스곡을 좋아하는데요!"
 "그래? 더욱 잘 됐군! 내가 마침 댄스 그룹을 만들려고 해!"
 준은 곡목을 적은 책을 펼쳐서 특활시간에 춤과 함께 불렀던 〈컨츄리 꼬꼬〉의 〈오! 가니!〉의 번호를 찍었다. 그러자 잠시 후 반주와 함께 화면에 노래 가사가 떠올랐다. 하지만 준은 늘 부른 노래였으므로 가사를 보지 않고, 최선을 다해 노래를 부르기 시작했다.

 우리 오다가다 만난 사이 아니잖아?
 우리 그냥 보통 사이 아니잖아?
 그러면서 정이 들어 버렸잖아?
 여기에서 또 포기하면 나는 뭐야?
 사랑해 줄 시간은 아직 많은데,
 벌써 가면 이제 나는 어떻하라고?
 왜가? 정말 기가 막힐 것 같아!
 나를 떠나려고 하다니!
 ···················중략···················
 오! 가니? 가니? 나를 떠나 가니?

나를 떠나 가다니!
나를 아주 많이 많이 사랑해 주었잖아?
다시 날 사랑해줘! 다시 돌아와줘!
진정 사랑했다면 영원히 너와 단 둘이 살고 싶어!

바로 지금 준은 오디션을 보고 있다고 생각하니, 자신도 모르게 가슴이 쿵쿵 뛰면서도 열창을 하게 되었던 것이다. 이제 싸부님은 두 눈을 크게 뜨고 준이 노래하는 모습을 지켜보았다. 그러면서 고개를 끄덕이기도 하고, 때로는 아쉬운 표정을 짓기도 하는 것이었다. 이윽고 준의 노래가 끝나고 팡파르와 함께 다행스럽게도 100점이 나왔다. 그런데 싸부님은 고개만 끄덕일 뿐 만족한 표정이 아니었다. 준은 당장 기가 죽어 싸부님을 똑바로 바라보지 못했다.

"아냐! 준아! 아주 잘 불렀어!"

"하지만 싸부님께선 만족한 표정이 아니셨잖아요?"

잠시 망설이다가 준은 가까스로 싸부님에게 물었다.

"응! 잘 불렀는데…! 〈컨츄리 꼬꼬〉보다도 더 잘 불렀다구! 그러나 노래는 남의 흉내를 내선 안 돼! 자기식의 노래로 하란 말야!"

"네! 알겠습니다! 싸부님!"

준은 곧 싸부님의 말뜻을 이해할 것 같았다. 그러니까 가수가 되려면 노래를 〈개성〉있게 불러야 한다는 뜻일 터였다.

(3) 꿈이 뭐냐구요? 그건 빽댄서죠!

"욤 새끼들은 왜 또 끌려왔나?"

규민이와 근수와 왈배가 오늘도 점심시간에 교무실에서 벌을 서고 있자, 오가는 선생님들마다 한 마디씩 던져왔다.

"녀석들한테 직접 물어보세요!"

그때마다 옆자리에 앉아 있는 박 선생이 심드렁하게 대답했다.

"그래요? …얌마! 무슨 잘못을 저질렀기에 그래?"

이런 때에 규민이들은 대답을 하지 않을 수가 없었다. 만약 아무 소리를 안 하면 괜히 귀가 찢어지도록 잡아당기거나, 거시기가 뽑히도록 성추행(?)을 당할 우려도 있는 것이다.

"예! 춤을 추었습니다."

"뭐야? 춤을 춰? 어린 것들이 벌써부터 캬바레에 갔단 말이냐?"

"그게 아니구요! 힙합춤요!"

"으응? 핫바지춤?"

"힙합요!"

"어떻게 추는데…?"

선생님들은 잘 모르면 그냥 넘어가지를 않고 꼭 다시 물었다.

"이렇게요!"

결국 규민이들은 맛보기나마 그들의 힙합춤을 약간 선보여야 했다.

"하이고! 방송에 나와 미쳐 날뛰는 애들이랑 똑같구만! 그래 어디서 춤추다가 걸렸어?"

지금 자꾸만 물어대는 윤리선생님은 별명이 〈찰거머리〉였다.

"본관 옥상에서요!"

"뭐가 어째? 그곳에 몰래 올라가 장난치다가 추락사한 애들이 몇 명이나 되는 줄 알고나 있어?"

"그건 저희들도 알아요!"

"아는데도 거기 가서 춤을 춰? 거긴 귀신이 잡아가는 데란 말이다!"

"하지만 저희들은 꿈이 있다구요!"

"꿈? 무슨 꿈? 귀신한테 잡혀가는 꿈…?"

"그게 아니구요! 빽댄서가 되는 거예요!"

"오! 가수 뒤에서 지랄발광춤을 추는 애들 말이냐?"

요즘 선생님들은 대개가 이렇고 보니, 〈21세기 학생들을 20세기 교실에서 19세기 선생님들이 가르친다〉는 말이 나오게 된 것은 아닐까?

"에이! 존나 재수 없는 날이네!"

결국 규민이들은 점심시간이 다 끝나서야 교무실에서 풀려났고, 그 바람에 이런 푸념만 내뱉을 수밖에 없었다. 이런 규민이들이기에 그동안 춤을 추면서 겪은 고통은 너무나 컸다. 그런데 규민이가 춤에 관심을 갖게 된 것은 초등학교 6학년 때였던 것 같다. 문득 텔레비전을 보는데 미국에서 왔다는 유승준이란 가수가 〈가위〉란 노래에 맞춰 춤을 추는데, 한 마디로 규민이를 뽕가게 했던 것이다. 그래서 그날부터 유승준이 텔레비전에만 나오면 녹화를 했다가 따라 배우기 시작했다. 그후 중학교에 진학했을 때부터 근수와 왈배를 만나 3인조 백댄서팀을 결성했던 것이다.

"야! 이 웬수야! 다른 집 애들은 대학을 위해 초등학교 때부터 과외다! 학원이다! 뛰어다니는데, 넌 밤낮없이 춤만 추면, 뭐가 되려고 그래?"

당장 어머니부터 아우성이고 보면, 규민이의 춤 연습은 그야말로 일제시대에 독립운동을 하는 만큼이나 힘들었다고나 할까? 그러나 규민이는 근수와 왈배를 만난 후부터는 더욱 열심히 춤을 추었다.

"춤을 잘 추려면 꺾기부터 배워야 해!"

"아냐! 고난도 춤은 뭐니 해도 헤드핀을 잘 해야 하는 거야!"

"어쭈! 제법인데…? 하지만 춤은 에어로빅처럼 신나야 한다구! 자! 봐!"

이처럼 셋은 서로 상호 보완하면서 춤을 추어왔는데, 고등학교에까지 함께 진학하는 행운을 얻고 보니, 인근 학교나 내로라하는 춤꾼들한테 차츰 알려졌던 것이다.

"아! 이대로 춤을 추다가 하늘나라로 가 버리고 싶다!"

어느 날 여의도 한강시민공원의 잔디밭에서 근수와 왈배와 함께 춤을 추다가 규민이는 잔디 위에 쓰러져 이렇게 소리쳤다.

"야! 학생들! 몇 학년이야?"

이때 어떤 아저씨가 그들에게 다가와 물었다. 규민이들은 누운 채 불량스럽게 대꾸했다.

"고딩! 1학년요!"

"그래? 잘 만났다! 난 너희 같은 춤꾼들을 찾는 싸부님이지!"

"네? 그럼 아저씨가 가수를 키우는 기획사의 매니저신가요?"

그 순간 규민이는 이렇게 물으며 자리에서 벌떡 일어났다.

"하하! 학생이 캡이야?"

"네! 저예요!"

"암튼 좋았어! 다시 한 번 가장 자신 있는 춤을 좀 보여 줄 수 있겠니?"

"네! 유승준의 〈비전〉요!"

규민은 헐렁한 추리닝을 입고, 머리에는 빨간 밴드를 맨 채, 카세트 녹음기의 음악을 틀었다.

> 아닐거라 말해도 눈감지는 말아!
> 네 꿈을 찾을 테니까!
> 숫자만 하나씩 밀려나가는
> 어제와 똑같은 지친 아침을
> 생각없이 체념한 듯이 맞이하고 있니?
> 모두가 똑같은 표준의 시계 그대로 보며,
> 맞춰 나가며, 그대로 넌 정말로 행복할꺼니?
> 누구를 위한 것도 아냐! 꿈이 없다면!
> 매뉴얼대로 살아만 간다면!
> 과연 꿈꿀 수 있을까? 커다란 날개를 달아!
> 다시 태어나! 허무하게 남겨진 어제를 벗어나!
> 높이 날고 싶다면, 작은 망설임은 걷어 차버려!
> 끝없는 미지를 향해 내딛여야 해!
> 새롭게 시작되는 오늘에
> 누구도 나를 대신 살아줄 수는 없는 거야!

유승준이 부르는 〈비전〉 노래에 따라 규민이들은 마치 텔레비전에서 유승준의 백댄서처럼 땀을 뻘뻘 흘리면서 열정적으로 춤을 추었다.

"으음! 됐어! 그 정도면 합격이야!"

이윽고 세 사람의 춤이 끝났을 때, 아저씨는 만족한 웃음을 지으면서 그들에게 건네 왔다.

"어때? 너희들 우리 〈YM기획〉에 들어 올래? 지금 7인조 그룹을 결성 중에 있어! 이미 보컬이랑 랩을 하는 팀원은 스카웃해 놓았지! 그러니까 너희 세 사람은 춤으로 받쳐주는 팀원이 되는 거야!"

"네? 그게 정말이십니까?"

규민은 너무나 뜻밖에 찾아온 행운에 어리둥절하여 이렇게 물었다.

"하하! 스타는 준비한 사람만이 그 주인공이 될 수 있는 거야!"

이리하여 규민이, 근수, 왈배 등 셋은 다음날부터, 〈YM기획〉에 나가게 되었던 것이다. 강남에 위치한 그곳은 새로 지은 고층 빌딩으로 사무실, 연습실, 녹음실 등 거의 완벽한 시설을 갖추고 있어서, 꿈에 부푼 규민이들 셋을 더욱 가슴 벅차게 만들었다. 그리고 드디어 팀의 성원이 차서 첫 모임을 가졌던 날, 사장님은 일동 앞에서 이런 훈시를 내렸던 것이다.

"다들 들어라! 이제야 내가 계획한 대로 우리나라에서 가장 팀원이 많은 7인조 그룹 〈에쎈〉의 결성을 이루게 되었다. 오늘부터 너희들은 모두들 한마음 한몸이 되어, 최고의 인기스타 그룹이 될 때까지 피땀 흘려 노력하기를 바란다! 알았나?"

"넷! 명심하겠습다!"

그때 7명의 팀원들은 하나같이 입술을 굳게 다지며, 마음속으로 반드시 가요계에서 최고의 스타가 될 것을 맹세했다.

"그럼 다음 교육은 정 매니저가 하도록…!"

이윽고 사장님이 나가자, 매니저 형이 큰소리로 명령했다.

"모두들 엎드려뻗쳐!"

"…?"

그러나 7명의 팀원들은 어리둥절하여, 서로의 얼굴들만 바라볼 뿐 우물쭈물했다.

"야! 이 짜식들 봐라! 내 말이 안 들려?"

그리하여 매니저 형의 두 번째 호통이 있고서야, 그들은 가까스로 줄지어 엎드렸던 것이다.

"여기서 가수가…! 스타가 되고 싶지 않은 놈은 이곳을 나가도 돼!"

하지만 어느 누구도 엎드린 자세를 흩뜨리지 않았다.

"좋았어! 그럼 내가 시범을 보일 테니까…!"

그리고 매니저 형은 굵은 대나무 뿌리로 만든 몽초리(몽둥이+회초리)를 들어 사정없이 7명의 엉덩이를 내려쳤던 것이다.

"악! 악! 악! 악! 악! 악!"

아무리 참으려 해도 모두의 입에서는 이런 비명이 터져 나오고 말았다.

"자! 그럼 한 사람씩 돌아가면서 마구 친다! 참고로 10대에 자빠지는 놈은 여기서 당장 나가고, 20대는 내일 다시 터져야 하고, 일단 30대가 합격점이지만, 50대는 견딜 수 있어야 스타가 될 수 있다! 지난 날 여기에 들어와 스타로 뜬 놈들은 다 그랬어! 알겠나?"

"넷! 알겠습다!"

그 순간 이렇게 힘찬 대답을 못할 팀원이라면, 애초에 여기에 스카우트 돼 올 리도 없었겠지만, 그때 그들은 야릇한 오기 같은 것이 솟아난 것도 사실이었다. 그런데 그 다음에 그들에게는 어떤 상황이 벌어졌던가?

"나 약 좀 발라 줘!"

모두 엉덩이까지 까내린 팀원들은 부끄러움도 없이, 서로 만신창이가 돼 버린 엉덩이의 환부(?)에 연고를 발라 주었던 것이다.

"히히! 준이 넌 꼭 여자 같구나! 무슨 남자 히프가 이러니?"

자칭 테리우스라는 태진이 준의 엉덩이를 어루만지며 놀려댔다.

"짜샤! 빨리 약이나 발라!"

"저것들 그냥 두면 짝짓기 하겠네! 팀장으로서 경고한다! 누구든 서로 이상하게 넘보면 퇴출감이다! 알겠나?"

그때 팀장인 민혁 형이 이렇게 외쳐서 신음 속에서도 웃음이 터지는 이변이 일어났다. 그뿐 아니라 서로 엉덩이에 연고를 다 발라주고 나자, 그들은 한 줄로 엎드린 채 어깨동무를 했다. 그러자 7명의 그룹 〈에쎈〉 팀원들은 정말로 한마음과 한몸이 된 듯한 야릇한 일체감 속에 빠져들었던 것이다. 이때 저 만큼에서 이들을 내려다보던 매니저 형이 갑자기 울음을 터뜨리면서 이렇게 외쳤다.

"그래! 너희들은 반드시 인기가수! 스타가 돼야 해! 으흐흑!"

아울러 그 순간 7명의 그룹 〈에쎈〉들도 마치 어린애들처럼 엉엉 울어대기 시작했던 것이다. 그것은 바로 연예계에서 스타가 되기 위한 하나의 밀교(密敎) 의식과 같은 것인지도 몰랐다.

(4) 스타는 첫방에 뜬다!

"다음 '에쎈(S&)' 스탠바이!"

생방송 〈스타탄생〉의 FD가 출연자 대기실로 머리만 휙 들이밀며 소리쳤다. 준을 비롯한 〈에쎈〉 그룹이 용수철처럼 튕겨 일어나 무대를 향해 뛰어나가려는 순간, 코디를 점검하고 있던 〈금주의 K-pop〉 1위 후보 가수인 그룹 〈오로라〉의 팀장 댄디가 비웃음섞인 목소리로 던져왔다.

"야! 초짜들! 스탠바이는 준비하란 소리야!"

하지만 너무나 긴장한 〈에쎈〉 그룹의 준과 팀원은 그대로 무대를 향했다. 아니! 얼마나 기다려왔던 이 순간인가? 따라서 1초라도 빨리 무대에 나가서, 이제껏 강훈련해 온 춤과 노래를 마음껏 펼쳐보고 싶었다.

"짜샤! 생방송에 사고치고 싶어? 너넨 쟤들 끝나면 나간단 말야!"

아니나 다를까! 무대 입구를 지키던 FD가 기겁을 하면서 준을 제지했다. 그제야 준은 자신의 실수를 깨닫고 다시 대기실로 되돌아섰다.

"괜찮아! 금방 끝나니까! …아참! 〈에쎈〉은 오늘이 TV 첫방이지?"

"네!"

그룹 〈에쎈〉은 흡사 갓 입학한 초등학생들처럼 한 목소리로 대답했다.

"하하! 그래? 떨지 말고 잘해 봐! 첫방에 성공해야 스타가 돼! 알았냐?"

그러자 FD가 이제까지의 우락부락한 표정을 지우고, 싱긋 미소로 바꾸며 격려를 해왔다.

"감사합니다!"

준을 비롯한 〈에쎈〉 팀원 역시 밝은 미소를 지으며 앵무새처럼 한꺼번에 대답을 한 건, 언제나 교육시간마다 다짐을 강요(?)하던 사장님의 가르침 탓이었다.

"너네들 연예인 수칙 제1조가 뭔지 알아? 그건 무조건 〈감사합니다!〉 하고 외치는 거야! 누가 뭐라건 무조건 〈감사합니다!〉 해야 해! 알았지?"

그래서 〈에쎈〉은 심지어 〈밥 먹었니?〉 하는 물음에도 〈네! 감사합니다!〉 하고 대꾸할 정도가 되었던 것이다.

"야! 이제 나가! 네네들 차례야! 라이브가 아니고 AR(녹음)이니까 떨지 말고 춤만 잘 추면 돼! 알았지?"

그때 FD도 마치 사장님 같은 억양으로 〈…알았지?〉 하면서 〈에쎈〉에게 출연 지시를 내렸다.

"네! 감사합니다!"

〈에쎈〉은 이제 몸에 배어 버린 〈감사합니다!〉를 외치며, 조명이 꺼진 무대로 뛰어나갔다.

"다음은 오늘의 〈스타탄생!〉 신인 무대입니다! 일곱 색깔 무지갯빛 꿈을 가진 남성 7인조 그룹! 〈에쎈〉입니다! 선사할 노래는 〈사랑! 꺼져!〉"

신인 그룹이라서 오후 내내 리허설을 했지만, 막상 첫 무대에

서고 보니 머릿속에 뜨거운 바람이 스쳐가면서 정신이 아찔했다. 다음 순간 수천 번을 들어 귀에 익은 그들의 데뷔 타이틀곡인 〈사랑! 꺼져!〉의 전주가 어둠을 헤치고 메아리쳤다. 그리고 다음 순간 스펙트럼 같은 화려한 조명이 생방송 홀 안을 어지럽혔다. 석상처럼 굳어 있던 〈에쎈〉 그룹의 일곱 명이 역동적인 춤을 펼친 것은 그와 동시였다.

"와아…!"

주로 여학생 팬들로 가득찬 방청석에서 함성이 터져 나온 것도 그때였다. 준은 빛의 화살을 맞으면서 사나운 산짐승처럼 날뛰기 시작했다. 그러나 그들의 섬세한 몸짓은 마치 컴퓨터에 의해 조종되는 로봇처럼 절도가 있었다. 물론 〈에쎈〉의 다른 팀원들도 마찬가지로 일사불란했다.

"와아! 오빠! 오빠!"

그리고 드디어 준과 〈에쎈〉이 지난 1년간 혹독한 연습을 하면서, 그토록 기다려왔던 팬들의 아우성! 〈오빠〉 소리가 터져 나왔다.

> 너를 만난 사랑이 이토록
> 나를 아프게 했어! 사랑! 꺼져!
> 네가 떠난 사랑이 그토록
> 나를 슬프게 했어! 사랑! 꺼져!

"와아! 오빠!"

전주가 끝나자 이제 〈에쎈〉의 노래 가사가 홀 안을 때렸다.

그러자 방청석에서 극성 소녀팬들의 자지러지는 함성이 쏟아져 나왔다. K-Pop Star 아이돌들이 탄생하는 순간이었다.

9

트롯 킹 국민가수

스토리 라인 - 한강가 갈대숲에서 트롯으로 국민에게 즐거움을 주는 삶의 길을 가겠다는 뜻으로 도트락이란 예명을 가진 박현도의 연습을 숨어서 지켜보던 심마니가 기상천외한 방법으로 도트락을 지도하여 어느 종편의 〈트롯 킹〉 대회에 출전시키는 과정을 그린 소설로 독자를 단숨에 흡인시키는 매력을 가졌다고 하겠다. 특히 요즘 방송가의 대세로 시청자의 폭발적인 인기를 끌고 있는 트롯 오디션 과정을 마치 생방송처럼 펼쳐 보이는데…!

창작 메모 - 작사가로서 여러 가요제에 가수 지망생을 출전시켜 본 나의 경험을 바탕으로 한 소설이라서 가장 즐거운 마음으로 집필을 하는 동안 작중인물들과 교감을 나누었다고나 할까? 덧붙여 실제로 강가에서 도트락처럼 연습했던 유튜브 속의 주인공은 훗날 모 종편의 트롯 경연에서 진을 차지했으니 이 소설은 실화와 같다고나 할까?

안녕하세요? 한강의 물결팬 여러분! 강변의 갈대팬 여러분! 아직은 무명가수!

그러나 내일은 국민가수로 팬 여러분을 찾아 뵐 가수 도트락입니다. …네? 왜 제 이름이 도트락이냐구요? 그건 연예인들은 대개 예명을 갖잖아요? 그래서 저는 팬 여러분께 트롯으로 즐거움을 드리는 가수의 길을 가겠다는 각오로 성은 길도(道) 자! 트롯에서 트 자! 그리고 즐거울 락(樂) 자를 따서 도트락이라 지었죠! 이건 고교 때 담임선생님께서 지어주셨답니다. 자! 그럼 첫 곡을 선사해 드리겠습니다! 추가열 작곡의 〈소풍같은 인생〉입니다!

설악산에서 달려오기 시작한 가을 단풍은 이제 서울 거리의 가로수까지 침범한 요즘 여의도 서쪽 성산대교와 선유도 사이의 한강변의 으슥한 갈대밭에 도트락이 오늘도 음향 앰프를 설치하고 마치 단독 콘서트를 하듯이 공연을 펼치고 있다. 순간 정통 트롯의 반주가 울려 퍼졌는데, 마이크를 잡아 든 도트락은 무대에 선 주인공처럼 너무나 멋져 보였다.

　　너도 한번 나도 한번
　　누구나 한번 왔다 가는 인생
　　바람같은 시간이야
　　멈추지 않는 세월이야
　　하루 하루 소중하지
　　미련이야 많겠지만
　　후회도 많겠지만
　　어차피 한번 왔다 가는 걸
　　붙잡을 수 없다면

소풍가듯 소풍가듯
웃으며 행복하게 살아야지!

이처럼 이어지는 가사의 멜로디가 달콤하게 귓전으로 파고들었다. 특히 마지막 소절의 〈웃으며〉에서 〈웃〉과 〈으며〉가 〈꺾기〉 트롯 창법의 기교와 매력을 살려야 하는 대목으로 보통 아마추어 가수는 절대로 흉내가 불가한 재능이 필요했는데 도트락은 이를 잘 소화해냈다. 그리고 도트락은 연습용으로 선정한 20여 곡의 트롯을 쉴새 없이 열창하다가 제풀에 지쳐 강변의 갈대숲에 쓰러졌다. 순간 하늘이 팽글 도는 현기증에 잠깐 혼절했다가 한참만에야 눈을 뜬 그는 이렇게 중얼거렸다.

'휴우! 근데 난 과연 미스터 트롯의 진 임영웅이나 선의 영탁! 미의 이찬원 같은 형들처럼 성공할 수 있을까? 아! 참말루 미치고 환장하겠네!'

바로 그때 갈대숲에서 한강의 철새처럼 숨어있던 어떤 남자가 박수를 치면서 나타나 이렇게 말을 걸어왔던 것이다.

"오! 좋았어! 그동안 내가 찾아 헤맨 산삼을 드디어 발견한 것 같군!"

"네에? 저… 아저씬 누군데 남의 연습을 훔쳐보구 그러세요?"

하지만 그때 도트락은 항상 비밀로 감춰 온 연습을 들킨 일이 기분 나쁘게 여겨져 화난 투로 쏘아붙였다.

"아! 미안해요. 하지만 본인에게도 책임이 있는걸세!"

"제게 책임이라뇨? 그건 무슨 말씀이세요?"

순간 도트락이 의아하여 남자에게 묻자 뜻밖에도 이런 대꾸를 해왔다.

"그건 내가 트롯 산삼을 찾아 헤맸는데, 벌써 반년 가까이나 여기에 둥지를 튼 철새처럼 노래 연습을 하니까 내 눈에 띄게 된 거지!"

"뭐라구요? 그럼 반년 동안이나 제 뒤에 숨어서 보았단 말씀인가요?"

"그게 왜 어때서? 심마니가 산삼을 캐려고 심산유곡을 헤매는 건 당연한 일이잖나? 젊은이! 아니! 이젠 이름을 부르지! 도트락 군!"

여기까지 말을 나눈 도트락은 더 이상 할말이 없어졌다. 세상에는 누군가 좋아하는 상대를 뒤밟는 스토커가 있다더니 바로 이 아저씨가 그렇지 않은가? 하지만 〈국민가수〉란 꿈을 가진 도트락에게 자신이 찾는 트롯의 산삼이라고 평가하며 나타난 아저씨에게 더 이상 뭐라 할 수도 없기에, 앰프 등 연습 도구를 챙기면서 그 아저씨의 다음 행동을 기다렸다.

"으음! 도트락 군! 오늘 연습은 이것으로 쫑하게? 그럼 나랑 저어기 당산역에 있는 내 단골에 가서 저녁식사라도 함께 할까?"

"…?"

하지만 도트락은 얼른 대답이 나오지 않았다. 아직도 누군지 잘 알지 못하고 어느 친구한테 들은 바 연예인 스타일의 청소년에게 길거리 캐스팅을 제의해오는 작자들은 거의 사기꾼일 가능성이 높다지 않았던가!

"하하! 왜…? 내가 도트락 군 같은 아이돌에게 스타를 만들어 준다는 꾀임으로 접근하는 사기꾼으로 보이는가?"

"아! 그건 그럴 지도 모르죠. 하지만 제겐 아저씨가 돈을 뜯어

낼 만큼 한푼도 없으니까 걱정 안 되구요! 다만 처음 보는 분한 테 얻어먹는 건…!"

"으음! 그런 정신은 아주 끗이야! 하지만 남의 호의를 무조건 거절하는 것도 세상의 예의는 아니지! 그러니까 따라와요."

결국 도트락은 아저씨를 따라 당산역의 아저씨 단골이라는 카페 〈뉴 스타〉에서 식사 후에 아저씨는 호프를 도트락은 음료수를 마셨다.

"처음부터 술을 권하고 싶진 않군! 연예인! 특히 가수는 술 때문에 망치는 경우가 많거든!"

"네! 저두 그런 건 알고 있습니다."

"좋아요! 도트락 군이 더욱 맘에 드네! 근데 가족 사항은 어떤가?"

"네! 할머니랑 단 둘이 살아요. 아버진 일찍 돌아가셨구 엄마는 몰라요. 제가 어려서부터 할머니가 안 가르쳐 주세요."

마치 잘못을 저지른 학생이 파출소에 끌려온 듯 기가 죽어 대답하자 아저씨가 갑자기 도트락의 손을 굳게 잡아 흔들며 정겹게 건네 왔다.

"아! 도트락 군! 미안해! 하지만 이러니까 더욱 방송국 트롯 오디션에 나가 국민가수에 도전해 볼만 하다구! 곧 할머니를 만나 손주는 내가 잘 지도하겠다구 말씀드리지!"

이윽고 아저씨가 이런 계획을 말하자 도트락이 깜짝 놀라서 대답했다.

"안돼요! 할머닌 제가 가수 되는 걸 아주 싫어하세요! 겨우 공고를 나와 대학도 못 가구 마트에서 알바하는 주제에 가수는 당치두 않다구요!"

"그래? 그건 내가 알아서 할께! 참 이젠 내 소개를 해야겠군! 난 밀레니엄 2000년 MBC 대학가요제에서 수상해 가수로 데뷔했지만 스타 탄생의 기회는 얻지 못했지! 그래서 기획사로 스타를 발굴할 꿈을 꿨지만 아직도 산삼을 못 찾은 거야! 그러니까 내 이름은 심마니라 불러줘! 산삼 같은 가수 감을 찾는 나니까 말야! 하하!"

"하지만… 심마니 쌤! 우리 할머니 고집은 못 꺾으실 거예요."

"뭐? 심마니 쌤? 쌤 소릴 들으니 기분 좋은데! 그런 걱정은 말구 앞으로 쌤 말이나 잘 들어라잉! 아! 술맛 난다! 이젠 너두 한 잔 해라잉!"

이리하여 도트락과 심마니 쌤은 식사자리가 술자리로 바뀌고 말았다.

× × ×

"비나이다! 천지신명께 비나이다! 서울 영등포구 문래동에 사는 박씨 문중의 부모두 형제두 없이 이 할미와 단 둘이 사는 우리 불쌍헌 손주 녀석! 계우 고등학교는 마쳤으나 돈두 없구 누구 봐주는 사람두 없어 새벽부터 온갖 아르바이트로 고생허구 그래두 무슨 가수가 되겠다구 철없이 싸댕기는 현도! 박현도 손주가 부디 꿈을 이루게 해줍시유! 이렇게 할미가 비나이다!"

가을비가 추적추적 내리는 날 서울 도심에 가까운 영등포 문래동에 이런 낡은 주택이 있을까 싶을 정도의 초라한 집에 사는 도트락의 할머니가 밥상에 정화수를 떠놓고 비손질을 하고 있었다. 평소 도트락한테는 잔소리 할매로 꾸중만 쏟아내는데 숨어서는 이런 비손질을 했던 것이다.

"계신가요? 도트락 군의 할머니 좀 뵙고자 찾아 왔습니다."

이때 이미 도트락의 뒤를 밟아 집을 알아 둔 심마니가 찾아온 거였다.

"예에? 뉘시우? 도트락이면 우리 손주의 별명인디! 그렁께 현도 녀석을 찾아오신 건가유?" 하면서 잠시 후에 도트락 할머니가 문을 열어주어 심마니는 마치 자신의 할머니를 찾아뵙는 마음으로 성큼 집안에 들어섰던 것이다.

"도트락 할머니! 처음 뵙겠습니다. 중요한 말씀 드리고자 찾아 왔습니다."

"예에? 뉘신지 모르지만 들어오세유! 우리 손주 현도가 졸업 했으니 핵교 선상님은 아니실테구유?"

"아! 네! 전 도트락 군, 아니! 현도 군의 장래를 책임지구 싶은 사람이니까 저도 현도 군의 선생이랄 수 있지요."

이윽고 현도 할머니 방에 안내된 심마니는 지난 날 성산대교 강변에서 현도의 노래하는 모습을 지켜본 이야기를 대충 해 드린 후 이렇게 물었다.

"…근데 할머니께선 현도! 도트락 군의 가수 꿈을 무척 싫어하신다고 들었습니다. 정말이신가요? 아님! 그런 사연이라도 있으신가요?"

그러자 현도 할머니는 이런 눈물겨운 자초지종을 들려주었던 것이다.

"아이구! 가수를 키우시는 선상님! 세상에 어떤 할미가 손주의 앞길을 막겠시유? 다만 너무두 한 많구 기구헌 사연이 있어서 그랬지유!" 하면서 마치 무명실타래를 풀어내듯이 그동안 서리서리 쌓아왔던 과거지사를 남김없이 실토했던 것이다.

할머니는 손주 현도가 초등학교를 졸업할 때까지 〈칠갑산〉 노래로 유명한 충남 청양군 화성면이란 산골에서 살았다. 그러나 면소가 있는 마을에서 현도 아버지가 소장수를 해서 꽤 부자였는데, 술집에 서울에서 왔다는 소리꾼 작부가 나타남으로써 현도네는 풍비박산이 났다는 것이다.

"글쎄 이 여수 같은 소리꾼 술집년한테 소장수 허는 우리 아들이 홀랑 빠져서 살림을 다 말아먹었지 뭐유?"

"아! 그런 사연이 있으셨군요?"

"근디 이미 장가를 들었던 아들의 전처한테는 애가 없었구먼유! 이때 그년이 우리 아들 애를 뱄다구 떠억 낳아서 들이밀구는 다시 서울루 도망쳤으니 이런 변고가 워딨겠슈?"

"네에? 그럼 본처께선 어찌 되시고 현도 아버지는…?"

"아이고! 그때 얘기는 다시 돌아보기두 싫지먼유! 암튼 전처는 시앗보구 살 년이 워디 있겠남유? 그냥 친정으로 가 버렸구 서울루 도망간 술집 년을 찾아 우리 아들두 서울에 와서 이 집에 살게 됐지유! 근디 시골 촌눔이 서울에 와서 워찌 배기겄슈? 결국 소장수로 번 돈 다 날리구 홧병에 술병에 미쳐 날뛰다가 아들은 10년 전에 세상을 떴구, 이 할미랑 손주랑 단 둘이 계우 목숨을 부지허멘서 오늘날까지 살아왔다우!"

"아! 그동안 할머니랑 손주가 너무 고생을 하셨겠군요?"

"야아! 그걸 워찌 말루 다 허겠시유? 다만 그런 중에두 손주 녀석이 지 에미 피를 받았는지 어려서부텀 노랠 기가 막히게 잘

허네유! 그래서 초등학교 때 청양군의 고추축제에 열린 〈전국 노래자랑〉에서 인기상을 받었구먼유!"

"예에? 할머니! 현도가 그런 상을 탄 경력이 있단 말씀입니까?"

"얼래? 서울루 이사와서두 중핵교 적에 다시 영등포 목련축제 때 열린 〈전국 노래자랑〉에선 일등인가 이등인가를 했다구유! 에유! 허지만 내가 지 에미! 그년만 생각허면 치가 떨려서유! 그래서 자꾸 말렸건만 또 무슨 노래자랑에 나가서 상을 타더니만, 요즘엔 여기 저기 방송에서 하는 트롯트 대회인가 허는 프로를 보고는 이 할미 몰래 연습을 허는 것 같지 뭔감유?"

"아! 이제야! 할머니의 손주 도트락 군의 꿈을 알게 됐습니다. 제가 마침 이런 숨어있는 가수 감 영재를 찾아 훈련시켜 성공시키려 하는데 이제 저한테 손주를 맡겨 보심이 어떻습니까?"

이윽고 심마니가 자초지종을 듣고 더욱 확신에 빠져 이런 제의를 하자 도트락 군의 할머니는 뜻밖에도 방에서 빗자루를 찾아 마구 휘두르며 이렇게 소리쳐왔던 것이다.

"뭣이 워쩌유? 이 할미가 촌늙은이라구 우습게 보는구먼? 당장 나가유! 이 집에서 나가란 말유?"

"예에? 할머니! 갑자기 왜 이러십니까? 절 보구 나가라니요?"

"이봐유! 당신! 사기꾼이지? 내가 다 들었다구유! 그렇잖아두 우리 손주가 하두 노랠 잘 헝께 워떤 늠들이 더러 찾아오더라구유! 인기 가수! 일류 가수루 키워 줄텡께 돈을 내놓으라구유! 그렇께 당신두 그런 사람이 아닌감 말유? 어서 썩 나가유!"

결국 심마니는 도트락 할머니로부터 빗자루 세례만 얻어맞고

쫓겨나지 않을 수 없었던 것이다. 참으로 어이없고 상상도 못한 일이었다. 이제 이 일을 어찌하면 좋단 말인가?

× × ×

지금부터 3년 전 TV조선의 제1회 〈미스 트롯〉 오디션 방송프로가 대박을 터뜨린 후, 이어서 〈미스터 트롯〉이 또다시 홈런을 날리자, 지상파 방송에서도 KBS의 〈트롯 전국체전〉과 MBC의 〈트롯의 민족〉이 우후죽순 격으로 이어지더니, 다시 어느 종편에서 〈트롯 킹〉이란 오디션 프로를 최고액의 상금을 내걸고 방송 예고를 함으로써, 전국에 숨어 아직까지 빛을 보지 못한 트롯의 고수들에게 소문이 퍼져나갔다. 바로 여기에 목표를 두고 〈트롯 산삼〉을 찾아 헤매던 심마니가 가까스로 발견한 도트락을 이런 어이없는 빗자루 세례 끝에 놓치고 말았으니, 그는 오늘도 아쉬움과 울화로 대방역에 있는 작업실에서 술만 퍼마시고 있었다.

'휴우! 도트락 같은 산삼! 아니 원석을 찾기가 그리 쉬운 일이 아닌데…! 어머니로부터 피내림과 본인의 본능적 트롯 DNA를 가진 인물을 어디서 다시 찾아낼 것인가? 아이! 좀 더 두고 도트락하고만 몰래 준비할 걸 섣불리 할머니한테 접근한 게 화근이 되었잖아?'

이제 심마니는 생각할수록 안타까워서 애꿎은 양주병만 기울이며 거친 숨을 내쉬었다. 이때 밖에서는 가을비가 마치 소나기처럼 퍼부어대며 날카로운 천둥번개까지 동반했던 것이다. 그러니까 심마니의 마음은 더욱 처량하고 서글퍼졌다. 그때 누군가 내방을 알리는 초인종 소리가 울렸.

'누구지? 찾아 올 사람이 없는데…!'

심마니는 40대 초반이지만 음악과 결혼했다며 아직도 독신인지라 누구를 집안에 끌어들이지 않았던 것이다. 그래서 더욱 궁금증을 가지고 작업실의 문을 연 순간 그는 뒷걸음칠 만큼 너무나 놀라고 말았다.

"엇? 너…. 넌? 도트락 아냐?"

"심 쌤! 갑자기 숨어 버리면 전 어쩌라구요?"

"아! 미안해! 그건…!"

"다 알아요! 우리 할머니랑 만난 것…!"

"근데 여길 어찌 찾아 온 거야?"

"그건 쌤이 우리 집을 몰래 뒤밟은 것처럼 저도 쌤의 스토커가 돼…!"

"야! 이 짜식! 다신 만날 수 없게 된 줄 알았는데! 암튼 들어와!"

순간 심마니는 도트락을 와락 껴안다시피 작업실 안으로 끌어들였다. 그러자 도트락은 마치 처음으로 모텔을 찾은 연인처럼 부끄러운 표정을 지으며 들어왔다.

"내가 음악 작업을 하는 곳이야. 물론 침식도 함께 하는 우리 집이지!"

"아! 부러운데요! 이런 곳에서 작업하시면 어떤 음악이 탄생할까요?"

"앉아! 새 밀레니엄 2000년 MBC 대학가요제에서 금상을 수상해 잠깐 가수 활동도 했지만 그 뒤론 작곡가로서 히트곡도 몇 개 가지고 있지! 근데 너 할머니를 속이구 여길 온 거야?"

"아뇨! 말씀은 안 드렸지만 벌써 아실 거예요. 어른들은 자식

사랑에 말과 행동이 다른 경우도 있잖아요?"

"아쮸! 얘길 들으니 그간 네가 할머니 속을 많이 썩여드렸겠다."

"네! 그 대신 앞으로 더 큰 기쁨을 드릴 거예요."

"어떻게…?"

"심 쌤을 만났으니깐 꼭 〈트롯 킹〉이 되어서요!"

아! 이 녀석 봐라! 남다른 사연을 가진 태생으로 어려서부터 고생을 짊어지고, 요즘 세상에 대학도 못 가고 알바를 하면서도 노래란 꿈을 놓지 않고, 발버둥치는 이 녀석을 난 어떻게 이끌어 줄 것인가? 순간 심마니는 도트락의 모습을 찬찬히 뜯어보았다. 이제 밝은 사무실 조명 아래에서 똑바로 보니 한강변의 갈대숲 무대에서 노래를 연습하던 모습과는 전혀 딴판이었다고나 할까? 우선 동그랗게 반짝이는 부엉이를 닮은 눈동자 위에 양쪽으로 가지런히 뻗은 새까만 눈썹! 드라이를 한 듯 풍성한 머리칼은 요즘 젊은이들의 유행인 반까머리인데, 사내자식치고는 얼굴이 너무 자그마해 TV 화면에 최적화되었다고나 할까? 이어서 얼굴의 턱선 아래로 가냘픈 정도의 목에 비해 어깨깡패라 불리울 만큼 탄탄한 상체의 모습은 요즘 연예계의 아이돌 같은 매력을 발산하고 있다.

"근데 키 몸무게는 얼마야?"

"기럭지요? 182cm까지 자란 이후론 재어보지 않았구요! 몸무게는 65-70 사이에요."

"으음! 신의 축복을 받은 아이돌 표준형이야!"

"다행인가요?"

"그럼! 잘 유지해!"

다음에 심마니는 도트락의 가슴을 주시했다. 체크 무늬의 남방인데도 불끈 솟은 복근이 확연했고 잘룩한 허리선은 걸그룹 가수를 연상케 했다.

"이제 일어서 볼래? 내가 카메라 맨이라면 널 어떻게 화면에 잡을까?"

"넵! 청바지라서 롱다리가 잘 안 살 거예요!"

이런 녀석의 엄살과는 달리 도트락은 마치 내복 모델처럼 쭉 곧은 각선미를 자랑했다.

"짜식! 넌 천상 가수나 해 먹고 살아야겠다. 남자가 요리 생겨서야 뭐에 써먹을구?"

심마니는 이런 감탄을 내뱉으며 산삼 같은 가수 감에 더욱 눈독이 들었던 것이다. 이윽고 그는 도트락을 향해 면접을 보듯이 질문했다.

"도트락! 넌 가수가 어떤 사람이라구 생각하니?"

그러자 약간 당황한 듯 뜸을 들이다가 이렇게 대답했다.

"아…! 네! 가수는 노래로 팬들을 위로하고 힘을 드리는…!"

"야! 그딴 모범답 말고!"

"…?"

"에… 그건 팬들과 연애하는 게 가수야! 마치 남녀가 만나 사랑하듯이! 그러니까 결론적으로 노래는 팬과의 섹스인 거야?"

"네에? 뭐라구요? 쌔앰!"

"너 인기가수의 콘서트장에 가 본 적 있지? 거기서 가수가 노래할 때의 표정과 모습! 그때 자지러지는 팬들의 비명 같은 반응은 바로 성행위 때의 클라이맥스 같지 않았니?"

"아! 네에…?!"

하지만 도트락은 심마니 쌤의 너무나 뜻밖의 〈가요 특강〉에 어색한 반응을 보이지 않을 수 없었다. 그의 노래 이론은 평소에 상상 못한 너무나 엉뚱한 말이었기 때문이다.

"자아! 그러나 보통 노래를 부를 땐 연극과 같아! 단순히 가사에 붙은 멜로디를 소리로 재현하는 것이 아니라, 노래의 가사 속에 담긴 상황을 연기하듯이 노래로 풀어내는 것이지! 그러니까 가령 〈보릿고개〉를 네가 부른다면 듣는 관객은 그 노래 가사 속에 쓰인 〈보릿고개〉란 드라마를 머릿속에 그리게 되는 거지!"

"네! 그렇다면 제가 좀 자신감이 생기네요. 왜냐하면 제가 어려서 충청도 청양에 살 적에 보리밭을 봤구요! 우리 집은 소장수를 해서 잘 살긴 했지만 가난한 사람이 많아 그 분위기는 느낄 수 있기 때문이죠!"

"그래! 바로 그러니까 넌 〈보릿고개〉 노래의 주인공이 될 수 있는 거야. 그러니까 관객에게 그걸 잘 전달하면 되는 거야."

이런 〈가요 특강〉 후에 도트락은 진성의 노래 〈보릿고개〉를 부르기 시작했다.

아이야! 뛰지 마라. 배 꺼질라.
가슴 시린 보릿고개 길.
주린 배 잡고 물 한 바가지
배 채우시던 그 세월을 어찌 사셨소.
초근목피의 그 시절

바람결에 지워져 갈 때
어머님 설움 잊고 살았던
한 많은 보릿고개여
풀피리 꺾어 불던 슬픈 곡조는
어머님의 한숨이었소

이윽고 도트락이 부른 〈보릿고개〉를 녹음 재생하여 들려준 심마니는 도트락에게 이런 이론 학습으로 첫 노래 강의의 마무리를 지었던 것이다.
"자아! 도트락이 공고에서 실습시간에 선생님이 이론을 길게 끌면 지루했겠지? 하지만 이론 없이 실습을 하다가 보면 사고가 나는 등 부작용이 많지. 그래서 얘긴데 트롯에서 가장 중요한 〈8대 조건〉을 가르쳐 주지! 첫째는 정확한 박자와 음정! 둘째는 강약 조절! 셋째는 음의 높이 조절! 다음 넷째는 음의 길이 조절! 다섯째 아주 중요한데 감정 처리! 여섯째는 호흡 조절! 길게 뽑아야 할 때 이를 조절하지 못하면 땡이지! 일곱 번째 비브라토! 마지막 여덟 번째는 바이브레이션인데, 마지막 두 개는 전문 용어라서 추후에 다시 자세히 가르쳐 주마!"
"아유! 심 쌤! 그동안 전 무조건 노래만 불렀지 노래가 이리 복잡한 건지는 정말 몰랐다구요!"
"하하! 바로 그런 걸 선무당이 사람 잡는다고 하듯, 그런 노래는 소음공해를 일으키는 것과 같겠지! 노래! 특히 가요! 즉 트롯은 우리 민족 고유의 정서와 한이 담겨 있고, 약 100년의 역사를 갖고 있어요!"

아아! 그러니까 도트락이 학교 때에 담임선생님이 예명을 지어 줄 만큼 가요를 잘 불렀고 초등학교와 중학교 시절에 〈전국 노래 자랑〉에 출전하여 인기상과 우수상을 받았다곤 해도 아직은 병아리요, 풋내기 가수 지망생에 지나지 않았다고 할까? 그런데 우연히 MBC 대학가요제 출신의 가수 겸 작곡가 심마니 쌤을 만나 이제는 한양에 과거 보러 가는 조선시대의 선비처럼 내년에 있을 모 방송의 〈트롯 킹〉에 출전하고자 연습생이 된 것이었다. 그러니까 이제 심마나 도트락은 죽기 살기로 매달려 〈트롯 킹〉을 잡기 위해 처절한 혈투를 벌여야 할 처지에 이른 것이었다.

×　×　×

"와우! 심 쌤! 드디어 오늘로 100일 합숙훈련이 쫑이네요?"

"하하! 벌써 그리 됐나? 네가 할머니를 설득하여 우리 작업실로 들어온 후 지난 겨울은 참 혹독했지?"

"말씀도 마세요! 새벽 5시에 일어나 여의도 윤중제를 두 바퀴나 조깅하고, 아침식사 후 몸 만들기 프로젝트로 헬스장에서 꼬박 3시간! 글구 오후부터는 실기로 발성과 노래연습 강행…!"

"하하하! 도트락! 넌 몰랐지? 가수 훈련이 올림픽 선수의 지옥훈련만큼 혹독하단 사실을…?"

"네! 전 가수란 타고난 목소리로 열심히 연습해 어느 가요제에 나가서 입상만 하면 되는 줄 알았죠."

"으음! 그래서 지난 가을에 네가 성산대교 갈대숲에서 앰프를 설치하고 단독공연을 했겠지?"

"아유! 부끄러워요! 그땐 제가 아무 것도 모른 가수 지망생일 뿐이었으니까요!"

"아냐! 바로 그런 산삼 같은 존재였기에 내가 심마니로서 행운의 심봤다를 외칠 수 있게 된 거지! 하하!"

흰소띠 해 2021년도 어느덧 열두 장의 캘린더가 찢겨나가고 대망의 〈트롯 킹〉이 열리는 해인 2022년 임인년 흑호(黑虎) 해를 맞은 지도 벌써 2월로 접어든 아침에 작업실에서 심마니와 도트락이 나누는 대화였다. 이제 두 사람이 함께 생활한 지도 3개월여! 100일이 넘고 보니 마치 학창 시절의 사제지간처럼 가까워졌다고나 할까? 그런데 길다면 길고 짧다면 짧은 겨울의 한 계절이 지났지만 도트락의 모습은 완전히 딴 사람처럼 변했다. 182cm의 큰 키는 헬스로 다져져 슬림형으로 바뀜으로써 더욱 훌쩍 커 보였고, 피부관리를 받은 탓인지 특히 얼굴빛이 투명하게 반짝였다. 따라서 지금이라도 코디만 하면 TV방송에 출연해도 손색이 없을 듯했다.

"하아! 짜슥! 널 보면 2000년 내가 MBC대학가요제에서 금상을 받고 방송에 출연했을 때 방송국 분장사 누나가 내게 했던 말이 생각난다잉"

"네엥? 뭐라셨는데요?"

"학생은 몇 학년이야? 어쩜 이리 꿀 피부지?"

"아? 네! 후렛쉬 맨! 신입생이거든요."

"그럼 그렇지! 젊음 앞엔 누구도 게임이 안 된다니까? 호호!"

그러면서 누나뻘의 분장사는 좀 능글맞게 뺨부터 입술까지 만져댔다.

"…근데 도트락! 네가 날 만나 얼만큼 변한지 아니?"

"네? 제가 변해요? 쌤 말씀대루 가수의 조건은 남다른 개성과 매력! 글구 절망을 희망으로 바꾼 혼을 담은 노래를…!"
"얌마! 그런 이론이 아니구 넌 특히 노래가 확 바뀌었잖아? 나랑 처음 만날 땐 타고난 끼의 실력으로 그냥 노래를 잘하는 트롯 맨이었지만 지금은 누구보다도 독보적인 가창력과 매력 뿜뿜의 트롯 킹 출전자잖아?"
"우와! 제가 쌤의 연습생이라구 넘 띄우지 마세요! 어지럽다구요!"
"하하! 암튼 그만큼 자신감을 가지란 뜻이야! 그럼 오늘 저녁에는 〈트롯 나라〉를 현장 탐방 해 볼까?"
"네에? 심 쌤! 〈트롯 나라〉도 있나요?"
"응! 거기엔 평생을 트롯 위해 바치신 트롯 왕! 트롯 여왕이 계시지!"
"아! 정말 그런 곳이 있다면 궁금해요! 얼른 가 보고 싶네요!"
이런 궁금증을 불러일으킨 심마니가 그날 저녁에 도트락을 데리고 안내한 곳은 뜻밖에도 종로의 낙원동 뒷골목에 숨어있는 술집이었다.
"자아! 도트락! 너무 놀라지 마라! 이곳 손님들은 평균 연령이 70을 훨씬 넘을 테니까…!"
"네에? 그렇담 원로 가수님들의 술집인가요?"
"짜슥! 눈치도 빠르긴…?"
심마니와 도트락이 철문을 열고 들어서자 희미한 오색등 아래 극장쇼의 대기실에서 기다리는 듯한 원로가수들이 일제히 눈총을 쏘아왔다.
"선생님들! 그간 안녕하셨습니까? 산삼 트롯을 훈련시키느라 오랫동안 찾아뵙질 못했습니다."

그러자 최고 연장자인 듯한 원로가수께서 반가운 목소리로 대꾸해왔다.

"오! 심 후배! 반갑구려! 어서 이리와 한 잔 합시다."

그러자 심마니가 재빠르게 도트락에게 속삭였다.

"뭐해? 얼른 인사드려!"

"아… 안녕하세요? 심마니 쌤의 연습생 도트락입니다."

인사하는 도트락에게 왕년의 트롯 킹과 트롯 퀸들께서 함성을 질렀다.

"오! 우리 후배 아주 멋져! 최고야! 왕선배들께 어서 한 잔 따르라잉!"

그중에 누군가 이렇게 소리쳐서 도트락은 좌석을 한 바퀴 돌면서 주전자를 들어 막걸리를 따라 올렸다. 이윽고 소란스럽게 막걸리 순배가 돌고 나자, 한 원로 가수가 명령하듯이 도트락에게 명령했다.

"야! 도트락이라 했나? 자아! 그럼 앞으로 우리 트롯 나라의 왕자로 등극시킬 수 있겠나 심사를 해 봅시다. 무대에 나가 한 곡 뽑아봐라잉! 기왕이면 막걸리 잔을 받았으니 진성의 〈막걸리 한 잔〉이 좋겠군!"

이어서 쏟아지는 박수 소리에 도트락이 작은 무대의 중앙에 마이크를 잡고 서자 너무나도 어처구니없는 요구를 해왔던 것이다.

"야! 여긴 처음 오면 벗구 노래하는 곳이야! 그렇게 어서 벗고 불러?"

"네에? 저어…!"

"뭐야? 왕선배 말을 안 들을 거야?"
"그래! 나도 했어! 신고식이라 생각하고 어서 따르도록 해!"
심마니 쌤의 채근까지 있고 보니 도트락은 눈 딱 감고 누드가 되어 마이크를 잡고 〈막걸리 한 잔〉을 쭉 들이켰…! 아니 뽑아 냈던 것이다.

    막걸리 한 잔!
    온동네 소문났던 천덕꾸러기
    막내아들 장가가던 날
    앓던 이가 빠졌다며 덩실더덩실
    춤을 추던 우리 아버지
    아버지 우리 아들 많이 컸지요.
    인물은 그래도 내가 낫지요
    고사리 손으로
    따라주는 막걸리 한 잔
    아버지 생각나네

마치 미친놈처럼 홀딱 벗고 미친 듯 열창을 하는 도트락에게 트롯 킹들과 트롯 퀸들은 아우성쳤다.
"호이! 앵콜! 최고야!"
"역시 젊은 애들이 낫다니까? 요즘 각 방송 트롯 프로들을 보라구!"
"아암! 우리들은 이제 뒷방 퇴물이 돼 버렸지!"
이윽고 노래를 마친 도트락이 심마니 쌤 옆으로 돌아오자 맞은편의 한국무용 의상을 입은 어르신이 묘한 눈빛을 건네 왔다.

"좋았어! 앞으로 무용은 내가 맡아줄게!"

"근데 아직 꺾기가 부족하당이! 트롯의 맛과 멋은 꺾기에 있는데잉! 나한테 한 수 배우라잉! 알긋나?"

"아따? 또 뭔 짓을 하려구? 넌 애송이만 보면 따먹을 생각뿐이지?"

"암마! 우리 젊어서 전국 순회공연을 댕기며 여관방에서 함께 뒹굴 땐 선배한테 뻑을 바치는 건 관례였잖아?"

"에이구! 그리 굶주렸으면 우리 여가수들한테 달래지! 이제 늙구보니 왜 사내들한테 그리 튕겼나 후회된다구! 호호!"

"에미나이야! 그래두 우린 애국했잖나? 6.25와 월남전 때 최전선으로 위문공연을 다녔으니까!"

이날 밤에 심마니도 도트락도 엄청 취해 돌아온 두 사람은 늦은 아침에 눈을 떠 보니 한 침대에 엉클어진 채 곯아떨어졌던 것이다.

"야! 지금 우리가 어찌 된 거니? 트롯 왕선배들처럼 뭔 일은 없었어?"

"몰라요! 쌤! 다만 몇 번 숨 막혀 죽는 줄 알았다구요!"

이런 〈트롯 나라〉 탐험을 끝으로 드디어 도트락은 모 종편이 주최하는 〈트롯 킹〉에 출전하여 총 7차전의 경선을 치르게 되었던 것이다.

"도트락! 1차전은 가장 쉬우면서도 어려운 고비야! 한꺼번에 10명씩 무대에 세워 그중에 5명을 선발하니까 여간 해선 눈에 잘 안 띄거든! 그렇게 넌 의상으로 매력을 찾아야 해! 노랜 누구나 비슷하거든!"

그래서 도트락은 산삼 트롯이니까 오지 산골의 총각처럼 한복 잠방이를 입되, 얼핏 알몸이 비치도록 세모시 의상을 택했다. 따라서 보통 아마추어 가수 스타일의 출연자들과는 달리 단연 독보적이어서 마스터 심사단과 청중 평가단의 눈길을 낚는데 성공했던 것이다. 2차전은 1대1 데스(죽음)전으로 겨뤘는데, 도트락은 워낙 실력이 뛰어났고 차별화되어 순조롭게 3차 경선에 합류하게 되었다.

"야! 도트락! 이제부터가 진짜 실력이야! 대개의 죽정이는 골라졌으니까! 진짜 실력 발휘를 안 하면 허망하게 끝장나기 십상이지!"

3차전은 팀별 경연으로 7명씩 조가 짜여져 몇 곡의 메들리를 부르게 구성되었는데, 다행히 도트락의 〈샛별팀〉은 모두가 젊고 신선하여 역시 무난히 4차전에 오르게 되었다. 이렇게 승승장구하던 도트락은 준결인 6차전에서 어이없게도 탈락했지만 부활전에서 기사회생하여 결승전에 오르게 되었으니, 매스컴은 주최 측의 농간이라고 비난하기도 했다. 그러나 심마니와 도트락은 심장이 튀어나올 것 같은 위기감을 겪었으며, 드디어 최종 결승전에 오르니 정신을 차릴 수 없을 만큼 흥분에 휩싸였다.

"심마니 쌔앰! 결승전 선곡은 뭐가 좋을까요?"

"으음! 내가 오래전부터 생각해왔는데 이번 〈트롯 킹〉을 뽑는 경연은 단순히 트롯 가수를 선발하는 행사가 아닐 거야. 여기에서 탄생하는 가수는 이 나라를 구할 시대정신이 담긴 노래를 선곡해야 하지 않을까?"

"심 쌤! 그렇다면 가황 나훈아 선생님의 〈테스 형〉이 어떨까요?"

"맞아! 2020년 추석 특집으로 나훈아 가황이 보여 준 〈나훈아 2020 어게인 대한민국〉은 온 국민을 감동과 충격에 빠뜨렸으니까, 네가 진정한 트롯 가수가 되려면 한번 혼신의 피땀을 쏟아부어봐! 알았지?"

그리하여 마지막 7명의 경선자로 압축된 〈트롯 킹〉 최종 결선에서 도트락은 〈테스 형〉을 출전곡으로 정하고, 종로의 〈트롯나라〉에서 만난 한국 100년 트롯의 전통을 지켜온 트롯 킹들과 트롯 퀸들이 함께 꾸미는 무대를 선보였으니…! 우선 도트락은 미켈란젤로가 조각한 다비드상처럼 매력적 몸매를 살려 상반신은 나상에 잠자리 날개 같은 천을 두르는 의상으로 고대 그리스 청년으로 분장하였고, 함께 무대에 올라 코러스와 무용을 담당한 〈트롯 나라〉의 왕선배들은 그리스 귀족들로 꾸며서 마스터 심사위원과 현장 참석 팬들과 전국의 시청자들을 경악시켰던 것이다.

드디어 2500년 전의 그리스 신전을 배경으로 한 무대에서 가황 나훈아의 〈테스 형〉을 도트락이 산삼처럼 신비롭고 파워풀한 가창력으로 부르자 일순 세상이 멈춘 듯한 황홀경에 빠졌다고나 할까?

> 어쩌다가 한바탕 턱 빠지게 웃는다
> 그리고는 아픔을 그 웃음에 묻는다
> 그저 와준 오늘이 고맙기는 하여도
> 죽어도 오고 마는 또 내일이 두렵다
> 아 테스형! 세상이 왜 이래?
> 왜 이렇게 힘들어! 아 테스형!
> 소크라테스형! 사랑은 또 왜 이래?

너 자신을 알라며 툭 내뱉고 간 말을
내가 어찌 알겠소. 모르겠소 테스형!

이윽고 도트락의 노래가 끝나자, 마스터 심사단이나 현장 참관 팬들은 전원 기립박수를 쏟아냈으며, 이제 최종 〈트롯 킹〉 진과 선을 가리는 MC의 인터뷰에서 도트락에게 질문이 던져졌다.

"도트락 씨! 마지막 하시고 싶은 말씀은요?"

"아! …네! 제가 이 자리까지 왔다는 게 너무 놀라워서 뭐라 말씀드려야 할지…! 먼저 저를 여기에 설 수 있게 해주신 심마니 쌤에게 감사드립니다. 그리구 저의 예명을 지어주신 고교 담임선생님께도 감사드리구요! 끝으로 저의 할무니! 지금까지 절 키워주셔 감사합니다! 사랑해요!"

이처럼 〈트롯 킹〉이 생중계되는 시간에 종로의 〈트롯 나라〉엔 심마니가 혼술을 마시며 TV 화면을 보다가, 이윽고 핸드폰을 꺼내 문자 메시지를 쓰기 시작했다.

'도트락! 넌 〈트롯 킹〉이 될 거야! 넌 이미 산삼 트롯이었고, 난 너를 발견하여 지금 그 자리에 세웠으니까! …하지만 이젠 우리 헤어지는 거다! 넌 〈트롯 킹〉의 길을 가야 하고, 난 다시 〈산삼 트롯〉을 찾아야 하니까! 놀라지 말고 섭섭해 하지 마! 가수의 길은 이처럼 외로운 거란다! 안녕!'*

| 작품해설 |

빌보드 1위의 K-Pop처럼
K-Novel의 세계화를 위하여!

성 암 (작가)

　10여 년 전에 '작가는 오직 작품으로 말해야 한다'며 출생 연도, 출신지, 학력, 성별도 안 밝히고 베일에 숨어 독자와 직접 소설로만 소통하고자 한다'는 비밀의 작가! 그래서 작가 이름도 '오(Oh)! 새로운(New) 소설(Novel)을 쓰고 싶다'는 뜻으로 '오뉴벨'이란 필명으로 지었다는 그(그녀)?의 〈카뮈문학상 대상 수상작〉인 〈통일절(One Korea Day)〉이란 작품집으로 화제를 불러 일으켰던 작가 이은집이 이번엔 〈광복80년 기념소설〉로 〈트롯 킹 국민가수〉를 들고 나와 주목을 끌고 있다.

K-Pop(BTS) 빌보드 1위! 이젠 K-Novel의 세계화다!

　이은집은 〈작가의 말〉에서 〈2024년은 일제 36년의 암흑에서 벗어나 해방을 맞은 지 80년이 되는 해입니다. 그러나 아직도 남북분단으로 한 맺힌 7천만 민족의 고통과 아픔의 역사는 계속 되고 있습니다.

바로 이 소설집 〈트롯 킹 국민가수〉는 이러한 역사적 상황에서도 세계 10위권의 경제적 성장을 이루었고 또한 우리나라의 K-드라마나 K-Pop은 중국과 동남아 그리고 유럽과 아프리카 심지어 남미에서까지 한류 열풍을 일으키고 있는 바, 이처럼 지구촌에 불어 닥친 한류바람에 K-Novel(한류소설)도 함께 하고 싶습니다. 그리하여 저는 K-Novel을 좀 더 독자와 가까이 SNS식으로 다가가기 위해 작품의 주제와 소재는 물론 구성과 묘사를 독자의 눈높이와 언어감각으로 UCC처럼 리얼하게 파헤쳐, 얼핏 종래의 소설 문법과는 아주 낯설지만 새로운 K-Novel(한류소설)을 쓰고자 했습니다. 그래서 현재 지구촌을 휩쓰는 우리의 K-드라마나 K-POP처럼 세계의 독자들에게도 어필하는 K-Novel(한류소설)을 지향하는 바, 그 평가는 독자 여러분의 몫으로 돌리고 싶습니다.〉라고 한 것처럼, 여기에 실린 9편의 소설들은 바로 이러한 K-Novel로서 독자들에게 〈재미+의미+감동〉을 선사할 것이다.

세계를 휩쓰는 한류드라마와 K-POP! 다음은 K-Novel이다!

작가의 이런 구호처럼 '한국소설 100년사에 가장 핫(뜨거운)한 젊은 소설'의 잔치를 벌이고 있는 〈트롯 킹 국민가수〉는 한국 최초로 명명된 〈K-Novel(한류소설)〉 9편이 담겨 있다.

이 책의 표제작인 〈트롯 킹 국민가수〉는 한강가 갈대숲에서 트롯으로 국민에게 즐거움을 주는 삶의 길을 가겠다는 뜻으로 도트락이란 예명을 가진 박현도의 연습을 숨어서 지켜보던 심마니가 기상천외한 방법으로 도트락을 지도하여 어느 종편의 〈트롯 킹〉 오디션에 출전시키는 과정을 그린 소설로 독자를 단숨에 흡인시키는 매력을 가졌다고 하겠다. 특히 요즘 방송가의 대세로 시청자의 폭발적인 인기를 끌고 있는 트롯 오디션 과정을 생방송처럼 펼쳐 보이는데…!

창작 메모 - 작사가로서 여러 가요제에 가수 지망생을 출전시켜 본 나의 경험을 바탕으로 한 소설이라서 가장 즐거운 마음으로 집필을 하는 동안 작중인물들과 교감을 나누었다고나 할까?

위에서 작가가 소개한 것처럼 이 작품은 아직도 코로나19로 고통스러운 국민들에게 위로와 힘을 드리는 각 방송국의 트롯 경연대회를 실감나게 펼쳐 보이고 있다고 하겠다.
이 책에 함께 수록된 총 9편의 소설들의 목록을 꼽으면 아래와 같다.

1. 스타 탄생 - 인기작곡가 유승우와 연인 관계인 작사가 혜미 사이에 LA에서 온 완소남 가수 지망생 민록후가 뛰어든다. 그리고 스타 탄생을 위한 야망으로 밀고 당기는 우여곡절 끝에 승우와 록후는 치명적인 사랑에 빠지는데…!

2. 뮤지컬 배우 - 고교 야구선수로 촉망받던 진혁우는 D신문사 주최의 전국고교 야구대회의 결승전에서 아킬레스건이 끊기는 부상을 입고 결국 야구를 포기하게 된다. 그리고 노래에 소질이

있어 친구의 그룹사운드에서 보컬을 맡게 되어 방송국의 OST까지 참여하지만 역시 실패하고 절망에 빠졌을 때 엄마의 친구인 뮤지컬 배우의 공연에 억지로 끌려 구경 갔다가 이것이 기회가 되어 뮤지컬의 주연 배우로 발탁되는데…!

3. 비 오는 밤의 연가 - 강원도 깊은 산자락의 〈코파나 비발디〉 수영장에서 개최된 〈썬텐 송 페스티벌〉에 남녀 듀엣 〈아담과 이브〉가 출전하는데, 그들은 파격적인 야한 의상만큼이나 노래 실력 또한 기성가수를 뺨친다. 하지만 심사위원장인 최진혁 작곡가는 일부러 입상권에서 떨어뜨리고 참가상만 준다. 그러자 그날 밤 〈아담과 이브〉는 작심하고 술에 만취하여 항의 차 최진혁의 호텔방에 쳐들어오는데…!

4. 트롯 프린스 - 써니가 운영하는 노래방에 마치 AI 미소년 같은 녀석이 알바를 구하러 찾아들었다. 이에 써니는 필요 없다고 거절했으나 어찌나 찰거머리처럼 달라붙는지 결국 알바를 허락했는데 부모가 가수였다는 오신성 알바생은 요즘 방송가에 불어 닥친 트롯 오디션 프로인 〈트롯 프린스〉에 출전하기 위해 노래방에서 알바를 하게 된 것이었다. 그런데 써니 역시 강변가요제에 출전하여 가수가 됐던 비밀을 감추고 사는 바, 두 사람 사이의 운명적 사연은 어떻게 펼쳐질 것인가?!

5. 스타 괴담 - 박대서는 대학 시절에 영미와 듀엣으로 대학가요제에 출전하여 대상을 수상하지만 영미의 배신으로 고통 속

에 군대에 다녀와서는 기획사를 차리고 신인가수를 발굴하여 성공함으로써 복수를 했다고나 할까? 그러나 연예계의 속성을 경험을 통하여 속속들이 아는 박대서는 변천하는 가요계를 선점하여 스타 괴담을 일궈나가는데…!

6. 가면의 세상 – 현재 방송가에서 최고의 인기를 누리는 하이나는 기획사 사장의 밀명으로 매니저와 함께 제주도에서 재벌 아들 스폰서와 접선하여 육체의 향연을 벌인다. 어찌 그뿐인가? 방송국의 고위층과도 연예계의 공공연한 비밀인 〈남자는 돈! 여자는 몸〉을 상납하는 덫에서 몸부림치며 그녀는 가면의 세상에 살고 있음을 깨닫는다.

7. 너는 가수다 – 종편 방송의 신인가수 오디션 프로에 출전했다가 PD를 사칭하는 사기꾼을 만나 큰 상처를 입은 나영이 앞에 새로운 사기꾼을 자처하는 박태성이 나타나 그녀는 목포에서 열리는 〈난영가요제〉에 도전하게 된다. 그런데 박태성은 대학 시절에 낮도깨비 같이 생긴 〈남도〉 선배를 만나 상상초월한 경험을 하고 출전곡을 받아 은상을 수상하는데, 이런 경험을 살려 난영가요제에 출전한 나영이는 대상을 확신했지만 입상도 못하고 만다. 하지만 박태성은 오히려 그녀에게 〈너는 가수다!〉라고 외치는데…!

8. K-Pop Star 아이돌 – 가수를 꿈꾸는 준이지만 극성맞은 엄마 앞에서는 모범생이 되어야 한다. 그래서 오늘도 아침부터 엄마의 잔소리 속에 등교를 하는데 진짜 공부를 잘하는 모범생 친

구는 오히려 진짜 꿈을 가진 준을 부러워한다. 지옥 같은 학교 수업을 마치고 하교하는 준 앞에 어떤 아저씨가 스카우트 제의를 하고 준은 아이돌 그룹을 만들려는 그 아저씨의 노력으로 백댄서 무리인 규민 근수 왈배 등도 만나 드디어 아이돌 그룹 〈에쎈〉이 결성되어 〈스타 탄생〉 프로에 첫 출연을 하게 되는데…!

9. 트롯 킹 국민가수 - 한강가 갈대숲에서 트롯으로 국민에게 즐거움을 주는 삶의 길을 가겠다는 뜻으로 도트락이란 예명을 가진 박현도의 연습을 숨어서 지켜보던 심마니가 기상천외한 방법으로 도트락을 지도하여 어느 종편의 〈트롯 킹〉 대회에 출전시키는 과정을 그린 소설로 독자를 단숨에 흡인시키는 매력을 가졌다고 하겠다. 특히 요즘 방송가의 대세로 시청자의 폭발적인 인기를 끌고 있는 트롯 오디션 과정을 마치 생방송처럼 펼쳐 보이는데…!

요즘 작가들과 문단에선 〈소설은 죽었다!〉고 한탄한다. 그만큼 소설이 안 읽히고, 소설책이 안 팔리기 때문이리라! 하지만 이은집의 〈트롯 킹 국민가수〉는 단숨에 끝까지 독자를 끌고 가는 작가의 입심과 작품의 파격적 내용에 압도당한다. 그리하여 한번 책을 펼쳐들면 정신없이 빠져들어 끝까지 독파하게 된다. 그렇다면 요즘 〈재미없는 한국소설〉에서 이 작가는 어떻게 탈출했을까?

이에 대한 해답은 '요즘 우리나라의 드라마나 가요는 중국과 동남아 그리고 유럽과 아프리카 심지어 남미에서까지 한류 열풍을 일으키고 있는 바, 이처럼 지구촌에 불어 닥친 한류바람에 저의 한류소설도 함께 하고 싶다. 그리하여 저는 좀 더 독자와 가까이 SNS식으로 다가가기 위해 소설의 주제와 소재는 물론 구성과 묘사를 독자의 눈높이와 언어감각으로 UCC처럼 리얼하게 파헤쳐, 얼핏 낯설지만 필살 감동의 한류소설을 쓰고자 했다. 그래서 현재 지구촌을 휩쓰는 우리의 한류 드라마나 K-POP처럼 세계의 독자들에게도 어필하는 〈한류소설〉을 지향하는 바, 그 첫 번째 평가를 독자 여러분의 몫으로 돌리고 싶다.'는 작가의 고백에서 찾을 수 있다고 하겠다. 따라서 기교면으로 볼 때 〈스타 탄생〉〈뮤지컬 배우〉〈K-Pop 아이돌〉에서 보여주는 신세대 주인공들의 인터넷식 용어의 사용은 작품을 더욱 생동감 넘치게 한다. 이는 작가의 필명인 뉴벨(New Novel)에 부합되는 기교로 젊은 독자들에게 매우 적절한 방법이 된다고 하겠다.

다음은 적절한 소설의 지문과 영화나 드라마처럼 세련된 대화의 능란함에서 놀라운 가독성을 발휘한다고 하겠다. 이는 작가가 방송작가와 작사가로도 활동한 체험의 소산인지도 모른다. 암튼 요즘 기성 소설가들과는 전혀 낯설 만큼 새로운 소설작법임에 틀림없다. 또한 소재의 특이성과 기막힌 반전의 스토리 구성은 독자를 몰입시키는데 크게 기여하며, 무엇보다도 아슬아슬한 위험수위를 넘나드는 파격적인 표현은 종래의 소설과는 아주 판이하다고 하겠다. 가령 20대 신인가수와 30대 재벌 2세가 벌이는 〈가면의 세상〉에서 성애의 장면은 거의 포르노에 가깝지만, 그 독후감은 예술적 탐미주의를 느끼게 할 것이다.

"그리하여 그날 밤에 하이나는 지난번 인기가요 프로담당 윗분과는 정반대로 황태자와 무대공연을 펼쳤는 바, 그녀는 에덴의 이브가 될 때까지 그가 옷을 벗겨주는 대로 온몸을 맡겼으며, 그녀의 뜨거운 육체가 재만 남을 때까지…! 황태자는 그녀의 혀뿌리까지 뽑아낼 듯 딥키스와 그녀의 귓바퀴 속을 역시 혀끝으로 소름이 끼치도록 후벼주더니, 그는 갑자기 피에 굶주린 뱀파이어가 되어 그녀의 목덜미와 유방을 이빨과 입술로 선명한 자국과 핏멍울이 맺히도록 물어뜯고 빨아주다가, 늘씬하게 펼쳐진 뱃가죽을 타내려 움푹 패인 배꼽을 다시 그의 혀끝으로 온몸이 자지러지도록 간지럼을 태워주었던 것이다. 그리고 잠시 쉬었다가 도톰하게 솟은 그녀의 잔디밭에 숨겨진 샘을 찾아 사막의 갈증난 카라반처럼 그녀의 이슬을 남김없이 마셔주었다. 그 다음에 황태자는 무릎을 꿇어 경건한 자세를 취하더니, 곧 그녀의 몸뚱이 위로 자신을 밀착시키면서 그의 육체에서 가장 예민한 반응으로 팽창된 부분을 하이나의 몸 안에 삽입해 주었다. 그리고 그의 격렬한 행위가 이어지자 하이나는 비명을 지를 정도의 고통과 환희에 빠졌다. 평소에 배설의 용도로만 쓰이던 곳에 그와 반대로 남자의 심벌이 파고드는 상황이 벌어지자, 그만큼 충격적 아픔과 미칠 듯한 쾌감이 교차되었던 것이다. 그런데 흔히 남자들은 여자와의 이런 행위를 가리켜 '따먹었다'고 자랑하는데, 지금은 반대로 그녀가 그를 '따먹었다'고나 할까? 왜냐하면 분명히 그녀는 그의 성기를 질벽까지 깊숙이 흡인하여 현란한 기교로 항복의 눈물까지 흘리게 했기 때문이다. 암튼 그녀는 그날 밤에 황태자가 온갖 열정을 바쳐 베풀어 주는 섹스파티를 즐겼던 것이다.

이미 몇 년 전에 박 홍보이사에게 실습(?)을 받았기 때문이랄까? 아니 어차피 이쪽 판에서 놀자면 그건 피하기 힘든 관문이 아닌가? 그렇다면 정말로 이 일은 그녀가 무대에 올라 노래를 부르듯 혼신의 열정을 다 쏟아야 할 것이었다. 그녀는 윗분의 옷을 한 꺼풀씩 벗겨낸 다음에 물수건을 만들어 마치 염을 위해 영안실의 시체를 닦아내듯 정성스럽게 씻었다.
"야아! 너 선수니? 솜씨가 장난이 아닌데…? 흐흐!"
그동안 쌓인 스트레스가 싹 풀리는 듯 윗분이 신음처럼 내뱉었다.
"호호! 이런 경험이 많으신가보죠? 전 지금 무대에서 노래를 부른다고 생각하걸랑요."

"뭐? 무대에서 노래를…?"

"네! 저의 열정을 다해 노래하듯 이 순간에도 최선을 다 하는 거라구요."

그리고 그녀는 오늘의 무대의상과 화장을 한 채로 입술과 혀로 윗분에게 딥 키스를 퍼붓고 나서, 목을 지나 가슴에 맺힌 젖꼭지와 더 내려가 배꼽을 농락 하다가, 그 아래 간헐적으로 헐떡대는 생명체를 입안에 가득 베어 물었다가 내 뱉기를 반복했다. "으윽! 오늘 네가 부른 노래가 '사랑에 미쳤나봐!'였지? 정말 그런 기분인데…!"

그가 온몸을 비틀며 몸부림칠수록 하나도 노래의 클라이맥스를 향해 열창 하듯 그녀의 행위를 고조시켰다. 그랬다. 정말로 침대는 화려한 조명이 번쩍이 는 무대가 되었고, 두 몸뚱이가 빚어내는 섹스는 그녀와 무용수가 함께 격렬하 게 이어가는 노래와 춤과 다를 바 없었던 것이다. 이윽고 한바탕 태풍이 무대 를! 아니 침대를 휩쓸고 지나가자 윗분이 기진맥진해서 중얼거렸다.

"연예인 중 최고는 뭐니 뭐니 해도 가수라더니, 진짜 그렇네! 하악! 하악!"

인용이 다소 길어졌지만 이런 작가의 파격적 묘사는 그 유례 가 드물다고 하겠다. 그뿐 아니라 국민가수로 불리우는 트롯의 오디션을 그린 〈트롯 킹 국민가수〉는 마치 한 편의 다큐멘터리 를 보듯이 박진감 넘치는 상황 설정과 세밀한 형상화는 서사문 학인 소설의 극지점에 도달했다고 하겠다.

아울러 예술을 꿈꾸는 주인공들의 열정과 절망이 활화산의 용 암처럼 분출하는 〈비 오는 밤의 연가〉〈스타 괴담〉〈너는 가수 다〉〈트롯 프린스〉는 그 분야의 직종에 실제로 종사했다고 해도 그토록 처절하고 감동스럽게 작품화하기는 어렵지 않을까 싶을 정도로 놀라운 필력을 발휘한다고 하겠다. 그리하여 작가가 소망 한대로 〈도발적 파격적 충격적인 '재미+의미+감동'의 레시피로 새로운 K-Novel(한류소설)의 요리를 선보인다〉고나 할까?

그래서 최근 어느 작가가 지적한대로 현재 〈재미없는 한국소설〉은 영화나 드라마의 원작으로부터 버림받았을 뿐 아니라 독자들한테도 외면당하여, 이젠 소설이 작가들끼리 돌려보는 외톨이가 된 안타까운 현실에서 작가 이은집의 〈트롯 킹 국민가수〉는 하나의 구원이자, 한류드라마와 K-Pop의 뒤를 이어, 지구촌에 퍼져나갈 최초의 K-Novel(한류소설)이 되어 줄 것을 기대하는 바이다.*

| 부록 |

이은집(필명-오뉴벨) 그는 누구인가?

　대한민국의 17,000여 명 문인 중에 작가로서 하도 여러 분야에 활동하여 〈별종 작가〉로 불리는 이은집은 소설가, 시인, 수필가, 희곡작가, 시나리오 작가, 칼럼니스트, 학습교재 집필자이기도 하다. 또한 방송작가인 그는 KBS MBC EBS TBC(종편 ijbc 전신)의 라디오와 TV에서 3,000여 회의 출연과 13만여 매의 방송원고를 집필했다. 작사가로서 가요, 동요, 가곡 80여 곡을 작사하여 82년 MBC대학가요제 금상곡인 〈윷놀이〉 등 각종 가요제에서 17회나 수상했으며 노래방에도 4곡이 올랐다. 그리고 서울시내 공립고교인 서울여고, 용산고, 서울북공고, 영등포여고, 서울공고, 여의도고에서 18,000여 명의 제자를 가르친 교육자이기도 하다. 그밖에 산업체 명강사로 유명했고 연극연출가와 예술단의 쇼단장 MC로도 무대에 서니까 그는 그야말로 〈별종 작가〉임에 틀림없다.

그것이 궁금하다!

출생과 학력은…?

　대중가요 〈칠갑산〉이란 노래로 널리 알려진, 충남의 알프스라 불리우는 산골 마을인 충남 청양군 화성면 화암리에서, 농사와 등짐장사로 평생을 보낸 아버지 이환석 씨와 모친 서봉순 여사의 6남4녀 중 4남으로 태어났다.
　온순하고 내성적 성격이었으나 8세에 화암초등학교에 들어가서는 줄곧 1등과 반장을 도맡아 했으며, 졸업식 때 6년 우등생으로 도지사상을 탔다. 이후 충남 광천중학교에 입학해서도 항상 우등생이었고, 영어를 가르치는 여선생님이 좋아 특별활동은 영어회화반에서 활동했다.
　그러나 중2 때 국어선생님의 숙제로 저축에 관한 글을 쓴 것이 조흥은행 현상공모에 당선되어, 당시 월사금의 열배가 넘는 상금을 받고 문학에 눈을 떴다. 중3 때 교내 백일장에서 〈낙엽 지는 저녁〉이란 시가 장원으로 뽑혔고, 그 후 당시 유명한 학생문예지였던 〈학원〉이란 잡지에 〈고양이 선생님〉이란 콩트를 투고하여, 심사위원이었던 김동리 소설가로부터 극찬을 받고 더욱 문학의 꿈을 굳히게 되었다.
　중학교 졸업 후에 그 시절 최고 명문교였던 경기고등학교에 응시했으나 낙방하고, 럭비로 유명한 한성고등학교에 진학했다. 이곳에서도 계속 문학소년으로서 〈학원〉 잡지에 투고하였고, 〈서낭당〉이란 단편소설로 〈학원문학상〉에도 입선했으나 작품은 남아있지 않다.

고등학교 시절에는 방송반장이 되어 방송실에서 살다시피 했으며, 동아일보에 기사가 나올만큼 거창하게 〈한성방송제〉를 개최하기도 했다. 또한 교내 신문반 반원도 겸하여 편집 일과 작품을 게재했다. 이때 국어를 가르친 이재선(서강대 국문과 교수. 평론가) 선생님을 만나 많은 영향을 받았고, 그로 해서 직업으로는 고등학교 국어교사를 꿈꾸게 되었다.

작가와 교사를 희망했던 고등학교를 마치고, 고려대학교 국어국문학과를 지원하여 수석으로 합격하였으나, 그 후로는 너무나 힘든 고학과 문학에 빠져 학문보다는 소설과 고대 방송국 연출부장이 되어 드라마 극본을 써서 연출하는데 미쳐 지냈다. 그리하여 고대신문에도 몇 차례 글이 게재되어 원고료를 받는 충격적(?) 기쁨도 맛보았고, 가족계획협회가 현상공모한 연속방송극에 〈많아도 탈! 적어도 탈!〉이란 800매짜리 드라마가 입선되기도 해서 친구들에게 진 술빚을 갚기도 했다.

그러나 대학 시절은 동가숙서가식의 최악의 곤궁한 생활로 보냈고, 심지어 대학 4학년 늦가을에는 잠잘 데가 없어, 고려대학교의 설립자인 인촌 김성수 묘소에서 야숙(野宿)을 하다가 자살을 기도하고, 〈자살! 자살!〉을 중얼거리다가 〈살자!〉가 되는 도(道)를 깨닫기도(?) 했다. 고려대학교를 졸업한 뒤 3년간 군 생활을 마치고, 제대 후에는 소망한 대로 고등학교 국어교사가 되었는바, 교사 생활 10년 만에 다시 다시 배움을 찾아 동국대학교 교육대학원 국어교육과에 입학하여 어렵사리 석사 학위를 받았다.

소설가로서…?

이미 중학교 때부터 작가를 꿈꾸었으나 문단 데뷔는 결코 쉽지 않았다. 신춘문예에 〈당선 소감〉까지 써 놓고 응모하는 만용도 부렸고, 문예지 추천을 받고자 유명 작가를 쫓아다니기도 했으며, 〈백인문학〉이란 동인지 활동도 해 봤지만, 더욱 요원한 느낌이었다. 그래서 결국 수많은 습작 끝에 창작집을 자비출판하기로 결심했다.

그리하여 첫 부임학교인 서울여자고등학교 교사 시절에 〈머리가 없는 사람〉이란 창작집 1,000부를 발행했는데, 이 책에 고려대학교 은사인 정한숙 소설가께서 발문을 써주셨다. 이 작품집에 대해 이광훈 평론가는 신춘문예나 문예지 추천을 통하지 않고 데뷔했다 해서 〈벽 속에서 뛰쳐나온 신인〉이라고 놀라움을 표시하기도 했다.

그후 용산고등학교로 전근을 가서, 두번째 창작집인 〈후예〉를 펴냈는데 당시 제자 학생들이 많이 사주어 재판을 찍기도 했으며, 이때의 고마움을 갚고자 1998년부터 〈졸업 20주년 기념행사〉를 갖는 용산고 제자들에게 〈학창의 별난 아이들〉이란 책을 5년에 걸쳐 각 기별마다 100권씩 선물했다.

남녀 인문학교에서 10년간 근무하고 다음에는 서울북공업고등학교로 전근을 가서 야간부 국어담당 교사로 10년간이나 장기근속을 했는데, 이때 아마 작가로서 대성하는 기회가 되었다고 하겠다. 당시 한 학생이 찾아와 음악을 하겠다며 자퇴를 상담한 적이 있는데, 바로 그가 문화대통령으로 불리우는 서태지였고, 가수 〈콜라〉의 일원이면서 엄정화 등의 백댄서로 활약한 김영환 군은 당시 학교 춤 동아리 활동을 해서, 서울북공고 교내 축제인 〈북두제〉 무대에 세우기도 했던 추억이 생각난다.

이 시절부터 방송가에 진출했고, 많은 작품을 써서 콩트집 〈반칙 연애〉, 대화에세이집 〈달이 불을 켰네요〉, 르포식 청소년 풍속도 〈학창의 별난 아이들〉, 성인 남녀의 사랑 콩트집 〈꽃불놀이〉, 청소년 콩트집 〈영틴〉을 연속적으로 발표했으며, 차츰 문단과 서점가의 주목을 받기 시작했다. 아울러 이 무렵 〈현대문학〉〈한국문학〉〈월간문학〉 등, 각종 순수문예지에도 단편소설을 발표했다.

그러던 어느날 당시 가판대 인기 주간지였던 〈TV 가이드〉의 전의식 기자로부터 연재 청탁을 받았는데, 기쁨과 두려움 속에 시작한 것이 첫 베스트셀러이자, 영화화(이상아 정하완 주연)까지 된 〈학창보고서〉였다. 매주 12매 정도의 연재였지만 가히 폭발적인 인기를 얻었고, 책으로 출간되어 나오자마자, 당장 종로서적과 교보문고 등 대형서점과 전국적으로 베스트셀러가 되어, 이에 시리즈로 〈학창의 별난 아이들〉〈학창의 괴짜들과 꾸러기들〉〈남녀공학 연애특강〉〈남녀공학 사랑방정식〉〈남녀공학 비밀수첩〉〈쉿! 말하지마! 이건 우리끼리 얘기걸랑!〉 등을 펴냈고, 이후 청소년들의 취미 소질을 알아보는 〈하이틴 족집게 점풀이〉도 집필하게 되었다. 아무튼 이 〈학창 시리즈〉와 〈하이틴 시리즈〉 책들은 날마다 천여 권씩 팔려서, 이 인세의 도움으로 여의도에 아파트까지 사는 행운을 누리게 되었다고나 할까?

이 무렵 방송가에서도 매스컴을 타게 되어 저서들은 더욱 인기를 얻었고, 이에 힘입어 한국 최초의 개그시인 〈하이틴 낙서첩〉을 〈일간 스포츠〉 신문에 장기 연재하게 되었다. 이것 역시 〈하이틴 낙서첩〉〈지금 우리들의 작은 사랑이야! 1, 2〉〈공부맛을 아는 학생! 10년후에 뭐가 될까?〉 등 4권의 시리즈로 엮어, 약 10만 부가 팔리는 베스트셀러가 되기도 했다. 그후 청소년문학을 한 사람으로는 드물게 문학상을 수상하게 된 바, 〈11회 일붕문학상〉과 〈94 충청문학상〉을 받았고, 이때 수상 기념으로 출간한 단편소설집 〈눈물 한 방울〉은 〈학창보고서〉와 함께 대표작의 하나로 꼽고 싶다.

아울러 이 저서에 수록된 희곡 〈하얀비〉를 신촌 이화여자대학교 근처에 있는 〈청파소극장〉에서, 직접 제작, 연출로 두 달간 장기 공연하기도 했는데, 〈이 시대의 치부 앞에 남자들이 벗었다!〉 〈성과 이데올로기를 뛰어넘는 사랑의 포스트 모더니즘 행위연극! 호모카페 "하얀비"를 찾는 손님들은 누구일까? 그들이 펼치는 심야의 사건들이 궁금하다!〉 이런 포스터 선전 문구에서 보듯이 동성애를 소재로 한 연극이어서 당시 매스컴의 반응이 뜨거웠다. 심지어 당시 연세대의 마광수 교수가 〈즐거운 사라〉란 소설로 구속되었는데, 나 역시 극장으로 경찰이 찾아와 조사하는 사태까지 벌어졌던 것이다. 하지만 흥행에서는 약간의 손해를 보아 제작비를 대어 준 출판사에 빚을 갚는 대신으로 〈이것이 한국필독소설〉과 〈이것이 세계필독소설〉이란 두 권의 수능용 해설서를 집필해 주었는데, 이 책 역시 8쇄 이상 찍는 베스트셀러가 되어 전화위복이 되었다고도 하겠다.

그리고 1998년 고교 교사로서 명예퇴임을 하면서, 그 기념으로 펴낸 책이 22권째 저서로, 청소년 학생과 교사의 세계를 그린 토탈북 〈요즘 학생님들! 옛날 선생님들!〉이다. 이 책은 그간 근무해 온 직업과 작품세계가 종합된 또 하나의 대표 저서라고 해도 과언이 아닐만큼, 나름의 작가의식과 독자를 위한 재미와 감동을 선사하고자 노력했다.

하지만 명퇴 후에 10년간은 산업체 강사와 방송작가로 활동하느라 작가로서는 절필 상태에 빠져 지내다가 2007년에 갑자기 글신

(神)에 들려 가수, 탤런트, 영화배우, 모델, 개그맨, 연극배우, 아나운서 등 연예계에 진출하고자 하는 젊은이들의 치열한 열정과 소망을 그들의 언어와 감각으로 그린 뉴웨이브소설을 모은 〈스타 탄생〉을 2008년에 발표했다.

그런데 2010년에 갑작스런 건강의 적신호로 사경을 헤매다가 겨우 회복 중이던 때에 다시 글신이 와서 70일간 12편의 단편소설을 써서 카뮈 문학상, 헤세 문학상, 한국문학신문 문학상, 타고르 문학상을 수상하고, 2012년에 〈통일절〉이란 창작집을 펴냈다. 그리고 8월부터 9월에 걸쳐 다시 태풍 〈산바〉와 같은 위력의 글신이 들려서 〈한국을 모르고 한국 대통령을 꿈꾸지 마라〉 1100매 분량의 책은 20일 100시간만에 썼고, 〈소설 안철수 대통령의 꿈〉 800매는 겨우 6일 60시간만에 탈고하는 기적을 이루기도 했던 것이다.

그리고 2014년에는 한국 최초의 스마트소설집인 〈응답하라! 사랑아! 결혼아!〉를 '인간과 문학'에서 펴냈는데, '한국출판문화산업진흥'이 주관한 '2014 세종도서 문학나눔'에서 '우수도서'로 선정되는 영예를 안게 되었다.

작사가로서…?

사람은 꿈꾼대로 이루어진다고 한다. 그래서 하늘의 별을 보고 소원을 빌기도 하리라! 내가 작사가가 된 것도 그런 꿈을 꾸었기 때문이다.

초등학교 시절 가난하던 우리 집에 큰형님이 서울생활을 했는데, 귀향길에 유성기(축음기)를 사온 것이다. SP레코드판을 틀면 노래가 흘러나오는 이 신기한 유성기를 대하면서, 나는 무엇보다도 그 노래를 지은 사람이 누구일까? 참 부러웠고 언젠가는 나 자신도 노래를 지어보리라 마음 먹었던 것이다.

그로부터 거의 30년 만에 용산고에서 가르쳤던 한 제자가 방송가요제에 출전한다면서 가사를 부탁했고, 그 바람에 〈꽃비〉란 노랫말을 써 주었는데 그것이 다행히 입상이 되었다. 그 후 서울북공고에서 근무할 때 교생실습을 나온 건국대학교 일어과의 박기명 씨가 있었다. 그는 바로 가수 홍서범 씨의 친구로 〈옥슨 79〉 단원이었던 것이다. 그래서 당시 〈옥슨 80〉의 히트곡이던 〈불놀이야〉 후속곡으로 쓰라고 〈윷놀이〉란 노랫말을 써 주었는데, 이것이 〈옥슨 82〉에 의해 MBC대학가요제에서 금상을 수상하게 되었던 것이다.

그런 인연으로 1985년도에는 〈옥슨 85〉에 의해 〈풍년굿〉이란 노래가 역시 MBC대학가요제에서 동상을, 같은 해에 서울예술전문대의 〈신입생〉에게 〈신입생〉이란 노랫말을 주어 은상을 수상하여 2관왕의 행운을 누렸던 것이다. 참고로 아직까지 역대 MBC대학가요제에서 작사로서 금·은·동상의 3관왕을 차지한 작사가는 나밖에 없는 것으로 알고 있다.

이때부터 나는 작사가로서의 길도 순탄하게 열려, KBS 가사대상(미스코리아 가수 김성희 노래 : 별무리)과 MBC 아름다운 노랫말상(신입생 노래 : 학창시절)에도 입상했다. 그리고 〈88서울올림픽 한강 창작가요제〉(정영희 노래 : 추억의 거리에서)에서 금상, KBS에서 주최한 청소년창작가요제(춤추는 대학로)와 창작동요대회(멍석놀이) 그리고 유니세프 국제어린이음악제(엄마의 사랑이야! 아빠의 사랑이야!)에서도 수상을 했다.

그뿐 아니라 제6회 MBC신인가요제에서는 가수 박대업(가수 박진도의 친동생)이 부른 〈서울의 연인〉으로 장려상을 받기도 했다. 그후에도 EBS 청소년창작가요제에서 〈미팅! 미팅!〉으로 작사상에 입상했고, 특히 1996년도에는 KBS 우리가요제에서 〈풍물꾼〉으로 입상했는데(이 노래는 그 후에 요즘 인기 정상인 개그맨 이수근이 난영가요제에 출전하여 동상을 받기도 했음), 다시 MBC 난영가요제에서 〈사랑하나봐〉, KBS 목포가요제서 〈사랑 엽서〉로 입상하는 등, 계속 수상하는 이변(?)을 맞기도 했던 것이다. 그리고 1997년도에는 MBC 강변가요제에서 〈인터넷 B&G〉가 부른 〈젊음이야! 사랑이야!〉로 인기상을 받은 추억도 오래도록 잊지 못할 것 같다.

또한 이처럼 수많은 가요제에서 수상함과 아울러 〈94 한국방문의 해〉 주제가로, 가수 강산에가 부른 〈웰컴 투 코리아〉와 1996년도 교육개혁박람회 주제가인 〈에듀토피아 코리아(노래 : 녹색지대)〉와 〈에듀토피아 서울(노래 : 몰리)〉을 작사한 것도 보람있었던 일이라 하겠다.

이렇게 주로 각종 가요제의 노랫말을 작사하던 중에, 작곡가 김현우(계은숙의 "노래하며 춤추며" 등 작곡가) 씨를 만나 LA 출신 1호 가수라 할 수 있는 김영에게 〈사랑먼저 할래요〉란 노랫말을 써 주었는데, 그때 라디오와 텔레비전에서 크게 히트해서, 지금 〈태진〉〈금영〉 등 노래방에 올라 있기도 하다. 그밖에도 〈옥슨 82〉의 〈윷놀이〉와 〈신입생〉의 〈바보같은 사랑이야〉와 〈박진〉의 〈사랑의 고속철〉 역시 노래방에 수록되어 계속 저작권료가 나오는 것은 큰 보람이요 즐거움이 되고 있다.

이처럼 활발한 작사활동을 하다가 아예 기획사를 차린 건, 모교인 한성고등학교 출신 쌍둥이 고교생 〈얘재(장재희 장재각)〉 형제를 만나서였다. 우연히 KBS별관 TV공개홀에서 만났는데, 가수의 소질이 엿보여 스카우트해서 일 년 가까운 준비 끝에, 내가 작사한 〈러브 큐핏〉이란 노래로 데뷔시켰던 것이다. 당시에 〈서태지와 아이들〉 등 라이벌이 많아 크게 성공은 못했지만, 그로 해서 〈듀스〉의 김성재와 〈터보〉의 김정남이 나의 기획사에서 춤과 노래를 배우며 스타가 되고자 애쓰던 모습이 아직도 눈앞에 선하다.

그외에 나의 첫 학교인 서울여고에서 만난 가수 한영애 제자는 여고 시절에 〈보리밭〉을 잘 불렀는데, 너무나 개성있게 소화해서 가수가 될 것을 권유했던 기억도 난다. 또한 가수 이선희가 1집 〈아! 옛날이여!〉 앨범에 내가 작사한 〈사랑의 약속〉을 불렀던 일과 듀엣 〈한마음〉이 〈사랑은 무지개놀이〉를 아주 멋지게 노래해 준 고마움도 잊을 수가 없다. MBC 강변가요제 대상팀인 〈사랑의 하머니〉의 이경오 씨가 부른 〈젊음아! 사랑아!〉란 노래도 내가 아끼는 노랫말 가운데 하나라 하겠다. 요즘은 한류가요 K-POP이 지구촌을 휩쓰는 만큼 신세대 감각에 맞는 노랫말도 써 보고, 특히 한국인의 정서에 맞는 트로트 가요의 작사에도 관심을 갖고 있어 근래에는 〈사랑의 화살(오재용 작곡/ 홍비 노래)〉과 〈떠돌이별(이동훈 작곡/ 이명희 노래)〉을 작사하기도 했다.

특히 요즘 트로트 가수 중 가장 인기있는 가수 중에 김용임의 데뷔곡인 〈연변 아가씨(작사 이은집/ 작곡 안치행)〉는 KBS 1TV '가요무대'에 방영되어 인터넷을 검색하면 언제든지 다시 들을 수 있다.

방송작가로서…?

방송작가가 된 것은 역시 큰형님이 라디오를 6.25때 처음 우리 집에 가져왔던 것이 큰 영향을 주었다. 그리고 초등학교 시절 그 라디오 방송을 들으면서, 또한 방송 출연과 방송작가를 꿈꾸게 되었던 것이다. 그래서 고등학교와 대학 시절에 방송반에 들어가기도 했다. 하지만 상업방송에 첫 출연한 것은 서울북공고에 근무할 때로, 평소 알고 지내던 방송작가이자 소설가이며, 〈타타타〉〈서울 서울 서울〉〈립스틱 짙게 바르고〉 등의 유명한 작사가인 양인자 씨의 추천으로 TBC(동양방송)의 〈밤의 데이트〉란 청소년 프로에 나갔던 것이다. 이때 시인 문정희 씨와 함께 출연했는데, 그 즈음의 청소년 풍속도에 대해 꽤나 적나라하게 파헤친(?) 내용이었다. 그런데 담당 김상혁 PD가 듣고 재미있다면서 연속 3회분을 녹음해 방송한 것이 화제를 불러일으켰던 것이다.

그리하여 당장 고정 출연자로 승격되어 6개월간 계속 출연했고, 이어서 매일 아침에 방송되던 〈서금옥의 아침일기〉란 프로에 콩트를 집필하게 되었다. 그리고 MBC 라디오의 〈우리끼리 만나요!(전영록 서금옥 진행)〉란 인기 프로에 스카우트 되어, 당시 전국의 청소년들을 웃기는 싸부님(?)으로 군림하게 되었고, 이어서 MBC라디오의 청소년 간판프로인 〈별이 빛나는 밤에〉도 진출하여 매주 고정 출연자로 서세원 씨와 이문세 씨랑 오랫동안 함께 방송을 하기도 했다.

그리고 1980년도 방송사 통합 후에는 KBS에 진출하여 텔레비전에까지 나가게 되었던 것이다. 아울러 수많은 라디오 프로그램의 스크립터로 활동하게 되어, KBS 라디오의 〈오후의 교차로〉

〈퀴즈올림픽〉〈출발! 사랑열차〉〈새아침을 FM과 함께〉와 KBS 1TV에서는 〈얄개시대〉〈영 스튜디오〉란 프로의 구성 원고를 집필하기도 하는 등, 지금까지 약 13만여 매의 많은 방송원고를 썼는데, 하루에 100매 가까이 쓰다가 과로로 일곱 번이나 쓰러졌던 경험도 있다. 가끔 인기 연예인들이 과로로 병원에 입원했다는 기사를 접하는데 나로서는 실감나는 이야기라 하겠다.

한편 70년대 중반부터 교육방송의 방송통신고등학교 국어와 작문과목의 강사로 10여년 간이나 고정출연하기도 했고, 80년대에는 EBS TV에서 〈생각하는 삶〉이란 프로에 고정패널로 나갔으며, 90년대 중반에는 〈라디오고교 국어듣기〉를 2년 동안 진행하기도 했다. 그 후에도 방송통신고등학교 1학년 〈독서〉 과목의 강좌를 맡았고, KBS 제3라디오에서는 매주 목요일 오후 6시 10분에 청소년 프로인 〈드림 639〉에서 일 년 가까이 고정출연을 했다. 이런 동안에도 KBS 라디오에서 어린이 연속극을 써서 고인이 된 이주일 씨가 주인공으로 출연했는가 하면, EBS라디오에서 청소년 드라마를 집필하여 자주 방송을 탔다. 돌이켜 보면 학교근무를 하면서 어떻게 이처럼 소설가로, 작사가로, 방송작가로 종횡무진 뛰었는지 지금도 믿어지지 않을 정도이다. 하지만 뜻이 있는 곳에 길이 열리고, 사람의 능력이란 무한한 것인지도 모른다.

교사로서…?

고등학교 때부터 직업은 고교 국어교사로 정했는데, 군대에서 마지막 휴가를 나왔을 때 마침 〈교원채용고시〉 시험이 있어서 응시했다. 그런데 10대 1이 넘는 경쟁률에도 무난히 합격했고,

이듬해 3월 첫 부임 학교로 서울여자고등학교에 발령을 받았다.

지금도 생생히 떠오르는 추억은 첫 신고를 하러 간 날에, 학교의 교실 창문이 일제히 열리면서 총각 선생에 굶주린(?) 여고생들이 요란한 함성을 질렀던 일이다. 그리고 교장실에 들어가니까 여교장 선생님께서 "여기는 여학교인데 총각 선생님을 보내주다니…!" 하시면서 난감한 표정을 지으셨던 것이다. 이에 나는 여학생들의 유혹쯤에는 절대로 넘어가지 않는다는 뜻으로 "교장선생님! 걱정마십시오! 전 여자에 강합니다!" 하고 말했더니 기절초풍을 하셨던 것이다.

아무튼 첫 학교인 만큼 병아리 교사 시절은 열정과 좌충우돌 그리고 실수의 연발이었다. 그야말로 여학생들과 울고 웃고 사랑하고 미워한 그 시절 이야기는 나의 소설에도 여러 번 등장했다. 첫 담임도 해 보았고 교내 축제인 〈개나리 축전〉과 〈개나리〉란 교지도 편집하는 등 국어교사로서의 몫을 충실히 해냈다고 생각된다. 이곳에서 가수 한영애, 탤런트 이경진, 김형자도 만났으며, 결혼도 이때에 했는데 결혼식장에 여학생 제자들이 구름같이 몰려와서, 당시 답례품으로 준 〈종로복떡〉이 품절 사태를 빚기도 했던 것이다.

두 번째 부임학교는 당시 5대 공립 명문학교 중의 하나였던 용산고등학교로, 이 시절이야말로 내가 제자 가르치기에 가장 열정을 쏟았던 것 같다. 해마다 1학년 12반 700여 명을 가르쳤는데, 〈매일 한자 쓰기〉〈독후감 쓰기〉〈글짓기〉 등 수많은 숙제로 학생들을 달달 볶아댔지만 당시 학생들은 열심히 잘 따라주었다. 그리하여 그들의 졸업 20주년과 30주년 기념행사에 초대

받아 갔더니, "선생님 덕택에 우리 학년에서 판검사가 수십 명 나왔습니다!" 하고 고마워하기도 했다. 여기에서도 〈용담문학의 밤〉과 〈교내 방송제〉 등의 지도교사로서 학생들과 함께 밤늦도록 연습을 했다. 또한 교지편집 지도교사도 했으며, 방송통신고 담당 교사로서 담임을 맡기도 했다. 이 학교에서 〈현대산업개발〉의 정몽규 회장을 가르쳤고, MBC 대학가요제 대상곡 〈꿈의 대화〉를 부른 한명훈 군과 개성파 연기를 자랑하는 오욱철 탤런트도 가르쳤다.

세 번째 부임학교는 서울북공고로 야간부에서만 10년을 근무했다. 아직도 기억되는 〈기화전자통토건〉, 즉 기계과, 화공과, 전기과, 전자과, 통신과, 토목과, 건축과를 가리키는데, 주로 1학년과 3학년 전체의 국어를 가르쳤다. 이 학교는 교육 환경은 열악했지만 나같은 선생에게는 오히려 교육관을 펼칠 수 있는 실업계 고등학교였다. 그래서 정신 교육과 생활한자 등 실용적인 국어를 가르치고자 노력했다. 그리고 〈북두제〉란 교내 축제를 만들어 학생들의 정서 함양에도 힘썼다. 또한 이 학교에서 나 자신의 꿈이었던 문학과 방송과 작사 등의 일에 마음껏 몰두할 수 있었다. 그래서 어찌 보면 내 인생의 꽃을 피운 곳이 서울북공고라고 하겠다. 나의 첫 베스트셀러인 〈학창보고서〉가 영화화되어 대한극장에서 개봉된 것도 이때였다. 암튼 여기서 10권이 넘는 책을 썼으며, 또 신문, 잡지, 라디오, 텔레비전 등, 종횡무진으로 매스컴을 타기도 했던 것이다.

네 번째 학교는 영등포여자고등학교인데 이때 전교조 파동으로 교단이 황폐화했던 시절로, 오랜만에 여고에 와서 여학생들과는 아기자기한 시간을 보냈으나, 내가 외부 활동을 많이 한 관계로 교장 교감과 갈등을 야기해서, 학교 근무가 무척 힘들었던 때이기도 했다. 이곳에서도 역시 교지 편집과 문예반 그리고 연극반을 지도했는데, 그때 가르친 제자 중에 개그맨 배태선과 탤런트 박진희가 있다. 또한 이곳에서 화제를 일으켰던 연극 〈하얀비〉를 직접 쓰고 제작 연출하기까지 했던 것이다.

다섯 번째 학교는 서울공업고등학교로 100년 가까운 역사를 자랑하는 공업고등학교인데, 3,000명이 넘는 학생을 가진 대규모 학교였다. 축구 스타 안정환이 재학하고 있었으며, 학생들의 기질이 발랄해서 나로서는 오히려 즐겁게 근무할 수 있었다. 선생님들과도 잦은 회식과 레포츠 모임을 가져 친목을 다지기도 했다. 이 학교에서도 나는 교지 편집과 교내 축제로 가요제를 열기도 했는데, 이때 〈홍보가 기가 막혀〉를 불러 대상을 받은 〈육각수2〉가 나의 작사인 〈풍물꾼〉이란 창작곡으로, KBS 우리가요제에 출전하여 입상하기도 했던 것이다.

그러나 1995년 말에 서울교육청의 〈교육개혁박람회 기획단〉에 차출되어, 나의 교직 생활 중에 최초로 연구직에서 근무하기도 했다. 그리고 교육개혁박람회가 끝난 다음 유럽 시찰을 마치고 9월에 다시 서울공고로 복귀했다.

나의 교직 마지막 학교는 여의도고등학교로 바로 나의 아들 출신교이기도 하고, 내가 사는 동네의 학교이기도 해서 남다른 애착을 갖고 부임을 했다. 그래서 한강가에 있는 학교인 만큼 〈용(대통령감) 한 마리 키우러 왔다!〉고 설파하기도 했다. 담당 학년은 2학년 문과의 5개 반으로 국어와 문학을 가르쳤다. 하지만 이때 내가 교직을 떠나야 할 시기가 왔음을 느껴야 했다. 소위 〈교실 붕괴〉로 불린 급격한 교육 풍토의 변화는, 새로운 삶을 모색하지 않으면 안 되게 만들었던 것이다. 하지만 학생들과 영원히 헤어져야 한다는 아쉬움은 너무나 컸고, 그래서 만든 모임이 〈여문장 클럽〉, 즉 〈여의도고 문과반 반장/부반장 클럽〉인데, 요즘에도 가끔씩 만남을 갖고 있다.

이렇게 해서 30년의 교단 생활 중에 1만 8천 명 정도의 제자들을 직접 가르쳤다. 아울러 교육방송의 강사로서 가르친 전국의 방송통신고 제자들은 몇십만 명이나 되는지 헤아릴 수가 없다. 그리하여 전국 어디를 가나 제자들을 만나기가 일쑤다. 그만큼 보람과 긍지를 갖게 되며 교육자로서의 행복을 느낀다고나 할까?

작품이 궁금하다!

<데뷔작>

<머리가 없는 사람>(창작집 / 1971 관동출판사)

1971년에 발간한 데뷔 창작집이다. 고려대학교 국어국문학과 교수이자 은사인 정한숙 소설가는 서문에서 "이 소설집에 실려 있는 십여 편의 작품은 우리가 살고 있는 현실세계의 명암을 매우 충실하고 선명하게 파헤쳐서 새로운 인간상, 시대상을 그 위에 그려놓은 것들이라고 단언하고 싶다. 〈메아리〉의 주인공 지 상병의 호곡과 뼈아픈 증언 속에서 우리는 분단된 조국의 비극을 재발견하게 되고, 김선생(〈머리가 없는 사람〉의 주인공)과 성지현(〈하얀 전쟁〉의 주인공)의 의지와 신념 속에서 허무와 좌절을 극복하려는 성실한 현대인의 전형을 엿보게 된다."고 지적하고 있다.

이 창작집에는 그밖에도 〈패관잡기〉〈열풍〉〈동인 AC '70〉〈바우 이야기〉〈반복〉〈정삼각형〉〈공간 '69-385 X 10M〉〈임신한 남자〉〈황색지대〉 등 모두 12편의 단편소설이 실려 있다. 작가는 스스로 자비출판한 이유를 후기에서 이렇게 적었다.

"결국 이러한 일을 저지르고야 말았다. 자신의 생일잔치를 자신이 차려먹듯이 쑥스럽게도 나는 스스로 이러한 책을 만든 것이다. 그러나 지금 세상이 어느 때라고 남이 진수성찬을 차려 주기만 기다리고 있단 말인가? 차라리 나의 자리는 내가 마련하는 것이 속 편할지 모를 일이다. 왜냐면 셋방살이가 아닌 나의 집

(文集)이니, 좌우간 내가 하고 싶은 짓은 내 멋대로 해볼 수 있겠기에 말이다."

<대표작>
<학창보고서>(유머콩트집 / 1987 햇빛출판사)
-현직교사의 르포식 유머콩트-

1986년부터 서울신문사에서 발행한 주간지 〈TV 가이드〉에 연재했던 〈학창의 별난 아이들〉을 묶은 단행본으로 출간되자마자 서점가의 화제를 불러일으키면서 베스트셀러에 올랐다.

"작가로 현직교사로 방송가의 단골손님과 스크립터로 활약하며, MBC 대학가요제 금상곡 〈윷놀이〉, 은상곡 〈신입생〉, 동상곡 〈풍년굿〉을 작사한 필자가 학창의 뒤안길에서 만난 별난 학생들의 기상천외한 오늘의 학창풍속도를 끝없는 웃음과 감동으로 엮은 르포식 유머콩트집"이란 책 뒷표지의 소개처럼, 생생한 현장감과 폭소를 자아내는 내용으로, 1987년도에 이상아와 정하완 주연으로 영화화까지 된 작품집이다.

〈제1화 신입생 아이들〉〈제2화 못참는 아이들〉〈제3화 가출하는 아이들〉〈제4화 사춘기 남학생 아이들〉에서 〈제33화 반항하는 아이들〉까지 모두 33명의 별난 아이들의 이야기가 수록되어 있다.

〈눈물 한방울〉(단편소설집 / 1992 글사랑)
-한국 최초로 소설과 연극의 만남-

제11회 일붕문학상 수상작품집으로 〈한국 최초로 소설과 연극의 만남〉이란 부제가 있듯이 화제의 연극 〈하얀비〉의 대본이 권두에 실려 있다. 이 작품집은 순수와 참여가 빚어내는 소설문학의 향기와 감동! 그리고 남성SEX 〈하얀비〉를 파는 충격적 소재의 행위연극을 동시에 체험할 수 있는 책으로서, 〈학창보고서〉 이후 이젠 성년이 된 독자들에게 바치는 작가의 순수 문예창작집이기도 하다.

이 책에는 〈1부 시대의 옆모습〉에 〈벌거숭이〉등 4편! 〈2부 시대의 앞모습〉에 〈시인과 가수〉 등 4편! 〈3부 시대의 뒷모습〉에 〈눈물 한 방울〉 등 4편! 모두 12편의 단편소설을 담았다.

"제11회 일붕문학상 수상작품집 〈눈물 한 방울〉에 수록된 소설들은 제가 순수문학을 했던 70년대 초에서 80년대 초 사이에 쓰여진 것들입니다. 저는 이 작품들에서 우리가 살아온 시대와 현실의 모습을 그리고자 했습니다."라고 〈작가의 말〉에서 적었듯이, 7080의 암울한 시대상과 현실세계를 엿볼 수 있다.

〈문학관〉

문학은 재미있어야 한다. 문학은 의미있어야 한다. 문학은 감동을 주어야 한다. 왜냐하면 문학은 독자에게 읽혀야 하고, 무엇인가 깨닫게 해야 하고, 새로운 삶이나 또다른 영혼을 탄생시켜야 하기 때문이다.

문학은 새로워야 한다. 문학은 충격적이어야 한다. 문학은 실험적이어야 한다. 마치 시대를 앞서갔던 가수 서태지의 음악처럼 말이다. 왜냐하면 문학은 예술이기 때문이다. 예술은 기술과는 달라 무(無)에서 창조되는 속성이 있는데, 그러므로 진정한 예술에는 새로움과 충격과 실험정신이 뒤따라야 한다. 따라서 나는 언제나 이런 잣대로 문학활동을 할 것이다!

<주요 작품>

<남녀공학 사랑방정식>(1988 햇빛출판사)
-사랑문제로 애태우는 하이틴을 위한 상담소설-

방황하는 세대를 위하여! 성숙해 가는 세대를 위하여, 오늘의 하이틴 세계를 적나라하게 조명한 책이다. 햇빛출판사가 펴낸 〈하이틴 시리즈〉로 작가는 책머리에서 이렇게 쓰고 있다.

"청소년 시기에는 누구나 한번쯤 겪게 마련인 아픔과 방황이 있다. 공부, 입시, 이성, 가정문제…! 그밖에도 갖가지 문제가 있겠지만, 그중에 이성문제는 청소년 학생들로서 가장 감당하기 어려운 문제가 되고 있음을 본다. 이 책은 바로 청소년 학생들의 이성문제를 소설적 방법으로 풀어본 것이다. 따라서 청소년 학생들은 물론 선생님과 학부모님께서도 읽어주신다면, 제자와 자녀들을 좀더 따뜻한 애정으로 이해해 주실 수 있으리라 믿는다."

내용 중 시선이 머무는 것은 절망의 사랑방정식 〈자살 연습〉, 탈선의 사랑방정식 〈어제와의 대결〉, 모험의 사랑방정식 〈태양의 길〉, 금단의 사랑방정식 〈그 여름의 방황〉 등, 일곱 개의 테마로 구성되어 있다.

<쉿! 말하지마! 이건 우리끼리 얘기걸랑!>

(옴니버스 소설 / 1991 햇빛출판사)

-90년대의 기상천외한 학창풍속도-

이 책은 90년대를 살아가는 기상천외한 학창풍속도와 충격적인 10대들의 세계를 옴니버스소설 형식으로 엮어 본 것이다. 그런데 이번에는 오랜만에 여학교로 근무처를 옮긴 후에 썼기 때문에 여학생을 다룬 소재가 많아졌다.

제목만 보아도 독자의 호기심을 끄는데, 그중에 몇 가지를 소개해 보면 다음과 같다. 〈와! 총각선생님이야! 따봉!〉〈너 미쳤구나! 뭐? 인기가수와 결혼했다구?〉〈우리들의 고민 베스트 10을 아세요?〉〈선배 여학생을 오빠라 부르는 세상!〉〈건수찾아 헤매다가 호모족한테 걸렸어요!〉〈순간의 커닝이 등수를 좌우한다!〉〈벗을테면 다 벗어봐!〉〈교장선생님 마마! 축제에 남학생을 초대케 해주사이다!〉〈악마의 축복과 귀신의 가호가 있기를!〉〈저승사자가 데리러 올 때까지 잠잘래요!〉〈총각선생님! 득남을 축하해요!〉〈뭐? 동성 친구끼리 약혼했다구?〉 이런 제목이 시사하듯이 아주 적나라하게 청소년 학생들의 모습을 스케치했다.

〈공부 맛을 아는 학생! 10년 후에 뭐가 될까?〉

(개그시집 / 1996 열린길)

-X세대의 신풍속도를 유머개그시와 만화로 접목한 파격적 형식의 시집-

교사, 소설가, 방송작가, 작사가 등 1인 4역의 폭넓은 활동을 해온 저자의 21번째 저서로 이 시집은 오늘을 살아가는 X세대 청소년 학생들의 꿈과 낭만과 사랑을 파격적인 형식과 현장감 넘치는 문체로 엮어 폭소와 감동을 자아낸다. 네 꼭지로 구성된 이 유머 개그시집은 첫 번째 꼭지 : 〈X세대 사랑시〉에서 오늘의 신세대 사랑풍속을! 두 번째 꼭지 : 〈폭소 위트시〉에서 청소년들의 발랄한 재치를! 세 번째 꼭지 : 〈하이틴 낙서시〉에서 학창의 생생한 현장감을! 네 번째 꼭지 : 〈학창 노래시〉에서 학생들의 꿈과 낭만을! 신선하게 펼쳐보이고 있다.

　30년 가까운 교단생활에서 직접 체험한 청소년 학생들의 애환과 별난 풍속을 X세대 감각으로 묘사한 이 유머 개그시집은 〈입시에 지친 청소년 학생들에게, 지겨운 공부를 초콜릿이나 피자처럼 맛있는 공부로 만들어 주기 위해서 썼다.〉는 저자의 말처럼, 이 유머 개그시들을 읽으면 절로 웃음 속에 공부하게 되어, 즉 지겨운 공부가 맛있는(?) 공부로 바뀔 것이다. 또한 어른들에겐 그리운 학창 시절의 추억을 선사할 것이다.

　특히 각 유머 개그시마다 곁들인 만화컷은, 저자의 제자들이 직접 그린 것으로 재미를 더해주며, 출판기념으로 〈500만원 현상 유머개그시와 노랫말 모집엽서〉를 첨부해서 독자들에게 사은의 서비스도 하고 있다.

　　<요즘 학생님들! 옛날 선생님들!>(1998 햇빛출판사)
　　-21세기적 신세대 학생과 19세기적 선생님들이 펼치는
　　꿈과 사랑과 웃음과 눈물의 가슴찡한 감동 이야기!-
　청소년 전문작가이며 방송작가, 작사가로도 폭넓은 활동을 해온 저자가 '영틴토탈북 시리즈'로 펴낸 책이다. 베스트셀러 〈학창보고서〉를 쓴 지 10년 만에, 21세기를 이끌어 갈 오늘의 청소

년 학생들을 위하여, 한국 최초의 새로운 스타일 책으로, 한 권 속에 네 권의 내용을 담은 이 책에는 21세기적 튀는 신세대 학생들과 19세기적 별난 선생님들이 펼치는 꿈과 낭만과 우정! 사랑과 웃음과 눈물! 그리고 충격적이며 가슴 찡한 감동의 이야기들을 다양한 형식과 내용으로 펼쳐보이고 있다.

〈이런 스승님과 만나고 싶다!〉는 청소년 학생들과 〈이런 제자를 가르치고 싶다!〉는 선생님들의 상상을 초월하는 온갖 사연과 해프닝이 펼쳐지는 바.

첫째 꼭지는 〈스승탐방-내가 만난 별난 선생님들!〉
둘째 꼭지는 〈상담코너-지금 우린 이런 성고민에 빠졌어요!〉
셋째 꼭지는 〈꽁트마당-이건 실제상황입니다!〉
넷째 꼭지는 〈개그극장-웃으며 공부합시다!〉 등, 21세기적 현실속의 X세대 학생들과 19세기적 추억 속의 선생님들 사이에 벌어지는 이야기들로, 청소년 학생뿐 아니라 학부모님과 선생님 그리고 학창을 떠난 성인 독자들도 일독할 만한 책이라고 하겠다.

〈스타 탄생〉(2008 청어)
-스타 지망생들을 다룬 한국 최초의 뉴웨이브소설!-

이 시대의 스타인 가수, 탤런트, 영화배우, 모델, 연극배우, 개그맨, 아나운서를 꿈꾸며 온몸으로 열정을 바치는 〈인터넷 1020세대〉의 성(性)을 뛰어넘는 충격적 자화상을, 그들의 언어감각으로 UCC처럼 리얼하게 파헤친 필살 감동의 한국 최초 뉴웨이브소설인 이 책은, 책장을 넘길수록 재미있고 새로우며 가슴 찡한 감동을 준다.

이 책에는 표제작인 〈스타 탄생-가수를 꿈꾸는 LA출신 완소남

이야기〉〈100년의 사랑-영화배우를 꿈꾸는 전문대생 이야기〉〈모델 스쿨-모델을 꿈꾸는 몸짱 고졸생 이야기〉〈바보상자 들어가기-개그맨을 꿈꾸는 대학생 이야기〉〈젊음이야! 사랑이야!-아나운서를 꿈꾸는 대학새내기 이야기〉〈강제 결혼-연극배우를 꿈꾸는 고교신입생 이야기〉〈아담의 남자-탤런트를 꿈꾸는 연기학원생 이야기〉등 연예계 소재를 다룬 소설과 제33회 한국소설문학상 후보작인〈가면의 얼굴〉을 수록하고 있다. 문학잡지의 청탁으로 쓴 작품임에도 내용이 충격적이란 이유로 퇴짜를 맞기도 했다는 작가의 말처럼, 이 책에 담긴 소설은 파격적 소재와 작가의 현란한 입심으로 술술 풀어내는 이야기 솜씨 덕에 순식간에 마지막 장까지 독파하게 된다. 작가가 독자에게 전하는 메시지는 〈웃어라! 박수쳐라! 그러나 아픔 가진 젊음들아! 진정 네가 꿈꾸는 인생을 살아라!〉이다.

작품해설 : 여기 수록된 소설은 청탁 받아 문학잡지에 보냈음에도 내용이 충격적이란 이유로 퇴짜를 맞기도 했고, 실린 경우엔 열렬한 반응 속에 화제가 되었다. 이 책의 평가는 독자 여러분의 몫으로 돌리고 싶다. - 작가의 말 중에서

스타를 꿈꾸는 청춘들에게 바치는 한국 최초의 뉴웨이브소설! 드디어 문단에도 영화 드라마와 코드를 맞춘 책이 출간되어 출판계의 뜨거운 화제가 되고 있다. 8090 청소년 독자들에게 〈학창보고서〉란 시리즈로 공전의 베스트셀러 반열에 올랐던 작가 이은집이 오랜 침묵을 깨고, 최신작만을 모은 신간 《스타 탄생》을 들고 나온 것이다. 재미와 감동이 없으면 책값을 환불해주는 리콜제를 실시한다는 작가의 약속이 미소로 받아들여진다.

'언제 어디서 누구를 만나도 웃음과 즐거움을 선사하는 소설가 이

은집! 아마 그는 태어나는 순간에도 웃음을 터뜨리며 태어났을 것이다. 그는 소설도 그렇게 쓴다. 소재는 웃음이고 재미고 해피엔딩이다. 이번에 출간하는 소설집 〈스타 탄생〉! 한국 최초의 뉴웨이브소설도 한 편 한 편이 그렇게 재미와 웃음이 가득 담겨 있다.' -정연희
(한국소설가협회 명예이사장)

〈통일절〉(2012 청어)

-2012 19대 총선예측 적중! 18대 대선예상 충격적 가상소설!-

요즘 지구촌을 휩쓰는 한류드라마와 한류가요 K-POP의 뒤를 이어 최초의 '한류소설'임을 내세우며, 출신지, 나이, 학력, 경력을 버리고 베일 속에 오직 작품으로만 독자와 소통하겠다는 오뉴벨 작가는 표제작인 「통일절(One Korea Day)」에서 2012년 총선과 대선! 넌덜머리나는 이 나라의 정치판에 대한민국의 유권자가 뿔났다! 그리하여 대지진 같은 정치 쓰나미가 휩쓸며 대한민국에는 최연소 40대 대통령이 탄생한다! 2040세대 젊은 남북지도자의 정상회담으로 광복 70주년이 되는 2015년에 3·1절, 제헌절, 광복절, 개천절에 이어 새로운 국경일인 '통일절'이 제정된다는 작가의 꿈을 펼쳐 보인다.

작가의 소망은 지금 세계에 휩쓸아치는 한류드라마와 한류가요의 다음 타자로 한류소설의 1호 작가로 불리길 바란다. 여기 '한국 문단 최초의 문학상 7관왕' 수상작들은 도발적이고도 충격적이면서 파격적 '재미+의미+감동'의 레시피로 쓴 새로운 한류소설의 요리를 선보인다. 이 책에 수록된 작품을 소개하면 다음과 같다.

하나. 통일절(알베르 카뮈 문학상 수상작)

두울. 신종 플루(알베르 카뮈 문학상 수상작)

세엣. 배우와 감독(알베르 카뮈 문학상 수상작)

네엣. 화가와 모델(알베르 카뮈 문학상 수상작)

다섯. 강제 결혼(헤르만 헤세 문학상 수상작)

여섯. 바보상자 들어가기(헤르만 헤세 문학상 수상작)

일곱. 로간슨 대안학교(라빈드라나드 타고르 문학상 수상작)

여덟. 의사와 환자(한국문학신문 문학상 수상작)

아홉. 스타 탄생(암웨이 청하 문학상 수상작)

여얼. 벌거숭이(충청 문학상 수상작)

열한. 눈물 한 방울(일봉 문학상 수상작)

한류드라마와 한류가요! 이제는 한류소설이다!-성암(소설가)

2015년 6월 15일 남북통일의 시대가 열린다! 닥치고 정당정치! 붕뜨고 SNS정치! 2012년 12월 19일 '통일 대통령'을 찾아라!

2012년 19대 총선과 18대 대선을 앞두고 2012년 12월 19일 대선에서 '최연소 40대 통일 대통령'이 탄생하여 '2015년 6월 15일에 남북통일을 한다'는 도발적인 가상소설이 발표되어 화제를 모으고 있다.

한국문단 최초의 7개 문학상 수상 작품집인 『통일절』에 대해 소설가 김홍신 씨는 '모든 최초로 시도하는 것에는 새로운 관점, 도발, 열정, 충돌의 미학이 있다. 오뉴벨 작가가 최초로 시도하는 한류소설 『통일절』 또한 고정관념을 깨는 신선한 시도로 독자들은 뜻밖의 통쾌함을 느끼게 된다. 기존의 틀을 깨고 끊임없이 창의력을 발휘하는 작가의 열정으로 독자들은 놀라움과 즐거움에 빠질 것'이라고 평했다. 또한 서연주 문학평론가는 '만만치 않은 입담으로 이야기꾼의 면모를 보여주는 오뉴벨의 『통일절』은 기발한 아이디어가 흥미로운 작품이다. 현실 반영적 소재를 차용하여 재치 있게 이야기를 몰고 가는 품이 맛깔나 시원스레 읽힌다.' 극찬했다.

한류소설 1호작가로 자임하는 오뉴벨(본명 이은집)의 〈통일절〉에는 다음 11편의 단편이 실려 있다.

1. 통일절 - 2012 대선에서 최연소 40대 대통령이 탄생하자 2040 남북지도자가 남북통일을 이룬다.

2. 신종 플루 - 화가 홍나리 교수와 꽃남 오뉴 신입생은 예술적 교감에 치명적 사랑에 빠지는데….

3. 배우와 감독 - 300억 제작비로 3,000만 관객을 모으는 영화판의 배우와 감독이 벌이는 이야기.

4. 화가와 모델 - 40대 여류화가와 20대 스포츠댄서의 섹스놀이가 너무나 엉뚱하게 펼쳐지는데….

5. 강제 결혼 - 고교 연극반 학생들이 연극을 공연하며 펼치는 꿈과 우정과 사랑의 파노라마.

6. 바보상자 들어가기 - 휘로는 대학로에서 개그맨 지망생과 함께 상상 초월한 훈련을 체험한다.

7. 로간슨 대안학교 - 인터넷 신세대가 공교육의 현장에서 탈락하여 펼치는 감동적인 이야기.

8. 의사와 환자 - 대형 종합병원 이사장의 딸과 운동권 대학

생 환자의 진료를 맡은 의사의 고백은…?

  9. 스타 탄생 - 인기 작곡가 유승우와 LA 출신의 완소남 가수지망생 민록후의 파격적 사랑 이야기.

  10. 벌거숭이 - 대학학보사 편집장 원세연과 상반된 삶을 살아온 친구 고대건의 죽음의 전말기.

  11. 눈물 한 방울 - 한윤은 아버지가 별세하여 귀향하며 그의 파란만장한 가족사를 떠올리는데….

  끝으로 작가는 이 책의 머리말에서 다음과 같이 피력했다.

  한류드라마! 한류가요 K-POP! 이젠 한류소설이다!

  현재 지구촌을 휩쓸고 있는 '대장금'에서 시작된 '한류드라마'와 보아가 일본의 오리콘차트 1위 가수가 된 이래 '동방신기', '소녀시대', '슈퍼 주니어' 등 수많은 아이돌 걸그룹 가수의 'K-POP'이 중국, 동남아, 유럽을 거쳐 남미에서까지 태풍처럼 몰아치고 있다. 따라서 이제는 한국소설이 온 세계에 쓰나미처럼 휩쓸 날도 머지않다고 예측된다. 바로 '한국소설 100년사에 가장 맛(재미)있는 젊은 소설'로 '한국문단 최초의 문학상 7관왕' 수상작품집인 오뉴벨의 『통일절(One Korea Day)』은 한류드라마와 한류가요에 이은 한류소설 1호 작가의 작품으로 기록되기를 바란다. 그리하여 좀더 독자와 가까이 트위터 식으로 다가가기 위해 소설의 주제와 소재는 물론 구성과 묘사를 신세대 독자의 눈높이와 언어감각으로 UCC처럼 리얼하게 파헤쳐, 얼핏 낯설지만 필살 감동의 한류소설을 쓰고자 했다. 따라서 현재 지구촌을 휩쓰는 한류드라마와 한류가요 K-POP처럼 전 세계의 독자들에게도 어필하는 '한류소설'을 지향하는 바, 그 첫 번째 평가를 독자 여러분의 몫으로 돌리고자 한다.

<응답하라! 사랑아! 결혼아!>(2014 인간과 문학)
-스마트폰으로 읽을만큼 짧고도 새로운 형식의 앱세대를 위한 소설

　8090베스트셀러 〈학창보고서〉로 청소년문화를 선도했던 〈문학상 10관왕〉의 이은집 작가가 "스마트폰으로 읽을만큼 짧고도 새로운 형식의 앱세대를 위한 남녀연애와 부부애정을 리얼하게 파헤친 러브 스마트소설" 〈응답하라! 사랑아! 결혼아!〉를 선보여 화제를 모으고 있다.

　요즘 지구촌을 휩쓰는 한류가요 K-POP의 뒤를 이을 최초의 〈한류소설〉임을 내세우며 〈통일절〉을 발표한 이은집 작가는 한국문단 최초의 스마트소설 〈응답하라!…〉에서 〈첫째 꼭지 : 남녀연애를 위한 스마트소설〉 〈둘째 꼭지 : 부부애정을 위한 스마트소설〉 〈셋째 꼭지 : 한국 최초 드라마 스마트소설〉로 꾸몄는데, 작품마다 〈파격적 도발적 충격적 소재〉를 〈재미+의미+감동의 레시피로 쓴 다양한 사랑을 다룬 스마트소설 45편〉을 선보이고 있다.

국제PEN한국본부
창립70주년기념 산문선집 20

트롯 킹 국민가수

발행일 2024년 10월 25일

지은이   이은집

발행인   강병욱
발행처   도서출판 교음사

03147 서울 종로구 삼일대로 457 수운회관 1308호
Tel (02) 737—7081, 739—7879(Fax)
e—mail : gyoeum@daum.net
등록 / 제2007—000052호

* 잘못된 책은 바꿔 드립니다. 값 15,000원

ISBN 978-89-7814-997-6 03810

─ 이 책 내용의 전부 또는 일부를 재사용하려면 저작권자와 교음사의 동의를 받아야
  합니다. 지은이와의 협의 하에 인지는 생략합니다.